阿茶

村木　嵐

阿茶

目次

第一章　狭間の人

一

激しい通り雨が過ぎた朝、須和（すわ）は表戸を叩く大きな音で目を覚ました。ただの六歳でも何か異様に感じる物々しさで、父が太刀を摑んで出て行くと、母は急いで須和に身支度を調えさせた。

「ああ、忠重（ただしげ）殿ではないか」

玄関から安堵した父の声が聞こえ、母もほっと笑みを浮かべた。皆でずっと親しくしてきた今川家の家臣、神尾（かんお）忠重らしかった。

須和の父、飯田直政は甲斐の武田信玄に仕える侍である。二十数年前、信玄の姉が今川義元に嫁いでから両家には強い盟約ができていたが、忠重の父と直政は、互いにその誼（よしみ）を深める取次役をつとめていた。

「忠重殿がお一人で来られるとは珍しい。しかもこのように朝早く。何かござったか」

「ゆるゆると話している暇はございませぬ。今すぐ信玄公にお目にかかりとうございます」

「これはまた。いきなりそのように仰せられても」

さすがに父も驚いているようで、母も怪訝そうな顔で須和を見た。

忠重は足を踏みならして入って来ると、母に軽く目礼しただけで遠慮なく腰を下ろした。須和よりは十ばかり年嵩（としかさ）で、常は笑みを絶やさない優しい兄のような人だが、このときは須和を見ようともしなかった。

「昨五月十九日、今川義元公、尾張桶狭間にてお討ち死に」

「え？」

須和はつい声を出してしまい、母に鋭い目で睨まれた。

「藪から棒に、どういうことだ」

父は顔をこわばらせて忠重の向かいに座った。忠重はつまらない冗談を言う質ではないが、義元はこの春、天下に号令すべく京へ向かったと甲斐でも評判になっていた矢先である。

「桶狭間とやらいう村で昼餉をとっておられたところ、織田信長に奇襲を仕掛けられたとか。氏真様がまろび戻られ、御自ら仰せになりましたゆえ、確かでございます」

「まろび……」

父が息を呑んでいた。氏真というのは、その上洛に同行していた義元の嫡男だ。

「しかし、信長とは思いもかけぬ」

「左様にございます。ですが事実は事実。となれば」

忠重が辺りを憚るような目をすると、父も頭を切り替えてうなずいた。

「天下人は信玄公となるか」

「はい。飯田殿も、わが氏真公のご器量はご存じでございましょう」

「いかにもな」

須和には二人が何を話しているのか、よく分からなかった。父はともかく忠重は今川家の家臣だから、次にやるといえば義元の弔い合戦ではないのだろうか。

だがちらりと母に目をやると、怖い顔で須和を睨んでいた。須和は女子のくせに賢しらな口をきくといつも叱られるので、絶対に今、口を挟んではいけない。

「儂もかねて、氏真公には義元公の跡目はつとまらぬと考えてまいった」

父は胡座を組んで腿に手をついた。

直政にとって忠重とその父は、率直にものを言い合う唯一の相手だった。甲斐と駿河が婚儀で盟約を結ぶことになったとき、父は信玄の姉を今川へ送り届け、あとはひたすら両家が仲違いせぬように気を遣ってきた。そしてその時分からの今川の相役が忠重の父だった。

そもそも武田と今川は、相模の北条と三国で同盟を結び、百年にも及ぶ戦国を乗り越えてきた。だが元はどれも、隙あらば他を制すという力の拮抗した国だ。長びくいくさに倦んで手を取り合うことにしたが、それは各々の力が並んでいたからの話だ。

たとえ国の力は等しくても、信玄に張り合える国主が今川にいなくなれば、もはや今川は武田と並び立ってはいられない。須和はまだ幼いが、黙って一人でそんなことを考えていた。

信玄ほど智略にも武勇にも抽(ぬき)んでた武将はいないと、須和はしつこいほど父から聞かされてきた。その信玄が、義元のいなくなった今川をこのままにしておくとは思えなかった。

「忠重殿は、信龍(のぶたつ)様の近習でござったな」

「いかにも。それゆえの話でございます」

「承知した。信玄公に信龍様を甲斐へ呼び戻していただこう」

「忝(かたじけな)い。お縋(すが)りして宜しゅうございますか」

「無論。飯田と神尾は、互いの目と耳」

「ああ、それを聞いて安堵つかまつりました」

忠重は丁寧に手をついて、顔を上げたときようやく須和に笑いかけてきた。

「須和殿、驚かせてすまなかった。二月(ふたつき)ぶりかな。息災にしておられたか」

「はい。それより信龍様というのはどなたでございますか」

真っ先に尋ねたので、忠重は父と顔を見合わせて苦笑した。須和は三つ四つの時分から何でも聞きたがる質だったので、二人は面白がっていつも話に加えてきてくれた。

そういえばと、須和は初めて信龍の名を聞いたときのことを思い出してみた。

――なあ須和殿、信玄公は信龍様を気にかけておいでかな。須和殿の父上は、信龍様のことはお聞きになりたいであろうか。

四つのときか、忠重の父が須和をあやしながらそう言った。

するとと傍らにいた父が、今度は須和に向かって話しかけてくる。童女の須和は互いを探り合う道具に使われながらも、話の中身のほうに熱中していた。

――どう思う、須和。信龍様は聡い御子かのう。もしも愚鈍であれば、信玄公のお耳には入れぬほうがよかろうな。だが父は、聞いてしまえば信玄公に隠すわけにはまいらぬぞ。聡い御子だというのならば、ぜひとも聞きたいがのう。

父は須和の頭を撫でながら、これはじっくり考えねばならぬと言った。

その時分は忠重もまだ元服していなかった。父親に連れられて甲斐へはたびたび来ていたが、傍らでやりとりに耳を澄ましていることが多かった。

須和ははっとして手を打った。

「そうか。信龍様というのは、信玄公の末の弟君ですね」

すると忠重と父が同時に微笑んだ。

信玄が父の信虎を追放したとき、後を追って甲斐を出た側室とその子があった。その子が信龍で、たしか三つばかりだったと聞いたから、今では二十歳を過ぎているのではないだろうか。

信虎は信玄の姉が産んだ赤児と会うために今川へ出かけて行って、信玄に国境を閉ざされて甲斐へ戻ることができなくなった。そんな経緯もあったから、須和の父たちは幾重にも難しい往来を何年にもわたって続けてきたのだ。

「さすがは須和殿だ。一人でそこまで思い出せたのなら、それがしが何を父上様にお願いに来たか分かるのではないかな」

忠重が優しく待ってくれたので、須和は腕組みをして考えた。よく父がそうするので真似ているのだが、須和がそんな仕草をすると父も忠重も決まって笑った。

それでも須和は真剣だった。忠重が父親について御役を身につけているように、須和もいつかは直政の跡を継ぎたかったからだ。

「手がかりを与えてやろうか、須和。信龍様は御年二十二。秀でた武将にお育ちで、これまでも信玄公とは折に触れて文のやりとりをしてこられた」

信虎について今川へ行った弟を、信玄はずっと気にかけていた。そして信龍母子を信虎のもとへ送り届けたのは、これまた直政だったという。

「信玄公は信龍様に甲斐に戻ってほしいのではありませんか。だから忠重様は、信龍様と信玄公を会わせたいのです」

「ほう。そう言い切れるかな」

「だって信虎公は今川におられて、信玄公とは仲が悪いのでしょう。このまま信龍様が信虎公と一緒にいたら、信龍様まで信玄公と仲違いなさいます」

父と忠重はふうんと目配せをしている。

「信龍様も甲斐に帰りたいかもしれません。このまま今川にいても、そんなに大勢の家臣はもらえないし」

「臣下の数か。須和はなかなか男のような考え方ができるのだな。そうだな、男はどうしても名を上げよう、立身しようとする。女がいくさのない世だの、子の命だのと五月蠅(うるさ)いのと同じようにな」

そう言って父は母に笑いかけた。

須和の母は分別のある人で、何ごとにもいっさい出しゃばったことがなかった。

いつも黙って父の言葉を聞き、父の命じることには全て従った。そして父はそんな母をとても大切にしていた。

「では氏真公や信虎公はどうなるかな、須和殿」

忠重の目がきらきらと輝いて見えた。

須和はこましゃくれていると思われないように気をつけた。知ったかぶりが一番いけない。分からないことは分からないと正直に言うのがもっとも大事だと父には教えられていた。

「信虎公は信龍様を甲斐に帰したくないと思います。だって信玄公が嫌いだから」

「それは外れだな、須和殿。信虎公こそ真っ先に信龍様に甲斐に帰ってほしいと願っておられる」

須和が首をかしげると忠重が微笑んだ。

「さっき父上が、男は栄達を願っていると仰ったろう。信虎公はいくら信玄公と反りが合わなくても、武田家には栄えてほしい。となれば信龍様が甲斐へ戻られたら、信龍様から信玄公に取りなしてもらえるかもしれないからな」

武田が力を持っていてこそ、信虎は今川でも重んじられる。信龍が甲斐へ戻れば、武田は力を増す。

「だから信虎公は、義元公が死んだとなれば、信龍様には甲斐へ戻っていただきたいと願われるのではないかな」

「だけど、だったら今度は今川氏真様が、信龍様を帰したくないのではありませんか」

「うん、そこが難しいな」

と忠重は父のほうを向いた。

「たぶん信玄公は氏真公に、義元公の仇討ちをしてやると仰せになるのではないかな」

須和がぼんやりしていると、父が言った。

「今川にはこれからしばらく、他国に攻め入る余裕などなくなるだろう。それゆえ武田が助太刀して、信龍に仇を討たせてやりたいと仰せになったらどうかな」

「信龍様が今川の義元公の下でお育ちになったからですか」

父はむっつりとうなずいた。

「そうか。だったら信龍様から氏真様に、兄のもとへ帰って仇討ちをさせてくださいとお願いすればいいんですね」

「その通り。だから御館様に頼んで、今川に文を書いていただくのだ」

なるほどと須和は思った。だが一体いつ、父たちはそんな話をしたのだろう。

「信龍様が甲斐へ戻られたら、忠重様も武田の家臣になられるのですか」

「そうだ。義元公が亡くなられた上は、もう武田についたほうが得策だからな」

忠重も控えめにうなずいて直政に目をやっている。

「分かりました。父上と忠重様は、その段取りがついたのでもう慌てなくなったんですね」

須和は得意満面、のんびりと腰を下ろしている二人を見た。忠重も来たときはあれほど慌てていたのに、今は朝餉が出て来るのでも待っているようだ。

だがふと須和は不思議になった。

「父上は誰のためにこんなお働きをなさっているのですか」

「ふむ。須和は良いことを聞く。誰のため、いや何のためだと思う」

須和は指を折りながら挙げてみた。母や須和のため、飯田の家のため。他には忠重たちのため、主君信玄のため、己の立身出世のため。

「そうだな。しかしそれはどれも当たり前のことばかりだ」

「生きるため、食べるため、それから名を惜しむため」

「ああ。もっともっと」

「信玄公の姉姫様のため」

「さあて、それはどうかなあ」

父は少しはぐらかして微笑んだ。

信玄の姉姫が今川へ嫁ぐとき、供をした父はまだ若かった。家士が残らず憧れるほど美しい姫だったそうで、それがどんな覚悟で敵国へ嫁いだかを思えば、己の命など捨てても惜しくはないと父は言ったことがある。

「だったら、いくさを起こさぬため、早く戦国の世を終わらせるため、皆が平和に暮らせる世を作るため」

くすりと父が笑った。

「どんどんつまらぬことを言うようになりおったぞ」

忠重もともに笑っていた。

「いつかのんびりと、そのようなことを考えられる日が来れば良いですな、須和殿」

「忠重様、私はべつにのんびりはしていません」

「須和、おやめなさい」

　母が隣からたしなめた。

「いや、須和殿は六つにしては大したものだ。だが父上の跡を継ぐおつもりならば、そんなきれいごとは先刻承知と、あっさり脇へどけて考えるようになっていただかねばな」

　忠重が笑って言うと、直政もうなずいた。

「さて。母上は何があろうと須和殿をお守りになるだろうが、父上は須和殿を捨てても信玄公を立てられることもある。それが男と女の違いかなあ、須和殿」

　父もゆっくりと続けた。

「理屈を言うなら、信玄公が倒れれば甲斐の皆が生きられぬゆえ、須和が後回しになるのは当然だな。しかも信玄公が天下を統一されればいくさの世は終わる。皆、そのために励んでいるとも言える。だが生憎と、父はそんな有為の士ではない」

　それは須和にも分かった。いくさのない世を作るために国盗りをしている武将など、いるわけがない。

「女でも子を捨てる者はあり、男でも名を惜しまぬ卑怯もする。何を卑怯というかも人それぞれだ」

人と人がそうだから、国のあいだを取り持つのはなおさら難しい。須和は改めて思った。

「須和は将棋を指すだろう。駒が進めば打つ手は限られてくるな」

「はい」

「まず今できる手を打つ。いや、打たねばならぬ手を打つ。目の前にある、己が果たさねばならぬことをするのだ。そうすれば次にすべきことが見える」

そうやって一歩ずつ先へ進む。それこそが人の道だと、いつか直政に旅の僧が教えて行った。

「父は今もその御方を忘れられぬがな。人はいつ己が死ぬか分からぬゆえ、先を案じてもきりがない。そして、死ねばどこへ行くのかも分からぬな」

忠重も顔を上げた。

「皆が皆、極楽浄土へ参るかな」

須和は首をかしげてから、御庵様（おあん）なら間違いなくと答えた。

「そうか、御庵様か」

父が微笑んだので須和も嬉しくなった。

近くに住む、いくさで子を亡くした老婆だ。道に泥濘（ぬかるみ）があれば黙って土を埋めて均（なら）すような優しい人で、どんなときも朗らかなので村の皆が敬っていた。

「そうだな。では御庵様と、悪事のかぎりを尽くした男が、死んで同じ極楽へ行くだろうか」

須和の村には酒を呑めばすぐ拳を振るう男もいた。妻と子に捨てられ、ついには近在の男を殺して行方知れずになった。

「これも旅の御方に聞いたのだがな」

「どちらの御坊でございます」

忠重が尋ねたが、父は答えなかった。

「人というものは死んで身体から魂が抜けたとき、光と闇の二つの道が見えるそうだ。そのとき暗がりを好む生き方をしていた者は、光のほうへは眩（まぶ）しゅうて行けぬのだとな」

直政はそれ以来、この世のこの身体こそ、仮の姿ではないかと考えるようになった。そしていつか死んだときは、その僧と同じ光のほうへ行けるようにと願っている。

「ために、生きてあるあいだは善行を積まねばなりませぬか」

忠重が真剣な面持ちで尋ねた。

「そうだな。この世しかないとすれば、儂はどうしても悪人が安んじて死ぬることに得心がゆかん」

「確かに、良い御方が非業の死を遂げることがあまりにも多うございます」

しみじみと忠重が言ったとき、父は膝に手をついて立ち上がった。

「さて、日も顔を出したようじゃ。ぼつぼつ信玄公に会いに参るか」

そうして父と忠重はまだ滴(しずく)の落ちている軒下を出て行った。

二

「父上、お支度は調われましたか」

須和が障子越しに声をかけると、床から慌てて起き上がる気配がした。六十を過ぎた父は、数年前に母を亡くしてからめっきり老け込んだ。

「すまなかった。忠重殿に、先に茶など振る舞うておいてくれ」

「かしこまりました。暖かくしておいでくださいませ」

もう午も近かったが、今日は着替えは手伝わなくて良さそうだった。

甲斐で雪が舞い始めると、信玄は他国へいくさに出るのが常で、このところ父と忠重はまた夜更けまで話し込むようになっていた。父は母の死とともに致仕していたが、信玄の調略にはまだ手伝うこともあるようで、こうして呼び出しがあると館へ出かけていた。自身も父の跡を継いだ忠重は、今も変わらず直政を立ててくれていた。

十二年前、桶狭間で義元が死ぬと、信玄は今川から弟信龍を帰参させ、そのとき忠重もつつがなく武田家に仕官が叶っていた。甲斐に戻った信龍は信玄に見込まれて継嗣勝頼の後見人にまでなったが、かわりに信玄嫡男の義信が今川と結んで信玄に謀反に及び、自刃するという信じ難いことが起こっていた。

かつてあれほど強い結びつきのあった武田と今川は今や完全に敵どうしになり、

四年前に氏真が信玄に敗れてからは、今川は凋落の一途だった。両家の間を取り持つために費やされた父の生涯は、桶狭間をさかいに全く思いもしなかったほうへ向き変わることになってしまった。

　須和は忠重に温かい番茶を出して、父が来るのを待った。

「申し訳ないことでございます。父はこのところ、支度になかなか刻(とき)がかかります」

　だが忠重は黙ったまま、いっきに熱い茶を飲み下した。

「失礼しました。今日はいやに喉が渇くもので」

　急に寒くなり始めた十月の末のことだった。まだ手焙(てあぶ)りも出していない座敷は吐く息が白いほどだったが、忠重は額に汗を浮かべていた。

「御館で何かあったのでございますか」

「いや、そのようなことは」

　それでも忠重は玉の汗だ。やがて汗の一筋がこめかみを流れ、襟元に滴り落ちた。

「もしや、この冬の相手は今川氏真公でしょうか」

　この時節になると、甲斐で決まって取り沙汰されるのは冬にどこへいくさに出るかということだった。それが遠江の今川だとすれば、忠重にとっては旧主だから辛いだろうと須和は思ったのだ。

だが義元が死んでからというもの、武田と今川の差はもはや埋めようもなかった。

「ここ数年、氏真公は負けいくさばかりでございます。忠重様はさぞお悩みだろうと、父も申しておりました」

「いや、それがしは今では武田の行く末しか気に掛けておりませぬ。まこと、武田に仕官が叶うて良かった」

須和はうなずいた。

十八になった須和は、母がみまかってからはよく父の話し相手をつとめていた。それで女のわりには他国の動静に詳しかった。

「信玄公はもう今川のことは滅ぼしておしまいになるつもりかもしれませんね」

「いずれはそうなると存じますが、まず信玄公の向かわれる先は京にございます」

「京……」

「ついに天下に号令なさいます。遠江はもはや信玄公は相手になさいませぬ。氏真公には、たとえどのように領国を踏み荒らされようと、抗う術もございませぬゆえ」

　だがそれは三河でも尾張でも同じことだった。信玄が南下して来れば、道々の城は息を潜めてその軍勢が通り過ぎるのを待つしかない。鉦（かね）の音一つでも鳴らして武田の癇（かん）に障り、立ち止まられでもしたら大ごとなのだ。

「この冬は我らはただ行軍するのみにて、刃を交えることは一度もいらぬと存じます」

　桶狭間のあの日をさかいに、武田の力は徐々に近隣諸国のなかで突出するようになった。

「徳川の三河、織田の尾張を過ぎ、我らはひたすら西へ向かうのみでござる。各々の支城など、行きがけに踏み潰していけば足りる。まあ身の程を弁（わきま）えずに向かってまいればいざ知らず、城に籠もっておるならば、武田は素通りでございます」

　信玄にとっては、それで日数が食われるほうが面倒なのだ。なんといっても甲斐には雪があり、冬のあいだはその峰々が天然の要害になる。安心して国を空けられる冬のあいだ、雪が解けるまでが武田のいくさの時節だ。

　そして雪が消え春が訪れるとともに、甲斐の守り神、信玄は領国へ帰って来る。

「ああ、身の程を弁えぬとはそれがしのことでございますな」

　須和は首をかしげた。忠重は汗を拭いつつ、忙(せわ)しなくまばたきをしている。

「一番はじめは須和殿が四つのときでございました」

「はあ。私がでございますか」

　須和は人差し指で己をさした。忠重は弁が立つほうだが、今日は何を話したいのかよく分からない。

「庭先に転がった鍬(くわ)を手に取ろうとなさっておいででした。大人の身の丈ほどもある長い鍬でございます」

「あの、四つの私が、でございますか」

「いかにも。それを須和殿は、このように大きく手を広げて、片方は柄の端、もう片方は中央を摑んでおられた」

　と、忠重は両手を広げ、天秤棒でも担ぐようにしてみせた。額からはいよいよ粒の汗が流れ落ちていく。

「それがしは十四で、初めて父の供をして飯田殿へ伺いました。これは、賢い御子だと思ったものでございます」

「はあ。振り売りのような私が。それは忝うございますが、なにゆえまた」

「はい。長い柄をあの点と点で持てば、四つの童女でも鍬を持ち上げられると思いました」

幼い須和が実際に鍬を持ち上げて満面の笑みを浮かべたというのだが、もちろん十八の須和は覚えていない。

「持ち上げたものの、さすがによろけておられまして。それがしが走り寄ってお支えしました」

「四つの童女が、よろけておられましたか」

笑いを抑えつつ、ともかくも須和は礼を言った。

「それゆえ須和殿」

「はい」

「それがしと夫婦（めおと）になってください」

「は？」

忠重ががばりと手をつき、顔を伏せた。

「あの、忠重様……」

「それがしは十四のときから須和殿をよく存じ上げております。甲斐を訪れるたび、須和殿がどのように口を挟まれるか、それを聞くのが楽しみで務めに精を出してまいりました。つくづく、それがしには須和殿が必要にて」

須和はただ驚いて忠重の頭を見下ろしていた。

そういえば今年の初めか、父がそろそろ須和の縁組を考えねばならぬと言っていた。そのとき須和のような減らず口は貰い手もないと苦笑していたから、同じように忠重にも話したのかもしれない。

「忠重様、もしも父が無理を申したのでしたら」

「いや、飯田殿には関わりない。ああいや、誰より関わりはあるが、そういうことではなく。ただ、常は役儀でもないことを話すわけにはゆかず、いや、須和殿のような御方は、いかに父上から言われようと、ご自身が得心がゆかねば決して嫁には来てくださらぬ」

だから直政には言わず、いきなり須和に話したのだという。

「あの、ともかくは顔をお上げくださいませ」

「いや、うんと言ってくださるまでは顔は上げられませぬ」

　忠重は突っ伏したまま、ぷるぷると首を振る。

「私など、器量も良くありませんのに」

「須和殿は決して不器量ではありませんぞ」

「私はきっとさまざまなことで五月蠅う尋ねます」

「当たり前です。むしろそれがしは須和殿のお考えが頼りにて」

「ならば、承知いたしました」

「は？　本当ですか」

　忠重が勢いよく顔を上げた。額には指の合わせ目に置いていた跡がついていた。

「かねがね父が、私はきっと嫁に行けぬと嘆いておりましたのに」

「まさか。飯田殿は次の春、いくさから戻れば須和殿を嫁に出すと申しておられた。それゆえ、それがしは次の御役を待つ猶予もなく、今日は出かけてまいったのです」

「まあ。では父に格別のご用件は」

「いや、ですから何より格別の用向きで参りました」

　思わず須和は笑みがこぼれた。

そのとき足音もなかった廊下から、障子がすっと開かれた。

「ああ、飯田殿」

忠重は飛び上がるようにしてまた畳に額を擦りつけた。

「忠重殿、どうぞお顔を上げてください。いや、しかと聞かせていただきました」

わっと忠重が仰け反ると、須和まで顔が熱くなった。

父は丁寧に忠重の手を取った。

「忠重殿ほどご奇特な方もおられぬ。ああ有難い、これで儂は肩の荷が下りましたぞ」

「もしや父上は、わざとゆっくり出て来られたのですか」

須和が頰を膨らませると、父は得意げな笑みを浮かべた。このところ身体が弱っていくばかりだったから、こんな明るい顔を見たのは須和も久しぶりだった。

「実は、今日はその話ではないかと念じておった。なかなか寝坊のふりをするのも苦労でな」

須和は忠重と顔を見合わせて、互いに赤くなった。急に父よりも忠重のほうが近しい家族になったような気がした。

「いや、めでたい。祝言はやはり次の春が良いかな」

父の弾んだ声で座敷まで温もってきた。すらりと背の高い、手足の細い忠重を見て、須和は春までに少し痩せようと考えていた。


甲斐に遅い春が来て、川土手の桜がほころび始めた矢先のことだった。

この冬は行軍が長引くと言われ、皆の帰国も遅いはずだったが、信玄は三河の徳川を半端に攻めただけで、どことなく慌ただしい様子で戻って来た。冬のあいだに直政はみまかっていたが、須和は忠重が戻るとそのまま祝言を挙げた。

夫婦になってからの忠重は、須和が話しかけてもなぜかいつも上の空で、少しも仕合わせそうではなかった。仮祝言だけ済ませて行軍に加わった昨年の秋は、あれほど楽しげで須和とも話が尽きなかったのに、このところは塞ぎ込んでばかりで、須和が話しかけても答えてくれないことが増えていた。

二人で歩いている土手からは、信玄の躑躅ヶ崎（つつじがさき）館の屋根が手に載るように小さく見えていた。忠重はそちらを眺めながらやはり物思いにふけっており、須和が傍にいるのも忘れて黙々と歩いていた。ひょっとしたら、この冬のいくさはよほど上手くいかなかったのだろうかと須和は不安になった。

「信玄公はご機嫌がお悪いのですか」

甲斐へ戻ったとき、信玄が怒ったように早々と館に入ってしまったことを須和は思い出していた。だが忠重がとつぜん足を止めて鋭い目で見返してきたので、須和はたじろいで口を噤(つぐ)んだ。

「なぜそのようなことを申す」

「いえ。この春のお戻りでは何ぞご不快なことでもおありだったのかと、女たちで案じておりましたので」

甲斐の大半の兵は、つねは百姓をしている。だから信玄の行軍は雪に降り籠められる時節と限られていて、田植えが始まる直前に甲斐へ戻るのである。それが今年は一月(ひとつき)ばかりも早かったので、男たちは田畠(たはた)のあちこちで手持ち無沙汰にしている。

そもそも武田家は今や向かうところ敵なしで、この冬の西上では京の足利将軍に乞われて上洛することになっていた。一年前、美濃の信長が叡山を焼き討ちにしたので京を守るという名目もあったのだが、信玄はなぜか美濃にさえ行かずに戻ってしまったのだ。これには上洛を期待していた女たちのほうが不満で、男たちよりも大きな声で文句を言っていたほどだ。

「三河攻めは上首尾で、兵もほとんど欠けなかったと伝えられておりましたから」

今回、やはり信玄は京へ上るために道中の城攻めはしなかった。だから徳川とは対峙したが、通り道にある支城を潰しただけで、家康の本拠である浜松城は攻めなかったのだ。

「女子がこのような話をするのは感心なさいませんか」

「いや、そうではないが」

家康はいくさ巧者と評判なので、浜松の本城は無視して武田は西上を続けた。城からおびき出そうと挑発したら本当に出て来たそうで、両軍は浜松の北、三方ヶ原で睨み合った。

小競り合いからいくさにはなったが、二万五千の信玄に対し、家康は信長からの援軍を合わせても一万だった。家康はすぐ浜松城に逃げ帰り、上洛を急ぐ信玄は城までは追いかけなかったという。

計算外があったとすれば、三方ヶ原から五里ばかり西の、徳川方の野田城だった。

どうもこの頃から信玄は采配に精彩を欠き、緩急のずれた城攻めで、結局は落城まで一月ほども費やしてしまった。

「そうか。須和には信玄公が生ぬるう思えたか」

「そうとまでは申しませんが、野田城に一月もおかけになるなら、せめて徳川を踏み潰して戻られたら宜しゅうございましたのに」

「ふむ。他国でもそう考えたかもしれんな」

　忠重は肩を落として歩いて行く。須和が一番聞きたいのは、忠重が須和といても少しも楽しそうでない理由だ。

「あの、三河はまだ信玄公のものになったわけではございませんでしょう」

「ああ。三河は徳川だな」

「徳川は、次の冬までに力を盛り返してしまうのではございませんか」

「家康殿というのは、そう軽い相手ではないからな。なにせ支城の野田城でさえ一月もかかったほどだ」

　だがその野田城攻めでは、力で押し切ってしまえばよいときに兵を止め、敵の守勢が整ったところでまた攻め直す。だから一月も煩わされ、結局は西上するゆとりを無くして甲斐へ戻ることになったのだ。

「五歳の頃かなあ。私は家康殿としばらく起居を共にしたことがあるのだぞ」

　忠重は一つ伸びをして、聞いたこともない話を持ち出した。今から二十五年近くも前のことだという。

「家康殿は八つでな、ほんの三月ほどの間だが、私は兄のように慕って纏わりついていたものだ」

　家康が人質として今川へやって来た当初のことだ。急に人質交換が決まって家康が織田家から移って来ることになり、今川ではまだ家康の住む屋敷がなかった。それでしばらく忠重の神尾家で預かったのだという。

「家康殿というのは苦労人だぞ、須和。東の今川と西の織田に挟まれて、今川へ人質にやられるはずが、織田に拐かされたのだ。それがさらに今川へ送られることになったのは、家康殿の父君が討たれたからだそうでな。神尾の家におられたときも、今から思えば、童らしゅう遊んでおいでの様など一度も見たことがなかった」

　その時分の徳川は、嫡男の家康が織田に奪われても今川に逆らうことができず、当の織田へ、今川の先鋒としていくさを仕掛けさせられた。その家康が父の死を契機に今川へ移されたのは良かったが、その後も織田との激しいいくさ場へ駆り出されるのはつねに徳川の家士だったという。

　それでも徳川の家士は家康の元服を待ち続け、桶狭間で義元が倒れてようやく、その軛(くびき)から逃れることができた。

　桶狭間のとき家康は十九歳で、今川の武将として行軍に加わっていた。それが義元の死を知って即座に岡崎の自城に駆け戻ったのだという。

「どうだ、機を見るに敏といえば家康殿ではないか」

　須和は何か話をはぐらかされている気もしたが、素直にうなずいていた。桶狭間では氏真でさえ這々(ほうほう)の体で逃げ帰ったというのに、とっさに自らの城を目指した家康はたしかに先見の明がある。

「それゆえ徳川主従の結束ぶりには目を瞠(みは)らされる。いつかは主が帰る、いつかは属国でなくなると、よほど念じ続けて我慢を重ねてきたのかもしれぬ」

「それで野田城の攻略にも刻がかかったと仰せですか」

「ああ。そうであろうな」

　忠重は足を止め、川向こうにかすむ御館を眺めた。

「三方ヶ原で家康殿の布陣を見たとき、私はひそかにご立派になられたと嬉しかった」

須和は苦笑いで忠重を見やったが、忠重は物憂げに御館の屋根を見ている。

「神尾の家におられたとき、どのように辛抱なさっているのかと尋ねてみたのだ。人質とはいえ歴とした城主の御子が、他国では平の家臣にまで侮られて、気の毒な目にも度々遭うておられたからな」

家康が大事に育てていた雛鳥が隣の屋敷に落ちたことがあったという。家康は返してくれと頼みに行ったが、籠の鳥の人質が鳥を飼っていると高笑いされ、逆に取り上げられてしまった。

さすがに家康は目に涙を溜めていたが、どうすることもできない。そのとき忠重が己の父に頼んで隣家から雛を返してもらったのだという。

「この恩は生涯忘れぬと言ってくださったが、私はそれが気の毒でな。力の差というのは、子供にまで酷なものだ」

忠重は悲しげに御館を見ている。だがまさか幼い日の家康が不憫だったと、こんな顔になるものでもないだろう。

「父も、幼かった私も、家康殿はご立派だと思っていたからなあ。なぜそこまで己を律することができるのか知りたかった」

もちろん忠重はまだ五つほどで、そんな大人びた言葉で尋ねたわけではない。家康の答えもはっきりとは覚えていない。

「今は何があろうと家臣のために生き抜くことだけを考えていると仰せになった。癇癪を起こさず堪えること、家臣の苦労を裏切らぬこと。そして大人になること」

「大人になる?」

「元服して一人前になることだろう。目の前の為すべきことをこなせば、自ずと次が見えてくる。さすればそのうち己の天命も分かると仰せだった」

「まあ。それは飯田の父が申していたのと同じではございませんか」

そのときようやく忠重が須和を振り向いて微笑んだ。

「家康殿は、今川では雪斎様について学んでおられた。そのお仕込みではないかな」

義元の軍師であり、その興隆を築いた高僧だ。

「私は家康殿に感じ入ってなあ。成長したあかつきには家康殿に仕官させてほしいと頼んだのだぞ」

「そのようなご縁がございましたか。それで、家康殿は何と仰せになりましたの」

須和は笑って尋ねた。一途な忠重の幼い姿が見えるような気がした。

「いつか三河に帰ることができれば仕官させてやろうと仰せになった。だが義元公の家臣でいるほうがずっと良かろうと笑っておられたな」

その義元が死に、今川がここまで凋落するとは誰も考えなかっただろう。桶狭間のすぐ後に武田に移ることができた忠重は、本当に運が強かった。

「左様でございましたか。あなた様が暗いお顔をしておられたのは、家康殿を案じておられたからだったのですね」

すると忠重は困ったように目を伏せる。

「私は今川から武田へ仕官替えをして、実は狭間に立っておるのだと考えるたび、家康殿のことを思い出してきた。三方ヶ原で鶴翼の陣を張って懸命に信玄公に立ち向こうておられるお姿を見たときは、わが兄も立派になったものじゃ、などと思うたの」

忠重がそう言って笑うので須和もつられた。いくら信玄の側に立っているとはいえ、三河の主に厚かましいことだ。家康はもう忠重のことなど覚えてもいないだろう。

「なあ、須和。武田も長うはないかもしれぬ」

「何を仰せになるかと思えば。そこまで家康殿がお懐かしいのでございますか。ひょっとして本気で家康殿にご仕官を？」

須和は笑いが止まらなくなった。心底、幼い頃の忠重に会ってみたいと思った。

「いいや、家康殿のせいではない」

忠重はまたゆっくりと歩き始めた。土手を途中まで下りて、先に腰を下ろした。

「何か、気がかりがおありですの」

「ああ。だが一切申すわけにはいかん。それゆえ須和が己で解いてみよ」

「もしや、あそこで、でございますか」

須和は目だけを躑躅ヶ崎館へやった。ほんのわずか、忠重がうなずいたように見えた。

「武田が長くはないなどと。勝頼様も無事に戻られ、三河でのいくさも勝ちましたのに」

野田城を落としたにすぎなくても、勝ちは勝ちだ。

春に武田の軍勢が帰って来たとき、須和たち女は府中の外れまで迎えに行った。そのとき信玄はさして気落ちした様子もなく、甲斐を出るときと同じように甲冑に身を固め、愛馬に跨(また)がっていた。

須和は忠重の傍らに座りながら、片方の手で己の首筋をさすってみた。

「そういえば馬が違うような気はいたしました」

目の端で、忠重がぴくりと顔を引き攣(つ)らせた。

信玄は道楽というほどに馬を愛で、気に入りの名馬を数多く持っている。その馬たちを眺めるたびに須和は、信玄の周囲では家臣のみならず馬までもがその役に立ちたいと競い合っているのだと思ってきた。

昨年の初冬、いくさに出る信玄はいつものように替えの馬を二頭連れて行った。その二頭は他のどの馬よりもすっくと首を上げ、毛並みは濡れたように輝いていた。だが信玄を乗せている馬はより一層美しかった。己が信玄に選ばれた格別の馬であることを、その馬はちゃんと弁えていたのだろう。

けれどこの春、甲斐へ帰って来た信玄は馬を一頭しか連れていなかった。しかもその馬は打ちひしがれたように首を垂れ、信玄を乗せている馬のことは見向きもしていなかった。そして往きには皆の羨望を集めていた信玄の馬は、女の須和からしてもありきたりな一頭になり下がっていた。

「ですが信玄公はむしろ若々しゅう見えました。ほら、このところ信玄公はよく咳をなさると忠重様も仰せでございましたでしょう。それが戻ってみえたときには、背も丸めてはおられませず」

内心、須和もほっとしたのだ。まるで別人のように信玄は颯爽として見え、まだ五十を過ぎたばかりだから、あれこそが真の姿だと思い直した。

「私は、信玄公がお忙しすぎるのを案じておりましたゆえ、お戻りになった御姿には安堵いたしました」

「そうか。須和は安堵したか」

「はい」

須和が微笑むと、忠重も目を細めた。

「ならば次の冬こそ美濃へ攻め入って、風林火山の旗を都に立てるか」

「家康殿はどうなさるのです」

「三河に閉じ込めだな」

忠重は顔をくしゃっとさせて微笑んだ。

では次こそ京なのだ。今年だと思っていたが、信玄が天下人になるのは来年だ。

「申すまでもないが、女衆でかしましい噂話はするでないぞ」

そう釘を刺すと、忠重は土手から立ち上がった。須和は己で読み解けと言われたことが気にかかっていたが、忠重の機嫌が直ったのでそのまま忘れた。

三

武田が三方ヶ原で家康と対峙した次の冬、信玄はまたありふれた馬に乗っていくさに行った。いつからか信玄が馬を愛でている話も聞かぬようになり、その年は馬市もあまり盛り上がらなかった。ちょうど雨が続いたせいもあって、それほど見物も出ていなかった。

それでも信玄が出立するときは、女たちは今度こそ上洛すると期待して見送った。だが信玄は美濃の明智城（白鷹城）を攻略しただけで東へ向きを変え、どういうわけか遠江に入った。しかも家康の浜松城は大きく迂回して今川の支配する駿河寄りで近づき、またしても一月近くかけて高天神城だけを落とした。

皆で信玄を出迎えに行ったとき、須和は産み月が近く、腹を支えるのに苦労して歩いたものだった。そうまでして見上げた信玄はやはりもうどこにでもいる馬に乗っており、須和もずいぶんと気落ちしてしまった。大将の馬らしく毛並みは美しく、鐙(あぶみ)や轡(くつわ)は重厚だったが、以前と違って位負けしているような馬だった。

だがそれも無理はなかったかもしれない。ここ数年のうちに、信玄がいくさで用いてきた三頭の馬は残らず死んでしまっていた。上洛するつもりで甲斐を出た年に二頭、そして曳(ひ)かれて戻って来た最後の一頭も、明智城攻めに出る前に死んだという。

「このところ信玄公は馬にも飽きてしまわれたのでしょうね」

さすがにいくさに飽きたのだろうとは言い出しかねたが、須和はなにか信玄が人変わりした気がしていた。

昨年、二十歳になって須和は男児を授かった。忠重は自らの幼名をとって猪之助(いのすけ)と名付けたが、その子もようやく一人で歩けるようになってきた。忠重は躑躅ヶ崎の居館から戻ると、たまに須和を連れて猪之助を歩かせに出た。

　信玄の館は盆地の中央にあり、うち三方を高い山に囲まれている。夕暮れになると西の峰から鮮やかな緋色がまっすぐに御館へと伸び、土塁から覗(のぞ)くつつましい瓦屋根がてらてらと日に炙(あぶ)られて光っていた。川土手からは屋根しか見えないが、中は東西南北の曲輪(くるわ)がそれぞれ太い渡殿で結ばれているのだと忠重が教えてくれた。

　忠重は猪之助を抱いて斜面に腰を下ろし、一緒に土筆(つくし)を摘んでいた。須和はぼんやりと二人を見やって、つい繰り言めいたことを口にした。

「いったい信玄公はどうなさったのでしょう。今時分いくさに出られること自体、前はなさらぬことでございましたのに」

　この四月、信玄は皆が田植えを終えるとすぐ甲斐を出た。これまで信玄が領民の暮らしをいくさで圧迫することはなく、もちろん他国に攻め入られることなどなかったから、春に武田がいくさをするのは珍しいことだった。

　しかもその珍しいことをする理由が、須和には全く解せなかった。

「此度は三河の長篠城攻めをなさるのだとか。三河は野田城を落としてけりがついたわけではなかったのですか。このところの信玄公はむしろ家康に振り回されておいでです。だとすれば、三方ヶ原で踏み潰しておかれなかったのは大きな手抜かりだったということになりませんの」

　男勝りに理屈で考えることが好きな須和は、あの信玄にかぎってと納得がいかない。女たちはいくさが差し迫っているせいだと言い合っているが、信玄という守り神のいる甲斐が、急にそんなことになるはずがない。

　この地の風向きが変わったとすれば二年前、三方ヶ原で家康を破った信玄が突如西上をやめて帰って来たときからではないだろうか。

「何が言いたいのだ、須和は」

「お分かりでございましょう」

　須和はもうどうしようもなく気づいてしまったことがある。

　忠重は今回、信玄には同行しなかった。長篠では騎馬のいくさになるが、忠重は馬が得手ではないからだ。

　だが此度の長篠攻めには重臣たちもことごとくが反対したといわれ、落城させるには一月や二月はかかるらしい。そのあいだに田畠は荒れるに決まっているし、毎年欠かすことのできない川普請もある。

そんな時節のいくさを、信玄がするはずはない。いくら継嗣の勝頼が言い募ったとしても、信玄ならば止めるはずだ。

「長篠ではきっと今もまだ、睨み合いが続いているのではございませんか」

こんなことになるなら、どうして一昨年、信玄は野田城を落とした足でそのまま長篠城も焼いてしまわなかったのだろう。三方ヶ原で家康を破り、浜松城に籠もるしかないところまで追い込んでおきながら、なぜその後すぐ長篠城を奪われるような下手を打ったのか。

そして須和が気づくぐらいのことを、織田や徳川が感付かないはずはない。はじめは小さな疑念だったとしても、もう諸侯のあいだでは確信になっているのではないだろうか。

「野田城を落として帰ったとき、須和は信玄公の馬が違うと言っていたな」

須和は下草を摑んでいる猪之助に目をやった。二歳になるこの子はそのとき、まだ生まれてもいなかった。

猪之助が土筆を見つけた。須和を笑って振り仰ぎ、得意げに千切ってみせる。

「あれからちょうど二年でしょうか」

「三年は秘すようにとの御遺言であった」

　忠重が猪之助から土筆を受け取り、その笑顔のままで須和を振り向いた。

「馬までが信玄公を慕って死んだのだ。最後の一頭も、甲斐へ戻ってすぐにな」

　やはりそうかと思った途端、須和は涙がこぼれた。

「ではあれは影武者でしたか」

「その通り。しかし馬で見抜くとは、さすがは須和だと思っていた」

　忠重が寂しげに微笑んだ。

「もはや他国も気づいておるであろうな。須和の申す通りだ。野田城攻めに日数を食ったのも、信玄公が陣中で臥(ふ)せっておられたゆえだ。信玄公の病が篤かったゆえ、上洛を諦めて帰って来た」

　どうにか野田城は落としたものの、そのときにはもう信玄には甲斐へ帰り着く力も残っていなかった。あの年の春四月、信玄は信濃でみまかったのだという。

「信玄公が三年は死を隠せと仰せになったのは、その三年が明暗を分かつということであったろう」

　桶狭間で義元が死んでからずっと、天下を取るのは信玄だと言われてきた。だがそれはなにも甲斐自体が強国だったからではない。甲斐は雪も深く、京にも遠い。人々は皆、ただ信玄を恐れていたのだ。

「丸二年が過ぎたが、さすがにもう織田も徳川も気づいていよう。なぜか。勝頼公の采配があまりにも信玄公と異なるゆえだ」

「采配が異なるとは、劣るということでございましょう」

「申すまでもない」

「それであなた様は長篠へも行かれなかったのですか」

「いいや。此度はたまたまだ。次はどうなるか分からぬ」

今回、忠重が勝頼に従わずに済んだのは運が良かった。だが二度続けてそうはいかないかもしれない。

それよりも、次はあるのだろうか。長篠で武田は勝てるのだろうか。

「さて、どうするかなあ」

「どうすると仰せになりますと」

忠重は猪之助の傍らに座り直して、その手許ばかり見ている。

「須和。戦国の世は誰かが天下を取らねば終わらぬだろう。それが武田でないとなれば、須和はそれでもこのまま勝頼様に従うか」

「勝頼様に」

「そうだ。武田家を率いて行かれるのはもはや信玄公ではない。須和はそれでも甲斐に留まるか」

「あなた様はどうなのでございます。いずれは負けるとして、どの程度の負けになるのでございますか」

「ふむ。見極めねばならぬのはそこだな。勝頼様では甲斐は守れまい」

猪之助を死なせることになってまで、須和は武田に執着するのか。

「なあ、猪之助」

と忠重は小さな頭を撫でた。

「このようなとき、おじいさまなら何と仰せになったかなあ」

猪之助は、ふうむと考えるような仕草をした。おやと二人で見ていると、土筆を口に持っていった。

「ああ、お止しなさい」

須和は腕を伸ばして、途端にぐらりと体勢を崩した。忠重が猪之助を抱き上げて横へ飛びすさり、須和はあっさり転んだ。

猪之助が目をぱちぱちさせて須和を見下ろしている。

「あなた様という御方は」

須和は噴き出してしまった。忠重はとっさに猪之助をかばい、須和には目もくれなかったのだ。

「なに、肝心の猪之助が巻き込まれてはえらいことだ。須和は己でなんとかせよ」

「まあ、薄情な。私だけ、己でなんとかですの」

だがなぜかその言葉は須和の胸に残った。

「ともかく今日は、昨日の続きをするしかなかろうな。おじいさまならきっとそう仰せになる」

何をしてよいか分からぬときは、手近な為すべきを果たす。すると次に打つ手が見えてくる。

「病の信玄公とて、皆を甲斐へ戻すことを考えられたであろう。それゆえ我らは甲斐へ帰り着くことができたのだ」

その信玄ももういない。長篠のいくさ次第で、忠重たちは考えねばならない。

「勝頼様では勝てぬのですね」

もう忠重は答えなかった。

それから長篠城の包囲は一月も続き、五月の半ばになって設楽原で合戦になった。大勢の譜代の重臣が斃れ、勝頼はまろぶように甲斐へ帰って来た。十五年前、桶狭間で義元が討たれたとき、氏真も同じようにして領国へ逃げ帰った。あれからの今川がまさしく、これからの武田の姿なのだ。

その明くる年、天正四年（一五七六）の四月になって勝頼は正式に信玄の葬儀を営んだ。信玄が言い置いた三年がちょうど過ぎたからだったが、その死を知らぬ者などもうどこにもいなかった。

須和が玉子を貰って戻ると、猪之助は言いつけ通りに忠重の枕元でじっと様子を窺っていた。須和の顔を見て、四つの子はほっとして笑みを浮かべた。

「よく眠っておられます」

労咳のようにうつる病でないのは幸いだった。忠重はこのところ腹の腫れ物のせいで、満足に起き上がることもできなくなっていた。

忠重は痛みのないときは猪之助に話したいことがたくさんあるようで、猪之助も根気よく耳を傾けていた。

「今日は父上は何か仰せでしたか」

「はい。お前は浜松まで歩けるかと」

「浜松？」

「はい。己の足で歩き通したと知れば、家康様が召し抱えてくださるかもしれぬと仰せでございました」

須和はそっとため息を飲み込んだ。もう幾年も前に戯れに話したことを、病を得た忠重は本気で考えているようだった。

須和が額の手拭いを取り替えると、忠重が薄く目を開いた。

「お痛みは如何でございます」

「もはや良くなることはなかろうゆえ、須和には次を考えてもらいたい」

それが再嫁という意味ではないのが、忠重が真に須和を分かってくれているところだった。もう日があまりあるとも思えなかったので、互いにつまらないことは話さなかった。

「猪之助は父に約束したな」

猪之助が真剣な目をしてうなずく。

「どんな約束をした。母上にも申せ」

「はい。浜松まで己の足で歩きます。母上におんぶをせがみません」

「よし。ならば表で遊んでこい。父母在せば」

「遠く遊ばず」

猪之助がはきはきと答え、忠重は満足そうに笑ってうなずいた。

猪之助は頭を下げて出て行った。

「さあ、これで私のできることは果たしたかな」

「何を仰せになります」

「須和。信玄公は天下を取るつもりで諸国に手を伸ばしておられた。信玄公ゆえ押さえも利いたが、亡くなったと知れば、それがいっせいに刃向かって来る」

三河の家康が魁になるだろうと忠重は言った。いっときは三方ヶ原で滅亡の寸前まで追いつめられた徳川だが、一昨年の長篠の戦いで攻守は全くの逆になった。

「武田が大きかったぶん、敵も多いと仰せなのでございますね」

「そうだ。勝頼公ではそれを受けきれぬ。信玄公の御為ならば喜んで命を捨てた重臣方も、この先は分からぬな」

信玄を知っていればいるだけ、勝頼では不満なのだろう。

元来、勝頼は継嗣でさえなく、今も武田には嫡男義信の死を惜しむ声がある。それは勝頼のいくさぶりが明らかになるにつれ大きくなっている。

「あなた様は、家臣の結びつきも違うと仰せでしょうか」

さしあたり徳川とは、ということだ。

「家康殿がどうなるかは分からぬ。だが少なくとも、武田のように滅ぶと決まったわけではない」

「武田が、滅ぶ」

それはどうにも変えられない未来なのだろうか。

「領国を徐々に切り取られてな、あの勝頼公が城一つに甘んじてゆかれるとは私には思えぬのだ」

父信玄の名に怯み、それを押し返そうとして勝頼は無茶ないくさを重ねてきた。

信玄はつねに重臣の諫止に耳を傾けたが、勝頼はいっさい顧みないという。負けが込み、焦るからさらに頑なになる。家臣たちは信玄とは比べないが、正統な嫡男だった義信とは比べてしまう。

「武田はもはや、小国として立つことに甘んじるしかない」

須和は茫然と、だが忠重の言う通りだと思って聞いていた。武田家が鎌倉殿の昔から甲斐守護職をつとめてきたという矜持も、勝頼にとっては首を絞める因にしかならない。

「まだ今川の氏真公のほうが人物であろうな」

氏真も領国は狭めているが、どことなく飄然と、それを堪えている風がある。

「氏真様はただ一人の義元公の跡取りゆえ、今川をどうしようが己の勝手だと、恬淡としておられるのであろう」

たしかに義信でも、それは同じだったような気がする。

「だが勝頼様は、そうはまいらぬからな。どうしても己は借り物、次に渡さねばならぬとお思いだろう。でなければ死を望まれるであろう、あの御方は」

「だから無理ないくさをなさるのですか」

「御性質ということもあるのだろうがな」

忠重はもう勝頼のことは見切ってしまっていた。己の命の残りについてがそうだから、勝頼にはもっとあっさりしていた。

「家康殿とはたった三月ばかり共に暮らしただけだが、新しい屋敷へ移られた後も、お見かけする度に笑いかけてくださったものだ」

「家康殿のことは、それからもずっとお噂を集めておられたのですね」

忠重も、須和の父も、他国の動静を知ることは半生欠かさずに来た。義元が死んだ桶狭間のとき、忠重は甲斐の武田家へ、家康は岡崎の自らの城へと、それぞれ今川家の下を離れた。

「あなた様は、猪之助を家康殿に仕官させたいとお考えなのでございますか」

「ああ。だが私は猪之助の元服までは待ってやれぬ」

たった四つの子を新たに仕官させてくれるところなど、あるはずがない。このまま武田家にいて禄を守るのでも精一杯だ。

「どうかお気を確かに持ってくださいませ。あなた様はきっと治ります」

大きく息を吐いて、忠重は弱々しく頭を振った。

「私の最後の望みと思って、須和がなんとかせよ」

忠重はまた瞼を閉じ、深い眠りに落ちて行った。

第二章　昧見姫（くらみひめ）

一

「当家の旗に、なんぞ吉祥でも宿ってござるかな」

背後から低い声ですごまれて須和は振り返った。

どうやら声の主はこの屋敷の主、本多正信だ。須和は帰城の刻限を見計らい、城下でところどころ足を止めつつやって来た。うまい具合に徳川の幟（のぼり）が厩（うまや）のそばに立てかけてあったから、眺めていれば四半刻ほどは潰せると考え始めた矢先だった。

「ご無礼をお許しくださいませ。文字の躍る軍旗を見るのは故郷の甲斐を出て以来でございます。信玄公のお姿が浮かび、しばし見とれておりました」

噂通り、濃い髭を生やした恰幅のよい侍だった。歳は四十ばかりで、すぐ胡散臭そうな顔をされたが、それは無理もない。須和が正信を選んだのは、正信もいっときは家康の下を離れ、苦労した末に帰参が叶ったと聞いていたからだ。

「ふうむ。では甲斐の尼か。なにゆえこのようなところにおる」

猪之助とつないだ手が震えて仕方がなかった。なんとか声を落ち着けようと、須和は被り物の中で大きく息をしていた。

「家康公が仕官を約束してくださいました神尾忠重の妻にございます。どうぞ家康公にお取り次ぎを願わしゅう存じます」

「ほう、家康公直々にとは笑止じゃの。偽りを申せば、尼とて容赦はせぬぞ」

正信は才走った鋭い目で睨みつける。だが須和も負けてはいられない。

「御仏に仕える身が、偽りなど申しましょうか。家康公にお目にかかれとは夫の遺命にございます。どうぞお確かめくださいませ」

つと正信は猪之助を見下ろした。背丈は須和の腰までもないが、半月余りも甲斐から歩き通し、すっかり日に灼けて、少々のことではへこたれぬ童になっている。

「遺命と申すからには肝心の神尾殿とやら、すでに死んだのであろう。当家もいくさ続きゆえ手は欲しいが、この童が仕官するか」

　猪之助はぎゅっと唇を横一文字にした。

「この子が元服いたしますまで、私を下仕えの侍女にしていただきとう存じます」

「それはまた厄介な申し出じゃの」

　正信は面倒くさそうに髭の生え際を指で掻(か)いた。

「まあ、聞いてみるだけは聞いてやろう。尼殿に何ぞ障りがあれば、儂も後生が悪い。明日までそこの上がり口の部屋を使うがよいわ」

　ぽんぽんと手を叩くと、屋敷から家士が走り出てきた。

「旅の尼殿を泊めて進ぜよ。この童にも夕餉をな」

　正信はそれからもう一度、きつい目で須和を顧みた。

「神尾忠重と申したな。明日、確かに殿に伝えてやろう。ただし万一謀(たばか)ったのならば、無事では済まさぬ。左様心得よ」

　須和ではなく猪之助をぎろりと睨みつけたが、猪之助は黙って睨み返した。

「なるほど。大した面構えの童じゃの」

　正信はふんと笑って屋敷へ入って行った。

明くる日、正信は登城するとすぐ戻り、そのまま須和を連れて家康のもとへ行った。

「どうやら嘘ではなかったらしいの。殿が名を覚えておられたぞ」

それには内心、須和のほうが驚かされた。

「だが家康公は腑に落ちぬとも仰せであった。心してお目にかかるのだな」

猪之助は正信の屋敷に留め置かれ、須和は浜松城に上って小さな板間で正信と待った。心強いのはただ顔を隠せる尼の被り物をしていることだけだった。

やがて家康が現れた。

歳は忠重の三つ上だから三十七、八のはずだ。柔でもするのか肉付きが良く、大股で悠然と上段に座った。目つきが鋭いわけでもなく、どちらかといえば親しみやすい獣のような雰囲気だ。

須和は正信に対したときよりも緊張がほぐれた。

「子を置いて来るように申しつけたが、気がかりであろうな」

顔を上げると最初にそう言われた。

「本多様が、猪之助のことは案じるには及ばぬと申してくださいましたゆえ」

「ああ、猪之助。懐かしい名じゃ」

家康が神尾家にいたとき、忠重はまだその名だった。

「そなた、神尾忠重の室だとな。して忠重は如何した」

「前の冬にみまかりました」

「今川はいくさなどしておったか。たしか忠重は儂の三つ下。まだ三十過ぎであろう」

「三十三でございました。胃の腑の病にて、二月ばかり寝ついて旅立ちました」

家康は忠重の歳まで覚えていた。自身も幼かっただろうに、よほど頭が良いのか、それとも忠重が格別印象に残ったのか。忠重は性質も顔立ちもこれといって目立ちもしない、そのぶん朗らかな、どこにでもいるような侍だった。

「そうか、それは惜しいことであった。たしか左が利き腕だったろう。神尾の家で厳しゅう躾(しつ)けられて、筆も弓も決して左は使わなかったが」

思わず須和は息を呑み、つい正信を振り向いた。もちろん正信はきょとんとしている。

「まさかそのようなことまで知っていてくださいましたとは。私、忠重とは幼なじみでございましたが、嫁ぐまでついぞ知りませんでした」

あるとき忠重が恥ずかしそうに、実はこんなことができると言って、器用に左手で文字をしたためてみせたのだ。右より上手だと須和が感心したので、実は左利きだと教えてくれた。

「夫は、筆も箸も、何もかも右で通しておりました。それが、つまみ食いをするときはどうしても左手が伸びますもので」

「ならば儂がまことに忠重を覚えておることは、これで分かったか」

須和はほっと和んでうなずいた。

「では次は、そなたの番じゃ。儂が神尾殿に世話になったのは遠江の今川におったときよ。だがそなたは甲斐から参ったのであろう。女の足で、幼い童を連れてとは、まこととは思えぬが」

隔てを解いたかと思えばすぐ笑みを消す。だが女相手に鋭い目をするわけでもない。

「夫は今際のきわに、猪之助に浜松まで己の足で歩き通せと申しました。ですが女親としては心許なく、一周忌を済ませてから旅立つことにいたしました」

忠重が死んだのは師走だったから、もう一昨年になる。猪之助はしっかりしているといってもまだ四つだったから、一年を待ち、雪が消えてから甲斐を出た。

「甲斐からは身延山道でございますゆえ、尼に身をやつして歩けば、それほど危のうもございませぬ」

「そうかのう。まだ追い剝ぎの類も多かろう」

正信が横から労るように口を挟んだ。

「尼を殺せば七代祟ると申します。日の高い内に行けば、滅多なこともなかろうと考えてまいりました」

「おお。きっと神尾殿のご加護であろうなあ」

どうやら正信のほうは親身になってくれているようだ。それなら家康が無理でも、正信のほうで下仕えをさせてもらえるかもしれない。

家康は顔つきを変えずに、注意深く須和を眺めていた。須和は心しなければ猪之助を路頭に迷わせることになってしまう。

「神尾殿は武田との取次役をしておられたが、そなたは忠重と幼なじみと申した。忠重がそうそう甲斐へ行っておったとも思えぬが、なにゆえ幼なじみじゃ」

「桶狭間の戦いの後、忠重は父とともに武田家に召し抱えられました。一条信龍様が」

　須和がちらりと目を上げると、家康は目顔でうなずいてきた。

「信玄公の末弟であろう。信虎殿と今川におられたな」

　家康はたいそう物覚えが良いのだと分かった。当時いくつだったのか、それほど自らと関わりもなかっただろうに大した頭だ。須和は少しずつ、隠しごとをするのはかえって危ないと思い始めた。

「忠重は、今川では信龍様の近習をつとめておりました。それゆえ信龍様の供として武田に仕官替えが叶いました」

「義元公の亡うなった今川には、恩も義理もなかったか」

「そう取られても構わぬと、当人たちは考えたようでございます」

　家康と正信がそっと目配せをしていた。

　甲斐から墓の土まで携えてきた須和は、もう他に行くところがない。

——須和が己でなんとかせよ。

須和はひそかにあの世の忠重にうなずいていた。

「なるほどのう。それで須和と忠重は幼なじみか。桶狭間のとき、須和はいくつであった」

「六つでございました」

「儂は十九であったわ」

初めて家康がにこりとした。

「須和の父は、神尾殿と昵懇だったのか」

「はい。私の父は信玄公に仕え、今川家との取次役をしておりましたので」

「ではそなた、武田と今川の取次役の、取次役か」

正信は怪訝そうに小首をかしげたが、須和はつい噴き出しそうになった。

「違います。私が父と夫のあいだを取り持ったのではなく、毎回双方の話を興がって聞いておりますうちに、勝手に音物にされていたのでございます。六年前はまだ私にも、若いという唯一の取り柄がございましたもので」

わっと家康が笑い声を上げた。

「それはよい。須和は音物か。六年前といえば信玄公がみまかられた年ではないか。甲斐ではいつ明らかになったのだ」

笑ったと思えば、即座に真顔に戻る。

信玄の葬儀は、死の三年後に営まれている。家康のほうこそ、いつから知っていたのだろう。

「そうだな、言い直そうか。須和はいつ気づいた。信玄公の死は、甲斐でもずっと秘されておったのであろう」

「三方ヶ原のいくさからお帰りになりました折、騎馬があまりにみすぼらしゅうて妙に思いました。ですが夫が話してくれたのは、それから二年も過ぎてからでございます」

「では忠重は葬儀の前に、そなたには話したのだな」

須和はうなずいた。甲斐の女衆の中では、須和は最も早く知った部類だったろう。

「なるほどな。では話を戻す。なにゆえそなたは儂のもとへ参った」

「どうぞ猪之助に仕官を願わしゅう存じます。ですがまだ六つでございますので、恙(つつが)なく元服いたしますまで私を侍女に召し使っていただけぬでしょうか」

須和はあらためて深々と頭を下げた。

「しかしなにゆえ武田を去った。甲斐にそのままおれば、猪之助は忠重の禄を継げたではないか」

須和は思い切って頭を上げた。まっすぐに家康の目を見つめた。

「忠重が、武田は早晩滅びると申しました。それゆえ徳川家に仕官替えをすることにいたしました」

そのときむっとして正信が身を乗り出してきた。

「ややあ、今の今まで武田の禄を食(は)んでおったくせに滅びるなどと、ようも申すものじゃ。尼よ、残念ながら家康公はの、甲斐の国法をことごとく読まれるほどの信玄公贔屓(ひいき)におわす。だというのに、そのほうは無礼ではないか」

正信は顰(しか)め面を赤くしてこちらを睨んだ。

だが須和は、相手が頭に血を上らすとそのぶん静まる性質だ。正信を見れば見るだけ家康への恐ろしさは消え、度胸が据わった。

「生身の信玄公を存じ奉ればこそ、次の御方はと尻に火が付いたように急(せ)かされるのもまた、人の常でございます」

つい尻などと言って、須和は首をすくめた。家康はそんな須和を愉快そうに眺めている。

「失礼いたしました。夫がそのように申しておりましたゆえ」

「そうか、忠重がな」

「勝頼様は今川氏真様のように小国として立ってゆくことは辛抱なされぬゆえ、武田は滅びるしかないのだと」

「ふむ、辛抱をな。勝頼は、そうも今川の氏真とは違うか」

須和は黙って目を伏せた。ほんの寸の間で、またすぐ家康が恐ろしくなった。

「夫が……、忠重が申しておりましたのは」

家康がじっと見つめてうなずいた。

「まず眼前のやらねばならぬことをやる。すると次に為すべきことが見え、それをやればまた次が開けると。人がそのようにして義の道を歩めば、それにつれて世も進むと申しておりました」

「ほう。世が進むか。するといつかはいくさのない世も来るかのう」

それは須和には分からない。

「私が今いたしますべきは、猪之助の道を開いてやることでございます」

「それは忠重の戒めか」

「もとは私の父が、旅の僧に教わったと申します」

「どこの宗門じゃ。名は何と申した」

須和は答えることができない。黒ずくめの衣をまとった、見上げるばかりに背の高い異形の僧だった。

「ならば須和は、猪之助に恥じる生き方はせぬであろう」

「それは、母ならば当たり前でございます」

この戦乱の世でこれからどう生きていくか、須和はまだ考える余裕がない。今は母子二人、明日から食べていける道をなんとしても見つけなければならない。

「承知した。猪之助ぐるみ、当家に召し抱えてやろう」

「まことでございますか」

須和は思わず手を打ちそうになった。

家康は笑ってうなずいている。

「仕官の証に、須和には新しい名をやろう」

家康がそう言うと、正信がはっとして手をついた。須和も慌てて正信にならった。だが正信は辞儀をして出て行ってしまい、須和は一人取り残された。

「阿茶はどうだ」

「は？」

顔を上げると、家康が目を細めていた。

「そなたは今から阿茶という」

どうしてだろう。阿とは名の上につける親しみのしるし、とすれば名はただの茶ということになる。

家康がくすりと笑って軽く空を指した。

「ちょうど今日は八十八夜ではないか。そのような日に参ったゆえ、阿茶だ」

「阿茶……」

その響きがしっとりと肌に染みこんできた。激しい雨の通り抜けた朝、日を浴びて黄金色に光っていた道中の新緑。うずくまる兎のような茶葉の木々と、その連なりでできた丸い山。

「たしか、浜松は茶処でございますね」

「いかにも。禅では茶には十徳があるという。茶禅一味じゃ。五徳では足りぬのよ」

その意味が須和には分からなかった。家康はなぜか横を向き、やれやれとため息をついた。

だがすぐまた須和に優しく微笑みかけた。

「どうだ、気に入ったか」

「はい、とても良い名でございます」

我ながら声が弾んでいた。須和には今日から新しい日々が始まる。仕官の証に名まで貰うとはなんと有難いことだろう。

「これから阿茶にはいろいろなものを見せてやろう」

「いろいろなものを……」

「面白い一生を送らせてやろう」

大げさなと、首をかしげた。

「阿茶は侍女ではなく側室となるように」

「は？」

なにか聞き違えをしたのだと思った。だがその名で呼ばれると、内側からこの身が潤うような心持ちがする。

「阿茶はまだ己がどう生きればよいか分からぬのであろう。ならば儂の命に従い、猪之助の道を拓いてみよ。広い、豊かな道をな」

「広く、豊かな道……」

「それがさしあたり、阿茶の為すべきことであろう」

目の前に強い光が射して来た。

「ですが」

「ふむ。不服かの」

「いえ。ただ、側室というのは、若く美しい人がおなりあそばすものではないのですか」

阿茶は生まれてこのかた容姿を褒められたことなど一度もない。歳はもう二十五になるし、猪之助という子まである。

思い切って頭の被り物を取ると、家康が噴き出した。

「なんだ、どれほど不器量かと思えば、十人並みではないか」

阿茶は頬を膨らませたが、すぐ自分でも噴き出してしまった。

「儂の正室は義元公に娶(めあわ)され、たいそう美しいが嫉妬深うて、あの声を聞くだけで儂は未だに胸が苦しゅうなる。嫡男の嫁は五徳と申すが、嫁姑がいがみ合うて国を揺るがすばかりに大もめをしておる」

「ああ、それで徳が五つでは足りぬと仰せでございましたか」

「おう。察しが良いではないか」

家康は茶目っ気たっぷりに顰め面をしてみせた。

「儂を慕うあまりの嫉妬ならば拝みもしよう。だがあれは我執にすぎぬのでな。阿茶は決して、そのような生き方はするな」

「ですが、妬みを持たぬ女子などおりましょうか」

「ああ。おるとも。ただ、どうやら生まれつきのようでな」

即座に言い切って、家康は少し遠い目になった。何を思っているのか、その横顔は満ち足りて見えた。

「阿茶も驚くであろうな。どうだ、ただの侍女になるより面白いものを見られるぞ」

外は新しい緑の輝く、美しい時節だ。山々は裾から少しずつ緑になって、いつかは頂上まで新しい葉に覆われる。

今日から親子二人、阿茶はもう旅を続けなくてもすむ。

「まことに有難い名を頂戴いたしました。どうぞ末永う宜しゅうお願いいたします」

まっすぐに目を見て答えると、靄(もや)が晴れたように家康が凜々(りり)しく思えてきた。


家康が父祖の地の三河国岡崎城に戻ったのは、桶狭間で義元が敗れたすぐ後だった。それからは今川と袂を分かって領国を広げ、ちょうど節目の十年で改築の成った浜松城に入った。

浜松城は三河と遠江の境にあり、もとの岡崎城は西の尾張に接している。家康は浜松城に移ると、岡崎城のほうは嫡男の信康に譲った。

堅牢な石垣に天守閣のそびえる、質実な造りの浜松城が阿茶は好きだった。朝日がまっすぐに昇る大手門、その先には天竜川にまで豊かな平野が開け、甲斐の方角には遥かな山並みを見晴るかすことができる。南に広がる遠州灘は阿茶が見たこともなかった紺碧色で、これほど明るい城には天も味方するだろうと気が大きくなった。

阿茶は曲輪の一角に二間続きの四部屋を与えられ、猪之助は同じ歳の子らに交じって剣槍や弓を習い始めた。城下の学問所にも通い、友もでき、ほんの一月前のただ災厄に巻き込まれぬので精一杯という暮らしが嘘のようだった。阿茶は何もかもが有難く、大手門から日が射せば柏手を打ち、甲斐に続く峰々には朝夕に手を合わせた。花が咲いていればゆっくりと足を止め、堀を覗き込んで水鳥を数えていられる毎日になった。

家康は浜松に岡崎を合わせ、禄高はざっと三十万石ほどもあった。浜松城は深い堀に囲われた重厚な城で、曲輪も広く、どこに誰が暮らしているのかも見当がつかなかった。阿茶は家康と話していても政（まつりごと）向きのことばかり好むもので、側室としては肝心の、家康の正室や他の側室のことは尋ねるのも忘れていた。

ようやく城での日々に慣れ、甲斐と違って早い夏だと汗を拭うようになったとき、城が突然、沸き立つような大きな歓声に包まれた。

もとから侍女を使うわけでもなかったから、阿茶は猪之助が出かけてしまうとい
つも一人になった。皆が忙しなく廊下を行き来するのを障子を開けながら眺めて、
ちょうど見慣れた髭面が大股でやって来たので呼び止めた。

「おお、これは阿茶殿」

「正信殿、何があったのですか。城は大した騒ぎでございますね」

正信は驚いたように大きな団栗眼をきょろきょろさせた。

「なんと、阿茶殿はご存じなかったのでござるか。家康公に御三男がご誕生あそば
したのでござるよ」

「御三男？　家康公に御子が」

今の今まで、阿茶はそんなことは考えもしなかった。

「お産みまいらせたのは西郷局様。あの方の御子とあらば、我ら家臣一同、喜びも
一入でござる」

「一入とは、なにゆえに」

「いやいや、家康公の御子ゆえ、智略にも武勇にも長けておられるのは疑いもない。

もはや人質になど出さずともよい。手許で如何様にもお育てできる。我ら一同、懸

命にお助けする所存」

　正信は己の胸を、どんと拳で叩いた。いやに饒舌である。

「ええ、それで」

「ですがなかなか、持って生まれた御気質というものは矯めるに難しいものでござろう。それが西郷局様の御子ならば、お人柄に間違いはない」

　阿茶はむっとして、それがそのまま顔にも出た。西郷とは誰なのだ。

　すると正信は目を見開いて覗き込んできた。

「ひょっとして阿茶殿は西郷局様がお嫌い、でござるか」

「どなたです、それは。私は今初めて名を伺いました」

　どんな女かと聞きたいところをぐっと堪えた。たしか家康の正室は、声にまで癇性が表れるほど嫉妬深いという。

　正信は暢気に、この上ない上機嫌でほくほくと話す。

「いや、そうでござろうなあ。一度でもお目にかかれば、儂が申すこともお分かりになるであろう。西郷局様はそれはお美しい御方じゃが、どんな御方かと聞かれれば、皆が御器量のことは後回しにするほどでのう」

ひとしきり笑い声を上げてから、ふと思い出したように阿茶に目を留めた。

「まさか阿茶殿は、他にも側室がおられることをご存じなかったので」

「いえ、そのようなことは」

阿茶は慌てて首を振る。ただ考えたことがなかっただけだ。

「ですが、そのように抽んでた御方がいらっしゃるとは、正信殿もお教えくださらなかったではありませんか」

「はあ。それは、お尋ねになりませんでしたので」

首をかしげ、きょとんとした顔で髷を掻いている。

家康に二人の男子がいることは阿茶ももちろん知っていた。嫡男の信康は今川で迎えた正室、築山御前の子で、もう二十一になり、岡崎城を譲られている。いっぽう二男の於義丸はたしか六つと聞いたが、どういうわけか家康が城に入れず、阿茶は母子とも姿を見たことがない。

「いやはや女子の悋気は恐ろしきものにて、於義丸君など、なかなか家康公にお会いも叶いませせぬ。まあ阿茶殿は聡明な御方ゆえ、そのようなこともござるまいが」

「正信殿。厭味が厭味と分かるゆえ、私も聡明などと言われるのでございますよ。」

遠回しなことを仰せにならず、悋気を起こさぬならば話して進ぜようと仰せになったほうが、早う和子様にお目にかかれますよ」

まどろっこしいのは阿茶も苦手である。

「そうですか、私が尋ねなかったゆえでございましたか。ならば今、お尋ねいたします。殿はなにゆえ於義丸君のことは粗略になさるのでございます」

「ほう、お聞きになりたいのは西郷局様のことではござらぬのですか」

正信はばつが悪そうに顎鬚を引っ張っている。

だが今、西郷のことを知っても阿茶は気が滅入るばかりだ。かといって六年も前の側室には興味もない。それなら家康がほとんど名も口にしなかった於義丸のことで気を紛らわそうと、とっさに考えた。

「信康様のことは私も毎日のようにお話を伺ってまいりました。それは武勇に優れた若君であられる由」

「左様にござる。さすがに殿と比べれば、ちと短気が困りものじゃが、長篠の戦いでは殿を守って殿軍をつとめられたほどでございますからな」

「ええ、聞いています。まだ十七でいらしたそうですね」

酒が入ると家康はよくその話をする。己は信長の器量には及ばないが、嫡男どうしで比べれば全くの逆だというのが、家康の一つ話だ。

「だというのに於義丸君のことをお尋ねするとご機嫌を損ねてしまいました。これも私だけが知らぬのか、それとも家中皆が知らぬのか」

少し厭味を言ったが、正信は気づかなかった。ふむ、と腕組みをして突っ立っている。

「阿茶殿には隠しても無駄でございますのでな。儂が言わぬでもどこぞから探り当ててしまわれるであろう。ちと長い話になるがのう」

そう言って正信は、廊下の前と後ろとを見回した。鉤の手に曲がる廊下は、こちらも

阿茶は居室に招き入れて障子を開けておいた。鉤の手に曲がる廊下は、こちらも向かいも慌ただしく侍女たちが行き来している。

「しかし、実は儂もあまり詳しくは知らぬのでござる」

「承知いたしました。ご存じのかぎりでお教えくださいませ」

「いや何、於義丸君のご生母、小督局様はもと築山様の侍女でござってな。げに女子の悋気は恐ろしゅうござるが、ご懐妊のみぎり、築山様はお怒りのあまり、丸裸

にしてそこの大木に括りつけられましてな」

正信は正面にある楡（にれ）の木を指さした。

まさかと阿茶が笑うと、正信は眉をひそめて手のひらを振った。

「悋気など、男のほうが恐ろしいものでございましょうに」

「いや確かに、ご慧眼でござる」

阿茶はため息をついた。正信は話す気があるのだろうか。

阿茶の顔に気がついて、正信はくすりと笑って肩をすくめた。

「まあお聞きくだされ。で、小督局様は結局、城を出て於義丸様をお産みあそばしたのですが、どうやら双子でございました」

「於義丸様が。ということは、もうお一方も男子でおわしましたか」

「さすがは阿茶殿でござる」

正信は険しい顔をしてうなずいた。武門でも百姓でも双子は身代を分かつといって嫌われるが、片方が女であれば、男のほうを重んじればいいだけのことだ。

「ですが殿が双子ゆえ厭われるとは思えませぬ」

「いや、儂とてそう思います。阿吽（あうん）の像、社の狛犬の喩（たと）えもござる。わが殿ならば双子の男子など、如何様にも吉祥に言い換えておしまいになりましょう。さすれば向後、浜松で双子を産んだ母はどれほど肩の荷を下ろしますことか。殿ならば、そこまで読んで、諸手を挙げて喜んでお見せになるに決まっておるのでござる」

阿茶もこれはさすがに正信の読みだと思った。たしかに家康なら、双子が厭がられる世の向きを変えるためにもすすんで一役買ったに違いない。

側室になってすぐ、阿茶は家康が妙に義侠心に篤いと気がついた。やもめや孤児にはどうかすると情けをかけるし、人質として送られてきた子は顔を見ただけで返してしまう。それが逆に、律儀で信頼できると噂される因になり始めてもいた。

「わが殿とすれば、双子の子らを救えるまたとない折を、小督局様にふいにされたとご立腹なのではござらんかのう」

正信は正面の楡の木をしみじみと眺めている。

「小督局様がなにゆえ一人を隠されたかといえば、やはり築山様に張り合われたゆえでござろう」

双子では侮られると思ったのだ。

「ですが、それは小督局のお考えでございましょう。殿が於義丸君をお避けになるのとは別ではございませんか」

「ふむ。では五日の後といたしましょうかの」

「何をでございます」

「決まっておるわ、西郷局様にお祝いを申し上げに参る」

どきりとした。阿茶も会わねばならないのだろうか。

「では本日はこれにて失礼いたしまする」

正信はそそくさと立ち上がると、もう後も見ずに行ってしまった。


西郷局は家康が於愛と名を付けた、別格の中でも別格の側室だった。歳は阿茶より三つ年嵩の二十八で、前夫とのあいだに一男一女があるという。死別した前夫は西郷局にとっては従兄にあたり、ともに徳川家に忠勤を励んできた三河の城主一族という家柄だった。

昨夜、久しぶりに阿茶のもとを訪れた家康を、阿茶はつい詰ってしまった。

——そのような御方がおいでとは、一切お話しくださらなかったではございませんか。

阿茶が尋ねなかったからだと家康も答えたが、それは西郷を別格と認めたということでもあった。

西郷の父たちは桶狭間の戦いの後、今川に人質を置いたまま家康に味方した。そのため人質だった西郷の近親の子らはことごとく串刺しにされて死んでしまったのだという。

どれもまだ十歳にも満たぬ幼い者たちで、家康にとっては自身の幼い日と重なる、己と紙一重の子らだった。

――於愛は阿茶のことをよう存じておるぞ。早う会うてみたいと申していた。

――それは私など相手にもならぬと軽んじておいでだからでございます。この世に妬かぬ女子などおりませぬ。

――そう嚙まれた犬のようにきゃんきゃん叫ぶな、阿茶らしゅうもない。

――嚙まれた犬ではございませぬ、犬が嚙むのでございます。

阿茶がむすっとして顔を背けると、家康は苦笑いを浮かべた。於愛の産んだ赤児は長松と名付けられたが、その誕生が嬉しいあまりに、家康は誰が何をしても上機嫌だった。

——阿茶はまさか於愛の美しさに妬きはせぬであろう。左様、詮無いことゆえな。

さすがに言い返すことができなかったが、家康の眉の垂れた狸顔を見ていると、本気で嫉妬するのも莫迦らしくなった。颯爽として見えた初めの家康は煙のごとく消え、美貌で側室におさまったわけではない阿茶は、それはそれで格別の側室かもしれないと、悟りと諦めの境地に至りつつもあった。

——於愛の何よりの長所は、心延えの美しさじゃ。生まれつき、欲や悪や僻みとは無縁にできておる。儂も他には見たことがないがな、それら全て、母の胎から持って出ずに生まれたとしか思えぬわ。

一体この世にそんな者がいるのだろうか。はるかな昔、飯田の父が行き会った異形の僧がそうだったらしいが、それは男だった。

——阿茶も己には何ができるか考えることだ。美しさを競うのも赤児を挙げるのも、まあよかろう。だが阿茶には男を凌ぐ知恵があるではないか。それを使わぬ手はないぞ。

家康はからかうように阿茶の額を指で突いた。妬みなどに囚われているには、人の生涯は短すぎる。

阿茶は鬱々としながら、正信について西郷局の居室へ向かっていた。曲輪の南へ長々と畳廊下が続き、突き当たりに日の降り注ぐ大きな座敷がある。

障子が気持ちよく開け放たれて、侍女が赤児を抱いているのが見えた。

その傍らに、緋色のあでやかな打掛が畳一面に広がっている。まるで大輪の花が一つ咲いているかのようだ。

遠目にもそれと分かる美しさだった。潤んだ栗色の双眸(そうぼう)がじっとこちらを見つめ、やがてはっと驚いたように見開かれた。

西郷が笑って手を振ってきた。そのまま立ち上がると、儚(はかな)げな清らかな声で正信殿と呼んだ。

正信が慌てて駆け出した。

「西郷局様、どうぞ、どうぞそのまま」

正信は廊下を大股で駆け抜けると、座敷に飛び入って西郷を支えるように手を伸ばした。

西郷が満面の笑みでうなずき、安心したように腰を下ろす。

阿茶は会釈して座敷の手前に控えたが、西郷は正信しか見ようとしない。

「正信殿、どうでございますか。殿によう似た、げじげじ眉。今眠ったばかりですけれど、目を開くと本当に狸のような丸い目々をしているのでございますよ」

「ま、局様」

横で年配の侍女がたしなめた。だが侍女も仕合わせそうで、座敷は甘酸っぱい果実の香に包まれていた。

阿茶が待つ廊下にはじりじりと夏の日が照りつけていた。どこか遠くで蟬が鳴き、阿茶は背に汗まで滲(にじ)んできた。

だが西郷はちらりとも阿茶を見ない。

正信は相好を崩して侍女から赤児を受け取っている。

「畏れ多いことながら、抱かせていただきますぞ」

「ええ。どうぞ、そのお髭を触らせてやってくださいませ」

「そのような、滅相もない」

それでも正信はぎゅっと赤児を抱きしめて頰ずりをした。赤児がむむむ、と手を突っ張って離れようとしたので、おののいて即座に侍女に返した。

「ああ、儂は果報者にございます。殿のお喜びようが、これまた尋常でござらぬゆえの。ですがこの髭面、長松君様のお手に触れましたぞ」

侍女たちが華やいだ笑い声を上げる。

だが西郷はまだ阿茶を見もしない。阿茶は頭を下げる間合いを計りかね、ぼんやりと日に背を焼かれていた。

「ああ、そうでござった、西郷局様。これにおわすは阿茶殿にございます」

正信がわずかに上半身をこちらに向けて、ようやく阿茶の名を口にした。

それでも西郷はぼんやりと、阿茶を見るでもなく後ろの庭木のほうを眺めている。

「お初にお目にかかります、阿茶様。西郷と申します」

澄んだ美しい声は阿茶の横を通り抜けていった。座敷に招じ入れられるでもなく、阿茶は廊下に座ったまま手をついた。

ちらりと顔を見上げると、西郷は関心もないという様子で空を眺めている。もとから阿茶のことなど、ものの数にも入らないのだろう。

阿茶は思い切って背を伸ばし、正面から西郷を見据えた。

それにしても毒気を抜かれるような愛らしい顔だった。美しいというより幼子のように愛くるしいというのか、あまり女を思わせない容貌をしている。色香や華美にはどちらかといえば縁のない、清浄で風通しの良い人柄を感じさせる目だ。

だが西郷の笑みは正信にのみ向けられていた。阿茶のことなどどうでもよく、正信にだけ受けを良くしているようにも取れる。

「では、長々と居座ってお疲れになられてはいけませんのでな。それがしと阿茶殿はこれにて」

「まあ、今おいでになったばかりではございませんか」

「いやいや。殿にお目玉を食らいますのでな」

正信はふざけて両方の人差し指を頭に立て、鬼の角を作ってみせた。

西郷と侍女たちがまたぱっと笑う。

「阿茶様、どうぞまたおいでくださいませ」

西郷は優しい声をかけてきたが、やはり阿茶の顔は見ようともしない。

阿茶は打ちひしがれた気持ちで手をついた。己だけが冷たく拒まれたような気がしていた。

こんな女のどこが良いのだろう。しょせん家康もこの美しさに惑わされているだけではないか。

西郷はただ座っているだけで家康に愛される。それにひきかえ阿茶は、男のように頭を使い、妬かぬというなら傍に置く。はじめから阿茶では勝負にもならないのだ。

正信の後ろをついて歩きながら、阿茶は不覚にも涙がこぼれそうだった。己は何を期待していたのかと、それからしばらくは居室から出ることもできなかった。

二

その知らせが浜松城に届いたのは長松が生まれて一月も経たぬうちだった。城からは音という音が消え、誰もが息を潜めてうなだれていた。赤児の長松でさえ気遣って泣かぬようだと、侍女たちは涙を拭いながら噂し合っていた。

岡崎城を譲られていた家康の嫡男、信康が今川家と内通していると、なぜか信長からの使者が知らせて来た。しかも謀反の相手は信長と、他でもない家康だというので、浜松では誰もが首をかしげた。

信康が家康を敬うさまは、いっそ崇拝といってもいいほどで、謀反などあり得なかった。そもそも今川はかつて徳川が幾代にもわたって苦しめられてきた相手であり、何を今さら勢力を失った今川に肩入れをして反旗を翻すなど、徳川の者が考えるはずはなかった。

だが五徳という名の信康の妻は、姑の築山殿と長くいがみ合ってきた。家康は五つの徳では足りぬのだと言ったが、その五徳は信長の娘である。娘が父に徳川の非を十二もあげつらった文を書き、その一つに信康が今川と通じているという条があったのだという。

経緯(ゆくたて)を阿茶に話して聞かせた正信は、畳に穴が開くような深いため息をついた。

「もとは嫁姑でござろうな。五徳様が二人続けて姫をお挙げになったというので、築山殿がいらぬ世話を焼かれた。ご自身の侍女を次から次へと信康様の妾になさるゆえ、さすがに五徳様も堪忍袋の緒が切れたのでござろう」

文には築山殿の非をのみ書いたというが、信長は事をそこまでで止めなかった。

そのとき阿茶が思い出したのは、家康が酔うと決まって話す、徳川と織田の嫡男比べだった。

――儂は信長殿には敵わぬが、次の代になればのう。わが信康は、信忠殿とは格が違うておるわ。

信忠とは信長の嫡男で、歳は信康の二つ上である。

「げに、女の妬みというのは恐ろしい。今時分、五徳様も悔やんでおられましょう」

これには阿茶も言い返すことができなかった。女は女しか妬まないが、男は女にも嫉妬する。だから男が倍のはずだが、嫁姑となると女の独壇場だ。

「そもそもは築山殿が未だに今川に執着なさるからでござろう」

築山殿は今川義元の姪にあたるから、その御大切の伯父を殺めた信長の娘は、嫁になる前から憎くてたまらないのだろう。

「落ちぶれたとはいえ今川は、徳川など足下にも及ばぬ名門でございますゆえなあ」

「ですがそれも、殿が至らぬゆえとも申せましょう。殿が築山殿を邪険になさっておられねば、このようなことにはなりませんでした」

きっと家康もそれは思っているだろう。阿茶には家康の歯噛(はが)みする姿が目に浮かぶ。

「それで、どうなるのでございます。まさか信長公は、嫁姑の仲を取り持ってやるおつもりではございませんでしょう」

「ふむ。忠次が早速、弁明に参上つかまつったが、まるで取り合うてくださらなんだ由」

今、信長は安土の城に住んでいる。ゆるやかな階（きざはし）が巨大な大手門まで続き、その両脇には諸侯の屋敷がひしめき合っているという。天守が完成して信長が移り住んだときから、家康は自らの名代として酒井忠次をそこに遣わしている。

「実は、信康様に切腹を仰せつけられました」

阿茶は思わず袖で口を押さえた。

「信長公は、殿次第だと仰せになりましたそうな」

信長の命に従い、信康に始末をつけるか、あるいは信長に逆らい、嫡男をそのままにするか。信康を生かすことは信長に逆らうことだと、家康は突きつけられた。

「もしや信長公が、五徳様に文を書かせられたのでしょうか」

「さすがにそれはござるまい。しかし信長公にとっては勿怪（もっけ）の幸い。この機を逃されるはずもない」

　──儂は信長公には及ばぬが、嫡男どうしで比べればどうであろう。信長にとっては信康など、おらぬに越したことはない。

「今はまだ、殿が刃向かえぬからでございましょうな」

　家康がとても敵わない圧倒的な力が、信長にはある。

「だからこそ五徳様を奥方に迎えられたのでしょうに」

「そうですな。ですがもはや、そういうことに成り果てました」

　とりあえず家康は信康を岡崎城から出し、寺に押し籠めているという。

　岡崎城の信康の家士も、皆それぞれに行き惑っている。家康はもちろん信長も、本気で信康が謀反を企てたなどと信じているわけではない。

「殿はどうなさるおつもりでしょう」

「先達て、岡崎から平岩親吉が血相を変えてやって参りましたがの」

　信康の傅役をつとめる譜代の家臣である。信康が疑いを受けたのは己の不徳、弁明の証に自らの首を信長に送ってほしいと懇願したが、家康は理屈を説いて思い止まらせたという。

信長がこの機を逃すはずはない。端から疑いを晴らさせるつもりもない。となれば親吉は死ぬだけ無駄だ。

「徳川の北には未だ武田があり、東には今川がある。西の織田と袂を分かつようなことになれば、当家の滅亡は必定」

かつて家康の父広忠も同じように考えて、家康を織田に奪われても今川の下から離れなかった。あのとき広忠が家康を憐れんで織田に与していれば、徳川はとうに滅んでいた。

しかも広忠のときと違って、今織田にいるのは信長なのだ。

「ならば殿は、密かに信康様が行方をくらませてくださるように願うておられるのではございませんか」

「それは、なりませぬ」

正信は厳しい顔で横を向いた。

もしも信康が逃げれば、家康は追わねばならない。徳川の領国で家士どうしが争えば、先々まで禍根が残る。下手をすればその間に隣国から攻められるかもしれない。

「どう足掻いても、今の徳川には信長公に向かうだけの力はございませんのでな」

今はまだ、と正信は二度も言った。その今を超える日がいつかは来るのだろうか。

「どうでござろう。阿茶殿ならば殿をお慰めできますかのう」

阿茶がいつまでも口を噤んでいたので、正信は座敷を出て行った。


家康は元来、酒には強かった。相手にも量にもよらず、酔わぬと決めれば酩酊もせず、わずかに顔を赤くして座を白けさせぬ術まで心得ていた。

初めて酒を覚えたのが人質として今川にいたときだったことを思えば、哀れな性分でもあった。阿茶は今の暮らしの大きな喜びの一つが好きに酒を飲めるようになったことだといううわばみだが、家康はかつて一度も、心の底から酒を楽しんだことはなかったのかもしれない。

家康は杯を持ち上げたものの、呑む気にはならぬようだった。縁側では青ざめた月が庭の楠を照らし、家康の背に白い輪郭を点じていた。

この九月、信康は押し籠め先の二俣城で自刃した。母の築山御前はそれより先に、ためらう家康を見かねて家臣が討っていた。

「煎じつめれば情けない保身にすぎぬ。信康に始末をつけなければ、儂が死なねばならぬゆえじゃ」

　そうつぶやいて家康は杯を干した。

「酔うて申すがな、阿茶。儂は幼いときから、嫉妬だけはすまいと念じて生きてきた。人は、上を見ても下を見てもきりがない。強い親に守られて育つ子もおれば、人質に出される童もおる。その人質に、小姓として付き従わされる童もな」

　かつて家康と同じように人質に出されていた子の中には、親が寝返ったせいで磔（はりつけ）にされた者もいた。昨日までは文机を寄せて一冊の書を見せ合っていた友が、とつぜん刑場へと曳かれて行った。

「かけてやる言葉など見つかるはずもない。儂もすぐ行くとでも申したかのう。他人の境涯を気の毒がっても、羨んでも、詮無いことだ」

　何が此岸と彼岸を分けるのか。昨日までその友が淡々と励んだ日々には、何者が報いてくれるのか。

「それゆえ儂の嫉妬嫌いは堂に入っておる。人質として気苦労を重ね、ついには幼いながらに従容として己の死を受け入れたあの友を思えばな。欲深う他人をやっかむなど、顔に阿呆と書いた札をぶら下げておるようなものじゃ」

家康は酔っていなかった。酔えぬという哀れな育ちをしたからだった。

「それでも築山は女ではないか。殺すまでのことはない、捨て置いてやれば良かったではないか」

築山殿は己の出自を誇り、もしかすると本心、今川と結託して信康を引き入れるつもりだったのかもしれない。だがその程度の浅知恵には、家康はもう動じない。

「信長公は、喧嘩両成敗じゃと仰せになったとな」

「築山殿と五徳様が、でございますか」

五徳も生きるのが辛いほど悔やんでいるかもしれない。自らの嫉妬が夫を死に追いやるとは、きっと思ってもみなかったろう。

「さても信長公の苛烈さよ。他人から奪うからには、己も捨てるというのであろう。儂もどこまで見習えるかであろうな、信康のために」

「平岩親吉殿といわれましたか」

阿茶がその名を口にしたので、家康は煩わしげな一瞥をくれた。自らの首を信長に送ってくれと泣いた信康の傅役だ。

「よくぞ自刃を思い止まらせて岡崎へお帰しになりました。よほどのことを言伝なさったのでございましょう」

狼狽えたのか、家康は酒をこぼした。

親吉は実直という生き方しかできない武士で、いったん口にしたからには切腹せねば収まるまいと正信も案じていた。それが家康に言い含められ、ともかくは気を静めて岡崎に帰ったのである。

「親吉殿には、生きて見届けよと仰せになったのでございましょう」

阿茶は家康が、何かの秘策を親吉に与えたと思っている。信康を死なせるしかないとすれば、次は信康の近臣たちが追い腹を切らずに家康のもとへ戻る方策だ。岡崎の者たちが家康に加勢しようと決めるだけの言葉があったはずなのだ。

「信長公の次の代。信康様とともに天下を掌中にするつもりだったとでも仰せになったのではございませんか」

もしかすると家康自身、親吉に言いながら初めて決意したことだったかもしれない。

「信康様が死してそのまま陰府へ下られたならば、もはや天下は取れぬ。魂魄(こんぱく)となってこの世に残り、ともに働けとお言伝になったと阿茶は思います」

親吉が早まったことをせずに帰り、家中を岡崎と浜松で割らぬとすれば、阿茶にはそれぐらいしか思いつかない。末期の信康の心の安寧だけでなく、信康の家士を失わぬ策を家康は講じたはずだ。

「まこと、阿茶ほど減らず口の女子は知らぬ」

「信康様の家士が死出の供をすれば、徳川の力は削がれましょう。それが分かっていてもなお、信康様にお供しようとする者は多かったはずでございます」

「左様。それこそ信長公の思う壺であろう」

「信長公はそこまで見越しておいでございますか」

「当たり前だ。信康の価は、家士がついていてこそ高い」

家康は信玄の話をした。武田が今やあれほど力を失ったのは、長篠の戦いで名だたる重臣が死に、大勢の家士がその下を去ったからだ。

家康はだるそうに杯に手を伸ばした。

「ならば、それだけでも引き剝がしておかねばならぬ」

親吉をはじめ、信康の近臣は誰も殉死していない。それぞれが何か志を抱くようにして家康の下に留まっている。

「信康には言うてやったわ。これで儂は信長公に大きな貸しができたとな。儂は、人の道にもとることはせぬつもりであった。だが、貸しは返してもらわねばな」

義に背いたなどと誰にも言わせない。家康はいつか堂々と、信康の死の仕返しをする。

「それを魂魄となって見届けよと。親吉たちには、そのために力を貸せと申した」

家康は杯をあおった。ふいに阿茶は真実、家康が天下人になるような気がした。

「それなら、もう少し美味そうに召し上がりませ」

「ああ、そうか。ならば阿茶がその得意の口でなんとかせよ」

阿茶が、なんとかせよ——

幾年ぶりかで、ふと懐かしい言葉を聞いた気がした。

「殿は目の前の為すべき務めを果たされました。ならば、今は行き着く先が見えずとも、いつかは霧も晴れてまいりましょう」

そのときだった。阿茶の瞼に、その教えを告げた旅の僧の姿がありありと浮かんで見えた。

　通りすがりなどではなかった。幾日も父のもとに留まり、経典を隅々まで読んで聞かせて行った。あのときまだ五つほどだった阿茶は、ずっと父と母の傍らに座り、その教えに耳を傾けていた。

「天と地を……、この世をすべてお造りになった神がおわすとか」

　阿茶はすっと月を指した。

　怪訝な顔で家康が振り向いて、阿茶と家康は一つの月を眺めた。

「その神は、ただ己を信じさえすればどのような願いも叶えると」

　くすりと家康が笑った。

「それは忝いのう。では、儂は信じる。それゆえ儂に天下を取らせよ」

　家康は月に手を上げ、勢いよく杯をあおった。

　だが当人は気づいただろうか。信康が死んでから、ほんの寸の間でも家康が笑ったのはこれが初めてだ。これこそ、その神の早速の功徳ではないか。

「だが、どれほど気の良い神だとて、ただで叶えるはずがなかろう。何をすれば叶えるのじゃ。寺を建てるか、潔斎して霊山を登るか」

阿茶は首を傾けて考え込んだ。たしかに家康の言う通りだ。何かあったはずだが思い出せない。

「ですから、その神を信じるだけでよい……、はずがございませんねえ」

家康はますます楽しげに身を揺する。阿茶はたしかに今、その神の第一の功徳を見ている。

「阿茶、有難いその神、名はなんという。阿弥陀か阿闍梨か、摩利支天か。はたまた大日か」

「それが、どうも思い出せませせぬ。ただ、神としか」

「名無しの神か」

わっと家康が笑い声を上げ、阿茶も首をかしげたまま笑い出した。功徳は授けたが礼をする先を知らせない、なんとも物惜しみせぬ神だ。

「さすがは阿茶じゃ。よう儂を笑わせてくれた。そなたの口は大したものだ」

「からかったわけではございませぬ。まことの話でございます」

「分かった、分かった。ならば阿茶はまずはその神の名を思い出すがよい。ついでに、どのような寄進をせねばならぬのかもな。さて阿茶の神よ、儂に天下を授けてくれるかのう」

　ぽんぽん、と家康は月に向かって柏手を打った。

　すると家康の顔に、するりと月の青白さが映った。

「信康が死んだ代わりに、助かった命も多いのだぞ」

　急に家康の声は湿り、阿茶も胸に冷たい風が吹いてきた。

「長松君様はどうしておられるのですか」

　その命の筆頭といってもいいだろう。信康の死は徳川の家と引き換えにされたのだ。

「丈夫な子のようでな、有難いことじゃ」

「お運びになっておられぬそうですね」

　このところの阿茶は、少しは女らしく家康の奥のことも考える。それはやはり西郷を実際に見たからかもしれない。

「西郷局様も案じておいででございましょう」

「かと申して、信康の代わりに長松を抱き上げるというのは違うであろう」

　その気持ちは阿茶にも分かる。

「もうそのように義理立てなさらずとも宜しゅうございましょう。それは逆に、赤児に親の事情を押しつけることでございます」

ふんと鼻息をついて家康は横を向いた。

「於愛は全て分かっておるわ」

月がいよいよ冴え返っていた。

西郷に妬みが起こらなかったのも、名を知らぬその神の功徳かもしれないと、阿茶はふと思った。


「なに、西郷局様は儂の帰参話をそれは面白がって聞いてくだされましての。儂だけではない、あのとき殿に逆うた者は皆、西郷局様の裏表ないお取りなしで救われたのでござるよ」

今も余韻に浸るのか、正信は洟(はな)を大げさにすすり上げた。正信にはもう一度西郷との引き合わせを頼むことにしたのだが、四半刻ほど居室で話しているあいだに阿茶はすっかり厭気がさしてしまった。

なにせ西郷を褒めることしか能がない。この城では誰もがそうだが、人というからには何か短所があるはずではないか。

もともと正信は三河で一向一揆が激しかった十五年ほど前、家康からあっさり離反して一揆軍の頭領におさまった過去がある。その後、家康が一揆を押さえ込むと正信は三河を出奔、長く諸国をさすらっていたのだ。

「一向一揆の折には、正信殿は殿に向かって矢を射られたそうですね」

「今となっては、なんとも申し開きのしようがござらぬ」

そのときの矢は家康の膝先をかすめ、家康は尻餅をついて茫然と正信を見上げていたという。

「しかし、阿茶殿。殿とは今生、御仏とは未来永劫来世までと申すでござろう」

「来世ほど不確かなものもございませんのに」

「まこと、仰せの通りにて。しかもそれがし、すっ転んだ殿へ、あかんべえをして逃げ去りましてな」

「なんと、まあ」

正信は冷や汗を拭っている。この髭面ではさぞかし憎らしかったことだろう。

「で、どうにか帰参を許していただき、目通りが叶いました折、西郷局様がその話を持ち出されまして」

――殿に伺ったのですが、あっかんべえをして踵を返されたというのは、まことですの。

これ見よがしに馬の尻を叩き、疾風の如く駆け去る正信を、家康は尻餅をつきながらもはっきりと見届けた。

西郷は鈴を転がすような声で笑ったが、傍らで家康はずっと仏頂面をしていたという。

――ですが、殿。憎みぬいた相手には決してあっかんべえなど致しませんよ。なにしろあっかんべえは、童が喧嘩で用いる奥の手でございますもの。

そう言って西郷は、もう少し傍へ来いと正信を手招きした。

――正信殿。そのあっかんべえ、妾にもしてみせてくださいませ。そうすれば妾が、そのお心に真実の憎しみがあったかどうか、判じて差し上げます。

正信はもう破れかぶれで、あのときと同じように左の指で下瞼を引いた。馬に跨がっていたから右手で手綱を掴み、続けて馬をぴしゃりとやったつもりで己の尻を叩いた。

西郷は家康と座していた上段から、ぐいと顔を近づけた。

――正信殿、もう少し前へ。よう見えませぬ。

正信は言われるままに上半身をせり出して、もう一度あかんべえをした。童なら憎らしかったかもしれないが、髭むしゃの正信はとんだ剽げた顔になっていたらしい。

「ぶっと西郷局様が噴いてしまわれて、つられた殿までが笑うてくださいましてなあ。そうか、そのように緩んだ顔をしておったか、ならばいつまでも腹を立てておるのも大人げないと。これにて一件落着、わだかまりを解いていただいた次第にござる」

「まこと、よくできた話ですこと」

阿茶は皮肉に笑い捨てたが、西郷はわざとそうして帰参させてやったのかもしれない。

そして正信も家康も、西郷のその機知には感謝のほかはない。

「なにやら西郷様とは、お知恵が深い御方のような」

「無論でござる。あの殿が始終語らって飽きぬと仰せなのでございますから」

四半刻も話せば分かると言うので、阿茶も重い腰を上げた。前に対面したとき、正信にだけ笑顔を振りまいて阿茶には冷ややかな目をくれた、あの西郷の裏の顔こそ見極めてやるつもりだった。

「局様は阿茶殿にお目にかかるのを楽しみにしておいでででございますぞ」

「それはそれは。忝うございます」

阿茶は正信について曲輪を進み、庭に面した廊下を歩いて行った。

籠城のときには水源にするというため池が、今はゆったりと鷺の休む水場になっている。趣もないただ掘っただけの池だが、北側の岸辺には葦が茂り、番の鴨が三羽の子を連れて餌を探している。ちょうどその上に張り出しの物見台がしつらえてあり、その陰が鴨たちの塒だった。

廊下はいったん奥に入り組み、物見台から離れて奥の部屋へ遠回りをして行った。開いた障子の先に女たちが座っているのが見え、やはり一目でそうと分かる、挑むような栗色の目で中央に座っているのが西郷だ。

西郷はこちらに気がつくと軽やかに立ち上がった。そしてやはり正信にだけ笑いかけて、手をひらひらと振った。

「おお、局様。今参ります、どうぞそのまま座っていてくだされ」

このときも正信は小走りに駆け出した。

正信が部屋に入ると、やはり西郷は満面の笑みになった。

林檎のような小さな顔に、形のよい双眸が潤んで光っている。鼻筋はすっと通り、眉がまた墨で描いたように美しい。上唇がほんのわずか、つんと尖ってこましゃくれて見えるのが、何を言うのだろうとついこちらの気を引く。

これが高貴な姫というものかと、阿茶はあまりにかけ離れた美貌に口をきくのも忘れていた。皆が西郷に舞い上がるのも無理はない。西郷のような妻がありながら阿茶のもとへも来てくれる、家康のなんと奇特で有難いことか。阿茶は妙なことから家康を見直すほどだった。

「局様、これが阿茶殿でござる」

その言葉でようやく西郷がこちらを向いた。

西郷は屈託なく阿茶に微笑んでいた。それでも潤んだ黒目は阿茶を捉えてはいるものの、どこか漠としており、阿茶は何かはぐらかされているような心地がする。

「此度こそ、はじめまして、阿茶様。妾が西郷でございます。殿も一目置かれる、大そう聡い御方だと伺いました」

朗らかに西郷が会釈をした。美しさに見とれているあいだに、先に頭を下げられてしまった。

「どうぞ於愛とお呼びくださいませ。父を早くに亡くし、母の里の西郷家で大きゅうなりましたゆえ、このような堅苦しい名で呼ばれております」

「頭をお上げくださいませ。私が、阿茶と申す者でございます」

阿茶は急いでその場に手をついた。すると顔を上げかけていた西郷も、慌てて目の前に同じように手をつき直す。

そのときごつんと、互いの頭がぶつかった。

「ま、失礼をいたしました」

西郷が大急ぎで後ろへ下がる。と、打掛の裾とともに己の髪を踏み、西郷は仰け反って後ろへ倒れそうになった。

「ああ、西郷様」

阿茶は片膝立ちになって、とっさに西郷の両手を摑んだ。そのまま前へ引っ張り起こすと、西郷はふうと大きな息をついた。

「ああ、ごめんなさい。あまりにお会いしたかったものですから、つい近くに行きすぎてしまいました。間合いを読み誤りましたの」

阿茶が首をかしげると、正信が横から笑い声を上げげた。

「局様はまことに、なんともひどい近目でござりますなあ」

「面目ないことでございます」

西郷は朗らかな笑みを浮かべて、ぶつけた額をさすっている。

「近目？」

「左様にござる、阿茶殿。局様はそれは目がお悪うての。一間も離れれば、誰の顔もぼやけて目鼻が分からぬようになると仰せで」

阿茶は驚いて、ぶしつけに西郷の顔を見返した。

西郷はにっこり微笑んだまま、そういえば今もどこかよそ見をしているような目で優しく阿茶のほうを眺めている。

「いきなり不調法をいたしまして、どうぞお許しくださいませ。妾は少し離れますと、もう分かるのは正信殿のお顔だけでございます」

「正信殿の？」

阿茶が振り向くと、正信は得意げに髭を撫でた。

「儂はこの髭面でござろう。それゆえ儂だけは、遠くからでも見分けがつくそうでございましての。いやはや儂は、もはやこの髭だけは生涯絶やしませぬ。なにせ髭がある儂にだけは、遠くからでも局様がお手を振ってくだされる」

西郷が真っ先に笑みを向けるのは己だと、正信は胸を張った。阿茶と正信が揃（そろ）ってやって来たとき、西郷が正信にだけ微笑みかけたのはそのせいだったのだ。

「それはさぞ、ご不自由ではございませんか」

阿茶はおずおずと尋ねてみた。

「まあ、いいえ。世の中には目の見えぬ者も多うございます。妾などが不平を言うては罰が当たります」

「さりとて局様は、月と星の区別もおつきにならぬ」

正信が気の毒そうに腕組みをした。阿茶は驚いたが、西郷は身体を折って笑っている。

「正信殿は大げさです。さすがに月は分かります。星が見えぬだけで」

「ま、星が見えぬのでございますか」

阿茶は驚きのあまり眉を曇らせた。だが西郷は大らかに笑っている。ただその目線はもう阿茶から少しずれている。

「全く見えぬわけではないのですが、宵の明星、一つ二つしか見えませんの。夜空に数えきれぬほど瞬いていると聞いたときは、腰を抜かすほど驚きました」

「まあ。お腰を」

それにしても軽々と、少しも苦ではなさそうに話すのであっけにとられた。己だけがそんな目だというのを僻んだことはないのだろうか。

「しかし、周りは大変でござる。さるいくさから戻りました折、殿が局様に手を上げて微笑んでおられたが、あろうことか局様は儂に手をお振りになられましての。殿が臍(へそ)を曲げられたゆえ、儂はなんとも居心地が悪うてかないませんでしたぞ」

大手橋を挟んでのことで、西郷がどこを向いているか、周りの者にははっきりと分かったのだという。

だが家康が帰ったとき手を振るというのも、阿茶には意外だった。

「殿にはそのように気さくなところがおありなのですね」

「局様の御事は、眛見姫とからかっておいでてござる」

「眛見姫……」

つい顔を覗き込むと、その深く潤んだ栗色の目には阿茶も吸い込まれそうになる。

西郷はそれにも気づかず、ただゆったりと笑っている。

「きっとお小さいときから、お困りのことも多かったのではございませんか」

思い切って尋ねたが、西郷はただ微笑んで首を振る。

「いくさの世には、はっきり見えぬほうが良いことも多うございますよ。妾など、耳を塞いでおりましたゆえ後々まで魘（うな）されることもなく、随分とこの目を有難いと思いました」

そう言って西郷は儚げな手のひらを合わせた。幼い西郷の近親の者たちが無惨に果てたことを阿茶は思い出した。

「それゆえ西郷様は、ご不便もお恨みにならぬのでございますか」

「あのような業から免れさせていただいたのですから。夜ごとの星は見えずとも、逆に、人には見えぬはずのものが見えることもございましたし」

仕置きのあと、西郷はその子らが翼を生やして天へ昇っていくのを見たという。

低く垂れ込めた雨雲の上にもう一つ輝く天があり、その光の渦から、幼子たちに向かってまっすぐに白い道が延びていた。

「妾はあのとき、清い者は天の国へ行くのだと分かりました。人が生きるのはこの世のみではございませぬ。身体を置いて旅立つ、後の世があるのを知りました」

その話を阿茶もどこかで聞いたことがあるような気がした。

と、西郷は悪戯っぽい顔をした。

「そうでなければ平仄が合いませぬ。何一つ悪いことをしておらぬ幼子が、大人の勝手で殺められて、そのままのはずがございません。酷い目に遭わされた身は、天の光を浴びて雪のように白くなるはずでございます」

西郷の凛とした声が座敷に響いていた。侍女たちはそっと目尻を拭っていた。

「ねえ、阿茶様。阿茶様の周りには、ごまめはおりませんでしたか」

「は、ごまめ？」

西郷が次から次へと突拍子もないことを言うので、阿茶は面食らっていた。だが侍女たちの涙に気づいてわざとそうしたのかもしれなかった。

「阿茶様は高鬼をなさいませんでしたか」

「たかおに？　たしか童たちの鬼遊びでしたか。地面より一段高いところへ乗れば、鬼に触れられぬという」

窺うように小首をかしげると、西郷は嬉しそうにうなずき返した。

「すると、あのごまめでございますか」

思わず阿茶が手を打つと、西郷の笑みが弾けた。

「阿茶様。妾はずっと、そのごまめでございましたの」

「すまんが、儂も話に寄せてくださらぬかのう」

正信が困ったように口を挟んで、阿茶と西郷は顔を見合わせて笑った。その笑顔を見ていると阿茶はとにかく心が和んだ。

「子供の知恵でございますよ、正信殿。仲間内にどうしようもなく鈍(のろま)な子がおれば、その子ばかりが鬼になってしまいますでしょう」

「はあ」

「それゆえ、ともに遊べるように、その子をごまめにするのです。ごまめは二度捕まって、初めて鬼になる」

「まあ、阿茶様のところはそのような決まりでしたの。妾のところでは、ごまめは捕まえてから五つ数えなければ鬼にはならぬのです。しかも皆、捕まえて五つ数える間に、妾を高いところへ連れて行ってくれました」

早く早く、急いでおくれよ。五つ過ぎちまうじゃないか——

幼い西郷の姿が目に浮かぶようだった。きっとその時分から、西郷のことは皆が好きでたまらなかったのだろう。

「西郷様。私はすばしこいのを得意がって、一度も鬼にならぬような憎らしい童女でございましたよ」

衒(てら)いもなくそんなことまで口にできて、阿茶は自分でも驚いた。阿茶は意地張りで傲慢なところがあって、事にはすぐ白黒をつけたがる生まれつきだ。さして欲深いわけではないが、もしも己が西郷のような目をしていれば、周りをどれほど僻んでいたかと思う。

「西郷様は生来、僻みや妬みとは無縁の御方でございましょうか」

西郷の潤んだ目は、当人もそうと知らずに見る者の心延えを炙り出すのかもしれない。

「それが、妾は毎日、忙しくしておりますもので」

忙しいから余計なことは思わぬということだろうか。

「妾は朝から晩まで捜し物ばかりでございます」

「はて、捜し物を」

「妾の生まれつきと申せば、いったん手から離すと、途端にどこへ置いたか忘れてしまうことでございます。それゆえ朝起きたときから物を捜すのに懸命なもので、夢中で過ごすうちに気がつけば夕暮れになっています」

それだけで止むはずはないだろうが、西郷が話をはぐらかしているとは思わなかった。

「書を読むのも縫い物をするのも好きでございますが、目を近づけねばならぬので、人の倍どころでない刻がかかりますし」

今朝も西郷は書を読んでいたが、さて書を閉じようとすると栞がない。片手を書に挟んだまま立ち上がると、栞は袖の辺りからひらひらと舞い落ちた。慌てて拾おうとしゃがんだら裾の起こした風で飛び、侍女と拾い合う形になって、気がつくと今度は書がなくなっていたという。

「侍女たちにもたいそう厄介をかけておりますの。打掛を組み合わせるのにも、衣桁に掛けたままでは妾には柄が見えませんでしょう。一枚ずつ手に取らねば決めることができぬのですが、この者たちもそんなことばかりはしていられませんから」

侍女たちは揃って明るく首を振っている。西郷の周りは朝一番から楽しそうだ。

「手間をかけぬようにいつも手近の柄を選ぶことにしているのですが、どうも殿には呆れられております」

すると侍女たちが顔を見合わせて口々に言った。

「私どもは、局様のお好みだと思うておりました……」

「妙な、いえ、奇抜なお組み合わせばかりなさるもので、いよいよお好みに合うものをお探しするのが難しゅうなって」

「左様でございます。いったい局様のお好みはどのようなものかと、前の晩から考えあぐねておりました」

そのとき阿茶は思わず身を乗り出していた。

「私、毎朝お手伝いに参ります」

と、侍女たちが揃ってこちらを向いた。西郷も笑みを絶やさずに小首をかしげている。

阿茶は勢いこんで続けた。

「もし宜しければ、私が西郷様とご一緒に選ばせていただきます。私、西郷様のお声を聞いているだけで胸が弾んで、楽しくてならぬのでございます」

どうしても西郷と親しくなりたい。阿茶はそれしか考えていなかった。

気のせいか、西郷の笑みが一段と輝いた。

「それは、妾のような者と仲良くしてくださるということですか」

「はい。どうか宜しゅうお願いいたします」

「まあ嬉しい。では必ず、次にお目にかかる約束をしてから別れることにいたしませんか」

阿茶はいつ正信が去ったのかも気づかずに、そのまま西郷と話し込んでいた。

三

天正十年（一五八二）五月の半ば、家康は重臣たちを連れて信長の安土城へ出かけて行った。東海道を岡崎、鳴海と経て美濃へ入り、水嵩を増している木曽三川は避けて中山道を進んだ。

　多すぎる家臣を連れていれば示威とも取られかねず、逆に信長から引き抜きがあるかもしれなかった。かといってぼんくらを供にはできないので、あっさり留守居を命じられた正信などは少しふて腐れていた。

　安土城では信長の近臣、明智光秀に饗応を受け、先に上洛している信長のもとへ向かった。信長の京での宿所は本能寺で、家康は茶の湯を馳走になり、それから堺見物をすすめられて出かけたという。

　備中では秀吉が高松城を水攻めで囲っているさなかで、信長の到着を待って落城の手筈が整えられていた。これで中国の毛利は降ったも同然で、信長の天下統一はほぼ成っていた。

　京を楽しんだという家康からの文が届いてすぐ、暦は六月になった。その日、浜松城では西郷が家康の帰国に備えて用意を始めていた。

　急の知らせはまず岡崎城に入った。そして使者はそのまま浜松城まで馬をひた走りに駆けて来た。

　使者の名は茶屋四郎次郎清忠、二十歳になる京の呉服商の跡取りである。

「まあ、それはちょうどよい。ともに昼餉にいたしましょう」

つねの使者だと思った西郷は、広間に花活けを集めて水を注ぎ足していた。

西郷は清忠には会ったことがなかったが、父の四郎次郎とはすでに衣の誂え（あつら）を通して親しくしていた。西郷の選ぶ小袖や打掛が四郎次郎の肥えた目には斬新に映るそうで、西郷の名は京の呉服屋にもよく知られていた。

初めて会うその二代目に西郷は興味津々で、長松と、次に生まれた福松も呼んで来た。長松は四つ、年子の福松は三つである。

「いや、局様。若君方はあちらへ」

正信が髭面をこわばらせて二人を下がらせたので、西郷はいつものようにころころと笑い出した。

「まさか正信殿、安土城を見せていただけなかったことを未だに恨んでおいでですの」

「阿呆なことを抜かしておられる場合ではございませぬぞ」

「ですがそのような恐ろしい御顔をなさっては、子供が可哀想でございます」

長松たちは犬の子のように追い払われたが、すぐ清忠が駆け込んで来て西郷の膝先に座った。

「ご無礼をお許しくださいませ。昨六月二日払暁、織田信長公お討ち死に。家康公には堺よりご上洛の途次、わが父、四郎次郎がお知らせいたしましてございます」

「誰がお亡くなりになったのですって？」

西郷は阿茶の片腕に摑まって清忠のほうへ向き変わった。

「局様。信長公がご宿所を明智に襲われて、ご自刃なされた由にござる」

正信の言葉に、阿茶と西郷はぼんやりと顔を見合わせた。

先に阿茶が我に返った。

「明智殿が信長公に謀反なさったということですか。もしや、それで信長公が亡くなられたと」

「左様にござる、阿茶殿」

西郷が小首をかしげる。

「ですが明智殿といえば、安土で殿を饗応してくださった御方でしょう」

「いかにも。遅れて備中へ加勢することになっておったとか」

「京は大層な騒ぎでございました」

清忠が言い添えて、正信とそれぞれに座り直した。

阿茶は膝が震えてきた。天下人の信長が討たれたというなら、光秀が次の天下人なのだろうか。だとすれば信長と強い盟約を結んでいた家康はどうなるのか。それどころか、家康は今どこで何をしているのか。

阿茶の傍らで、西郷が花活けを注意深く遠ざけていた。

「承知いたしました。それで、わが殿は今どちらに」

阿茶はぽかんと口を開いて西郷の言葉を聞いていた。

「殿は堺を見物したら京へお戻りになると文に書いておられました。その変事はどこでお知りあそばしたのでしょう」

「摂津から河内へ入ってすぐの、大坂より二里の守口と申すところでございます。それがしと父が行き合いましてございます」

清忠父子は本能寺の変事に気づき、何よりまず家康に伝えようと京を出た。堺からの道は一本だから、周囲には気取られぬように家康だけを探して馬をとばした。

「それはまことに、忝いことでございました」

西郷がゆっくりと手をついている。

「それがしと父が京を出た直後、街道口は閉ざされたようでございました。ですがいくら道を閉ざしても、京から逃げる人の波は止められませぬ。守口もすぐにざわめいてまいりました」

　信長の軍勢はことごとく秀吉が連れて毛利攻めに出ていた。そこへ自軍を率いて合流するはずだった明智が、向きを変えて攻め寄せたのだ。

「それがしが京を出るとき、信忠様は宿所の妙覚寺から二条御所へ移り、立て籠もっておられると聞きました」

　だがおそらくはもう、と清忠は小さく首を振った。

「殿はご無事だと仰せになりましたね」

「はい。ただ、守口から京へ戻り、敵わぬまでも明智に一太刀浴びせて腹を切ると申されまして」

　阿茶はいっきに血の気が失せて西郷の腕にすがりついた。

　清忠が顔を歪めた。

「わが父に、ともかく岡崎と浜松の皆様に変事を知らせるように命じられ、流言の飛ぶ前にこちらへ参りました」

「さい様……。まさか殿が、そのような短気を起こされるとは。わざわざ京へなど行ってどうなさるのでしょう」

遊山のつもりで出かけた家康は手勢も連れていない。明智の軍勢に向かうなど、蟷螂（とうろう）の斧もいいところだ。

だが西郷は明るくころころと笑って、阿茶の背をさすってくれた。

「阿茶様。そのようなことが起こるはずはございません」

「いいや、信長公の御事ならば、もはや疑うべくもございませぬ」

正信が激しく髭面を振ると、西郷がにっこりとうなずいた。

「ええ。明智の謀反は真実でしょう。ただ、殿が後追いをなさるはずはございませぬ。きっと殿は御自ら、言い終わらぬ先にその莫迦らしさに噴いてしまわれたのではないかしら。ですから殿は、この浜松へお戻りになります」

西郷は自信たっぷりに言い切った。

「だって、このようなことが長く続くはずはございませんもの」

正信がぽかんと見返しているが、西郷は気づかない。

「さあ、そうとなれば何から始めましょう。それは妾には皆目、見当がつかぬのですが」

西郷が愛らしい垂れ目で阿茶をじっと見つめた。

「さい様……」

「阿茶様は、あの殿があえなく、儚くなってしまわれるとお思いですか。お討ち死にというならば天運でしょうけれど、わざわざ飛んで火に入る夏の虫？　堺におられたのは、何より強運の証ではございませんの」

澄んだ西郷の笑みを見ていると、阿茶は心が静まってくる。天の上の天を見たという西郷の双眸は、遠い彼方の光を見晴るかすことができる。

蟷螂も夏の虫も、家康には相応しくない。阿茶はきりりと捻り鉢巻きの気分になった。

西郷たちを遠巻きに、座敷の隅には長松を抱いた侍女たちがいる。そのそばでは猪之助も息を詰めて成り行きを見守っている。

「猪之助」

阿茶が厳しい声で呼ぶと、猪之助は顔をこわばらせてうなずいた。

「殿がお戻りになるまでは長松君様がこの城の主です。そなたは命にかえても長松君様をお守りせよ。片時もお傍を離れてはなりませぬ」

「承知いたしました」

猪之助は元気よく返事をして、即座に頭を下げた。

「正信殿、皆で早速に籠城の備えを」

ああ、はあと正信は鼻を掻く。

「しかし、どちらに付くのでござる。信長公も信忠様もお亡くなりになったとなれば、天下人は明智でござろうか。徳川としては明智に付くのか、はたまた」

阿茶はぴしゃりと己の膝を打った。もうすっかりおろおろの虫は消えていた。

「明智の謀反を聞いたとき、汚いとお思いになりませんでしたのか、正信殿は」

「は、それは無論。およそ気弱の者にかぎって、古今このような大それたことを仕出かすものでございます」

「その通り。世の中の皆がそう考えたに相違ございませぬ。企てというものは、万(よろず)、傍(はた)からそのように思われたときに失敗が決まります」

言いながら阿茶はどんどん落ち着いてきた。

家康は深い洞察をするわりに短気を起こす。だが言い終わらぬ先に悔いるというのは、まさに西郷が断じた通りだ。

「殿が人質におわした時分、家士は皆、一日千秋の思いでお帰りをお待ちしたのでございましょう。老いた者たちは若い者へ、その折の苦労を語ってやる又とない機でございます」

　集まって来た家士たちがそれぞれにうなずき交わした。

「幸い、岡崎にも浜松にも若い者が大勢残っておりますな」

　正信がにやりとした。家康さえ戻れば、徳川は何も失ったことにはならない。いたずらに軍勢を率いて行かなかったために、家康は京へ取って返すことなど考えずにすむ。

「殿がお戻りになったとき、城から煙でも昇っておれば、どれほど気落ちなさいますことか」

「おお、そうじゃ。桶狭間から駆け戻られた折、岡崎の城には我らの父祖が爪に火を灯して貯めた兵糧米がうなっておりましたぞ」

　正信が言うと、老いた家士たちがやんやと手を叩いた。

勢いを得て、正信は声を弾ませた。

「もしも明智が軍勢を引き連れ、城を開けと申して来た日には」

「浜名湖の蛤（はまぐり）のように、黙って口を閉ざしておりましょう」

阿茶が笑って答えた。

「味方せよと使者を送って参れば」

「のらりくらりと不貞寝（ふてね）しておりましょう。おいでをお待ちしておるとでも言うてやりますか」

正信とともに皆がどっと沸いた。

阿茶は声を張り上げた。

「城下の者は皆、登城するように。支城にはすべて同じように知らせを」

「かしこまって候」

正信が家士たちを率いて去ると、阿茶は西郷と手を取り合って女たちのほうへ向き直った。

広間には騒ぎを聞きつけて皆が集まっている。中に入りきらず、襖の陰や廊下の至るところ、縁先から庭の隅まで、不安げな顔がひしめいている。

阿茶は西郷と揃ってその中央に立った。

「さあ、籠城は女の働き次第でございます。幾日、我らは踏ん張ればよいか。さて、女だけで賭けをしよう」

「ああ、それは面白いこと」

察した西郷が真っ先に声を弾ませた。

皆はまだおずおずと二人を見上げている。

「殿はどのような姿でお戻りになるでしょう。落ち武者のごとくざんばら髪を振り乱して？　それとも、お出かけあそばしたときの脚絆に半袴かしら」

西郷はそれでは面白くないと自ら笑って、傍にいた侍女に尋ねた。

「そ、それはもちろん、お着替えもおできにならず、お出かけの折のお召し物をお重ねあそばして……」

恐る恐る、侍女が口を開く。

すると西郷がぽん、と手を打った。

「面白いことを言うて笑わせてくれた者には、妾の桐箪笥から好きな着物を取らせましょう」

「まあ、では」

すぐに阿茶がその趣向に興じた。

「海を泳いで戻られて、おぐしに昆布が引っかかっておられます」

わっと女たちが笑い声を上げた。

「獣道をひたすら駆けて戻られたゆえ、袴にくっつき虫が鈴なりに！」

声を強めた若い侍女に、西郷が大笑いして手を叩いた。

「ああ、まずそなたに妾の一番の気に入りの打掛を進ぜよう」

「まあ、ずるい。ならば、袴は破れて千切れて跡形もない。下帯お一つというのは如何でございますか」

「それは重畳。そなたには小袖も付けましょう」

女たちはいよいよ騒がしくなった。

「女に化けるために白粉（おしろい）を塗っておられます。それが汗でよれて頬に枯れ葉が引っついて、山姥（やまんば）のような御顔に」

「まあ、化けるならば天狗か八咫烏（やたがらす）でございましょう。ところが菰（こも）をかぶって、遠目には乞食としか見えませぬ」

「猿（ましら）か馬、いいえ、獣の衣に身を包んで、熊のように大手門をどたん、どたんと駆けてお戻りでございます」

侍女たちは広間のあちこちから声を上げる。西郷は侍女たちが競うのを、一つひとつ耳に手のひらを当てて聞いていた。

「ああもう妾の衣は、籠城した者には一枚残らず進ぜましょう。足りぬならば、お戻りになった殿に買うていただく」

女たちが一斉に手を叩いた。

「さあ、このような嬉しいご褒美もいただけることです。ならば次は、きっかりと殿のお戻りの日を言い当てた者には、殿じきじきに褒美の品をいただいてやろう」

阿茶はさらに皆を煽った。

「一月後！」

即と誰かが叫んで、どっと笑い声が上がった。

「それはさすがに長すぎます。せいぜい、明後日か明々後日ではないか」

「まあ、それほどお早く……」

女たちが安堵のざわめきを起こす。

西郷がちらりと阿茶を見て微笑んだ。

「そうですね。妾もそのあたりかと存じます」

「ならば私も」

「私も！」

皆が口々に唱和した。

「となれば、籠城もここ数日。当たれば皆で、殿に新しい湯殿でも建てていただくことにいたしましょう」

西郷が笑って締め、女たちは意気高く広間を出た。


家康が岡崎城に戻ったと知らせが来たのは、それから二日経った六月五日の午だった。日は中天に昇り、使者の早馬が大手門を潜ったとき、女たちは夕餉の握り飯をこしらえている最中だった。

もう籠城の備えも無用になって、その夜は女ばかりで西郷を囲み、握り飯で祝いをした。次から次へと巧みに舞って歌う者たちがいて、夜半まで座敷は大賑わいだった。

明くる日には、阿茶は西郷と曲輪を出て大手門のそばの厩まで家康を迎えに行った。傍らに水汲み場があって、二人で庇が伸びている長石に座って待っていた。

家康はそれほど馬には凝らないが、厩にはたてがみの輝く立派なものも幾らかはいた。上洛すれば信長が馬を下されるというので厩を建て増しして出かけたのだが、新しい材木の匂いがまだあるというのに、人の命というのは思いがけないものだった。

かつて信玄が死んだとき、その馬は主を慕って後を追った。だが真実そんなことはあるのだろうか。

「さい様は、人は死んだらどうなると思われますか」

「信長公のことですか」

阿茶はうなずいて飼い葉桶の傍まで行った。

天下を掌中にするほんの手前で、信長は何を思って旅立ったのか。その死は大勢の運命を変えたが、まだこの先も変えていくのではないだろうか。

「信長公は南蛮の天主教を信奉しておられたそうですから、天の国へ入られたのではありませんか」

それなら天の国というのは、西郷が見た雲の上の国とは別なのだろうか。

西郷は長石に座って、足を曲げたり伸ばしたりして大手門のほうを眺めていた。

「天主教の神の国は、その神を信じさえすれば入ることができるそうですから」

「信じさえすれば……」

どこかで聞いたことがあるような気がした。

「それは天主教というのですか」

「ええ。信長公が洗礼を受けて切支丹になられたという噂を、耳にしたことがございます」

「その神の名が、天主ですか」

西郷は首を振った。

「我は在る」

「え？」

「それが神の名だそうです。我は在る」

ふわりとこちらを向いて、西郷は日差しを眩しそうにした。

「まあ、南蛮の」

「さい様はそのような話をどうしてご存じなのですか」

「小さい時分に南蛮人の宣教師が祖父の城へおいでになったのです。何を尋ねても必ず答えてくださいましたから、我は在るという神のことは忘れられませぬ」

幼い西郷はなぜ日が昇り、また沈むのか、海の果て、雲の向こうには何があるのかを知りたかった。なぜ冬が去ると夏が来るのか、日輪や月や星はどこにあるのかと、さまざまなことを尋ねたという。

「あるときは、なにゆえ善人のほうが悪人よりも苦しみが多いのか、と」

「まあ。それにも南蛮人の宣教師は答えたのですか」

こっくりとうなずいて、西郷は大手門に指をさした。

「阿茶様。妾にはよく見えぬのですが」

阿茶は振り返って立ち尽くした。

騎馬の群れがこちらへ駆けて来る。つい今朝方そこまで野駆けに出た、その帰りの侍たちのようだ。

「ああ、さい様。殿でございます」

先頭の馬に跨がっているのは、他より一回り肥えている家康だ。後ろから大勢ついて走っているのは城下の者たちだろうか。

そのとき西郷が大手橋へ駆け出した。

「於愛！」

馬上で家康が声を張り上げた。

家康は大きく馬の腹を蹴り、馬はいないて勢いを増す。

「殿、殿」

西郷はただまっすぐに駆けて行く。動くことが万般苦手で、走る姿を一目見ればどれほど鈍かはすぐに分かる。いやそれよりも、もう足がもつれている。あのまま走ればきっと止まることもできずに馬にぶつかる、そんな心配を阿茶はする。

「於愛」

家康が叫んで大手橋の手前で馬を飛び降りた。

美しいがどうにも不格好で苦笑してしまう西郷と、いつもとは別人のように颯爽として見える家康だ。それに気づいたとき、阿茶は西郷を追って走るのを止めた。

阿茶の後ろから城の者たちが駆けて来る。だが誰もが阿茶と並んで足を止め、家康が大手橋を走るのを微笑んで見守っている。

中央がわずかに高く、丸く膨らんだ長い大手橋。今、西郷がその袂にようやく着いて足を踏み出す。

皆が、西郷が転ばぬように祈っていた。ときに畳の縁にさえ躓(つまず)き、座敷で上段に上がるときは必ず立ち止まって、じっくり段差を見極めてから足を出す。それを誰よりよく知っている家康が、馬を捨てて大手橋を急ぐ。

「殿、よくご無事で」

そう言った途端、西郷はぐらりと前のめりになった。あのよく見えぬ目で欄干も持たず、鈍な手足に打掛を引きずっているのだから無理もない。誰もが揃ってあっと声を上げたとき、大慌てで走って来た家康が飛び込むようにして西郷を受け止めた。

周りの安堵のため息が笑い声に変わる。

しばらく二人はひしと抱き合っていた。騎馬の従者たちが次々に降りて大手橋を渡って来る。

「殿、お待ち申し上げておりましたぞ」

正信や他の家士たちが、もう後は遠慮もなく二人のもとへ走って行く。

続いて城の侍女たちも大手橋に駆け出した。女たちは目を皿のようにして家康の姿を見ている。

さすがに家康が困惑して阿茶に尋ねた。阿茶に最初にかけた言葉は名ですらなく、昨日の続きのようにあっさりしていた。

「皆、何をこう、儂の顔ばかり見ておるのだ。ひょっとして足がないか」

「殿がどのような御姿でお帰りになるか、女たちで賭けをしておりましたもので」

「賭け……」

家康がぎろりと正信を見やると、正信は己は関わりないとでも言うように慌てて女たちのほうへ目を逸らした。

「落ち武者のごときざんばらじゃ、山姥と見紛うばかりに窶れておいでじゃと好き放題に申しておったようでございますぞ」

女たちは目配せをし合って笑いを噛み殺している。

「どうやら、当てた者には局様より褒美の打掛が下されることになっておりましてな」

「ふん、残念であったな。岡崎城で湯に浸かってまいったわ」

家康は鼻高々と皆を見回し、綺麗に結った髷を撫で上げた。

「そうはまいりません。ねえ、さい様」

「ええ。皆が当てたときは殿に女用の湯殿を建てていただくと、妾が約束してしまいましたの」

「何も当てておらぬではないか」

西郷が艶やかに微笑んで頭を下げた。

「皆で、今日こそ殿がお帰りになると賭けておりましたの。よくぞ、お戻りくださいました」

西郷と阿茶は息を合わせて左右へ下がった。家士も侍女も、皆が左右に割れて家康の前に道を空けた。

家康は天守閣を見上げると、笑って皆を見回した。

「一切承知じゃ。皆には苦労をかけたゆえ、好きに褒美を取らせよう」

女たちの歓声を聞きながら、家康は大手門を潜った。

第三章　腕くらべ

一

家康が本陣を置いた小牧山は、まだ信長が尾張を領有するにすぎなかったとき、美濃攻略を睨んで城下町を移した丘だった。

広大な濃尾平野でただ一つ、茶碗を伏せたように土が丸く盛り上がっている。頂まで馬で一駆けだが、辺りが平野なので日の昇る先から沈む果て、北の木曽川、犬山城から南の岡崎城まで、四方をぐるりと見渡すことができた。

美濃攻めに歳月がかかると踏んだ信長が拠点にしただけのことはあって、山全体がそのまま要塞の造りをしていた。山肌は螺旋(らせん)に切り拓いて均し、その一段、一面ずつに重臣が各々の軍勢を連れて屯するることができる。信長は実際ここから美濃を攻め取るのに四年を費やしたが、それは裏を返せば、家康もここでこのまま四年でも五年でも暮らせるということだった。

そのうえ小牧山は岡崎城からも近かった。家康は南に本拠の一つを眺め、秀吉が入ったという犬山城は北に睨み、周辺に次々と伝城を置いていった。

このいくさ場へともに来た阿茶は、つねに軽衫穿きでひっつめ髪を後ろに束ね、小牧山の斜面を毎日歩いた。頂にある家康の陣屋で行われる軍議にも、口を出さぬのを条件に加わることを許されていた。

晩い春のその日の軍議では、阿茶は生まれて初めて日の本の絵図というものを見た。ちょうど真上にかつて柴田勝家の領した敦賀、北之庄があり、左の端に安土と京、中央には琵琶湖が描かれていた。

陣屋ではまだ誰も甲冑を身につけておらず、烏帽子を載せて遊山気分で頂に登って来た者もあった。犬山城では先ごろ秀吉が大坂から着いたばかりのようで、周辺に砦を築くのに忙しくしているのがここからはよく見えていた。

「さても酒井忠次、そのほうの働き、まことに感じ入った」

その遊山の烏帽子、実は信長の二男である織田信雄（のぶかつ）が、瓜実顔に人の好い笑みを浮かべて又してもそう言った。軍議が始まってその名を口にしたのは三度目で、さすがに忠次も全く応えなくなっていた。

信雄と家康が清洲城からここへ移って来た十日ばかり前、忠次は秀吉方の武将を挟み撃ちにして敗走させていた。挟み撃ちというからには忠次と息を合わせたもう一方の手柄でもあるのだが、信雄はいっこうにそちらの名は出さなかった。

「ま、ともかくは幸先の良いことであった。根来衆（ねごろ）も雑賀衆（さいか）も戦果は上々でござる」

榊原康政（さかきばらやすまさ）が扇の軸で大坂の南辺りをなぞりつつ、軍議に戻そうとした。ゆっくりとだがいくさは進み、秀吉が大坂を出立した直後、根来衆たちはその背を衝くかたちで岸和田城を攻めていた。

「しかし彼奴（あやつ）らは逃げ帰ったのであろう」

と、信雄は暢気に忠次を見やって言った。秀吉方の反撃を受けて、結局はどちらも紀州へ追い戻されていたのである。

「いや、大坂はあちこちで火の手があがり、大混乱でござる。大坂でございますからな、諸国へ噂が飛ぶのが何より幸い」

　忠次がつっけんどんに答えて、すぐ皆は絵図の加賀へ向き変わった。

「本願寺の顕如殿に文を書いていただき、加賀で一揆をけしかければどうであろう。なあ、正信」

　康政は含みのない声で、ちょうど隣にいた正信を振り返ったが、正信は鬱陶しそうに太い鼻息をついた。加賀は一向宗が強いところで、かつて三河の一向一揆で家康に刃向かった正信もその地に流浪していた。

「ほう、なにゆえ加賀か」

　ただひとり兵法にも疎く、そのくせ全軍の総大将のつもりの信雄が、正信と康政を左見右見する。康政は周囲がひやりとするほど莫迦にしきった顔で絵図に舌打ちをしたが、信雄ばかりはあっけらかんとしている。

「加賀門徒と称し、彼の地は古より真宗を奉じる寺が多うございましてな」

　家康がのっそりと、いかにも大人そうな作り笑いを浮かべて信雄を顧みる。すると信雄は、ほうほうとしたり顔でうなずき返す。

「越中の佐々成政には能登へ、四国の長宗我部元親には淡路から大坂へ。文ではなく使者を立てるのは如何でござろう」

家康は越中と土佐を、とんとんと軍扇で指して信雄を振り仰いだ。

佐々は秀吉と馬が合わない信長の旧臣で、長宗我部はすでに讃岐や阿波を支配し、畿内を窺っている土佐の国人だ。大坂を本拠として信長の後釜を狙っている秀吉だが、もちろん織田家中にも敵は多く、信長にすら抗っていた長宗我部のような土豪がまだ日本のいたるところにいる。

家康は当面は軍略でそれらを衝けばよく、小牧山周辺の自国のみを守れば足りるという有利ないくさをしていた。それにひきかえ秀吉は、軍勢を送るだけで七日もかかった。

「なるほど。その者らを秀吉に向かわせるのか」

「いかにも左様にござる。河内に大和、近江、丹波……。土豪どもも、おいおい蜂起いたしましょう。我らはその点、領国のみを守っておればよい」

「それで天下が戻ってまいるのか」

「信雄様は亡き信長公のお世継ぎ様ではございませぬか。信雄様がならぬと仰せになれば、秀吉など何者でございましょう」

とたんに信雄は笑み崩れた。家康のつるつると調子のよい言葉に、康政などは横を向いて眉をひそめている。

「しかしのう。せっかくわが父の下で収まっておったものをのう」

「今は繰り言よりも、信雄様は麾下の百万石をしかとお守りくださいませ」

「ふむ、任せておけ」

信長の後継を決める清洲会議で、この信雄は尾張、伊賀、伊勢を領すると定まったが、秀吉の甘言にのせられて、実はもっとも頼りとすべき勝家を死に追いやっていた。

その後、当然ながら信雄は秀吉に圧迫されるようになり、家康に援助を頼んで始まったのがこのいくさだった。信長の死から二年、今では織田家は求心力さえも失い、実際に台頭してきたのは秀吉である。

この短いあいだに勝家が滅び、信長の三男、信孝は自刃し、名目上の天下人は亡き信忠の嫡男、わずか五歳の三法師となった。そしてその後見人が、どこからどう見ても信長の子とは思えぬこの信雄だった。

家康としては、その信雄から家臣の秀吉の増長を挫けと頼まれた上は、信長に命じられたも同然として織田家中の争いにくちばしを挟むことができた。結果として家康の名は上がり、織田家が内輪で争うことで秀吉の取り分は減っていく。家康はせいぜい内輪もめを長引かせて秀吉の力を削ぎ、ゆっくりと秀吉の運が傾き始めるのを待つつもりをしていた。

そのときちらりと信雄が阿茶に目を留めた。ふんと薄笑いを投げられたので、阿茶は慌ててうつむいた。幼いときから阿茶はすぐ考えが顔に出ると叱られてきたから、莫迦にしているのが見抜かれたかもしれない。

だがそれは杞憂だった。貴人は阿茶のような美しくもない女子など、犬猫とでも思っているのだろう。信雄は阿茶を眺めてそのまま、人差し指でじっくりと鼻をほじり始めた。

翌四月になると、小牧山の北で動きがあった。家康はくすりと笑って阿茶を呼び、秀吉が新しく築いた城を指さした。

「何も見えておらぬつもりかの。急に軍旗があちこちで倒れてな」

家康は手のひらを丸めて輪を作り、筒のようにして楽田(がくでん)へ向けた。

楽田城は犬山と小牧山のちょうど真ん中辺りに建ち、ここからは一里もなかった。今朝方までそこに立っていたこれ見よがしな幟が、そろって姿を消していた。

「どうやら寝せておりますか」

地べたに伏せているのか、秀吉の橙(だいだい)の軍旗が糸くずのように陣に散らばっている。

「奇襲に幟を持って出る阿呆はおらぬからな」

実は家康は小牧山へ来る前から周辺に伊賀衆を放っており、何かあれば各所から知らせが入るようになっていた。伊賀衆は本能寺の変で家康の帰国を助けて取り立てられ、名を上げようと躍起になっているところでもあった。

「岡崎城でも襲うつもりかのう。儂も舐(な)められたものだ。小牧山へ来ておるぐらいで、岡崎や浜松が手薄になっておるとでも思うのか」

よほど愉快なのか、家康は月夜の狸よろしく腹を打った。

「あのような愚を考えつくのは秀吉ではあるまい。儂が蹴散らしてやれば、また内輪もめじゃ。誰が差配しておるかは知らぬが、さぞ秀吉の怒りを買うであろう」

家康はその行路が見えるとでも言いたげに、指ですうっと楽田から右のほうへ線を描いた。

「有難いのう。秀吉ならば儂の本国に足は踏み入れぬからな」

「ですが三河の地を荒らすだけのつもりかもしれませぬ」

「させるものか。思うだけ岡崎へ近寄らせて、挟み撃ちにしてやろう」

家康は首をぐるりと回して凝りをほぐした。

「他のどこでいくさをしても、此度ほど易くはあるまい。相手が出て来れば、追いかけて叩く。秀吉が全軍を動かす気配があればこの山へ戻り、一年でも二年でも様子見じゃ。辺りの城はどこも徳川よ。秀吉は背中が寒うて、おちおち留まっておれぬであろう」

その夜、北に目を凝らしていた家康たちは、やはり楽田の軍勢が地を這って動くのに気がついた。

楽田から尾張へは木曽街道が延び、秀吉は本陣から内久保、岩崎と砦を築いて小牧山へ迫ろうとしていた。だがその奇襲軍は街道を大きく迂回して、せっかくの砦も生かさず岡崎へ進んだ。家康は丸一日、奇襲軍に好きなだけ進ませて、夜になるとその同じ道を尾けた。そして夜明けとともに背後から襲った。

合戦の地は犬山から岡崎へ至る、ちょうど折り返しになる長久手だった。小牧山はその長久手と犬山の真ん中にあるといってもよく、その頂にいる阿茶には人馬のたてる土煙がはっきりと見えた。南風に乗って声や鉦音が聞こえ、犬山のある北からは固唾を呑む気配さえ漂ってくるようだった。

家康たちは奇襲軍と秀吉の本軍とを十分に切り離す場所で射かけたので、後ろから襲われる危険は全くなかった。だが背後を衝かれた奇襲軍のほうは、前へ逃げればどこも家康の支城ばかりだった。

結局いくさは一日もかからず、長久手からは敗残の兵が蜘蛛の子を散らすように逃げて行った。

「そうは申しても、秀吉が全軍で押してまいれば如何なさいます」

奇襲軍を率いていたのが秀吉の甥、秀次だと分かったとき、阿茶は家康に尋ねた。秀吉にとっては唯一の跡継ぎの身内だったのだ。

「押すことなどできぬわ。九州の島津も、東海道がこのざまと知れば、まだまだ臣従せぬ。中国の毛利など、本能寺を秘されて城主が腹を切らされたのじゃ。秀吉をさぞ恨んでおろう」

「秀吉殿はいつまでも楽田に留まっておられぬということですか」

「大坂を留守にしておれば足下の政もできまい。だが儂は秀吉を手こずらせておれば、それだけで名が上がる。無駄ないくさではない」

秀吉はせいぜい苦労して信長の後釜に座ればいい。秀吉に確たる跡継ぎがいないことは、その死のあとにもう一度天下が揺れる証のようなものだ。

「秀吉の跡目が、あの秀次なのであろう。あれでは秀吉には幕府を開く目はなかろうな」

阿茶は頰を叩かれたような気がした。己の耳で幕府などという言葉を聞く日があるとは、思ってみたこともなかった。

「殿は、そのような先まで考えておられるのですか。いくさの最中というのに」

「暇ないくさゆえなあ」

家康は悠然と笑って、はるか楽田の空へ目をやった。

別段、余裕で高みの見物をしているわけではない。内心では焦りもあり、一度でも負ければそこから領国は削られていく。実際に家康は秀吉がいるかぎり上洛など考えることはできず、秀吉からすれば家康は東海の一大名にすぎない。

「今の秀吉には運が味方しておる。そのような相手に、まともに向かって行っても益はない。こうして手をこまぬいて、運が秀吉の下から動き出すのを待っているのが一つ。跡継ぎがおらねば先々いくさだと踏んでいるのが一つ。だが本心、待つというのは修行だな」

「では殿のお世継ぎは、長松君様にございますか」

退屈しのぎというわけではないが、阿茶は思い切って聞いてみた。

「於義丸様の御事はどうお考えなのでございます。それとも阿茶には関わりがございませんか」

「阿茶も子ができれば尋ねにくくなるであろう。今のうちじゃの」

家康はからかって阿茶の鼻に指をさした。

「於義伊(おぎい)は双子であった」

阿茶は黙ってうなずいた。まだ築山殿がいたときで、小督局は家康の譜代の家士のもとで赤児を産んだ。

だが生まれるとすぐ小督局は一人を他所(よそ)へ預けた。

「もう一人の赤児は何か劣ったかと、儂はその家士に尋ねた」

足が悪い、目が見えぬ、赤児にそんな障りがあればいくさ場に出ることはできない。あるいは女児でも同じことだ。

「姿かたち、黒々とした髪の生えておったところ、何から何までそっくり同じの双子であったと申した」

だが産声が二つ上がったとき、小督局は青ざめた顔で身を起こし、取上婆の抱く赤児をじっくり見比べた。そして於義丸のほうを手に取ると、もう一方の赤児からは目を背けた。

「それはもういらぬと申したそうでな」

「もういらぬ……」

赤児というのは母の匂いが分かるものだ。まだ目が見えなくても、母が傍から離れれば途端に泣き始める。

いらぬと言われたほうの子は、引き離されて泣いただろうか。於義丸だけが母に抱かれているのを感じて、他のどんな子よりも激しく泣き叫ばなかっただろうか。

「女の哀しさとは思って差し上げられなかったのですか」

「思わぬではないがな。それを健気な覚悟と言うてやれる男と、小督は添うべきであったな」

「殿はお心が狭うございます。小督局様がそうお決めになったのなら、もうせめて於義丸様だけでもお可愛がりになればよいではございませんか」

「陰陽では双子は同じ運命を辿ると申すではないか。同じように生まれて片方は捨てられた。その不運、於義伊が分け持たぬはずがなかろう」

阿茶が睨むと、家康も居心地悪そうに座り直した。

「いくさの世じゃ、馬にも乗れぬ身体とでもいうならば仕方もなかろう。だが於義伊を見るたび、儂はもう一人の不運を思わずにはおれぬ」

人質に出されていたとき、自らが幾度も紙一重の死を味わったからだ。

それでも小督局がもう一人の子などおらぬと言うのだから仕方がない。家康はそう観念して於義丸と一度だけ祭り見物に出たことがある。

だが家康は正面から於義丸の顔を見ることができなかった。何が於義丸ともう一人の子を分けたのか。どうしてもその子が重なる気がして、ずっと目を逸らしていた。

隣で大人しく祭りを見ている於義丸の向こうに、もう一人の子も座っているような気配がした。

そのとき猪の群れがにわかに乱れ入り、逃げ惑う百姓たちを於義丸が睨めつけて黙らせた。つい家康は、傍らに立つ於義丸を見上げた。

「右目が翠に輝いておった」

於義丸の目は片方だけ、まるで南蛮人のような色をしていた。

「彼奴はたまさか、彫りの深い顔立ちをしておってな。右から見れば南蛮人で通るであろう」

「それはまた、なんと不思議な」

だが家康は感嘆を通り越して胴震いがきた。於義丸が双子だという刻印がここにある、片方の翠の目はもう一人の子の目に他ならない、と。

「祭りの見物どもがいっきに静まったのも道理であろう。儂など、二人分の四つの目が並んでおるようで、あれから於義伊の顔だけはどうしても見ることができぬ」

あの祭りの日、於義丸の向こうにはもう一人の子が座っていた。於義丸に押し出しがあるのも当たり前だ。なにせ二人分なのだから。

そして姿のないそのもう一人は、人質だった幼い己の、紙一重で死んでいた亡霊でもある。いったい何が、於義丸ともう一人を分けたのだ。何が、己を人質の境涯から救いあげたのだ。

「於義伊に罪はない。頭では分かっているが、儂にはどうしようもない」

そう言うと、家康は小姓を呼びつけた。

「誰ぞ、光信を連れてまいれ」

小姓はすぐ出て行った。

「どなたでございますか」

「ふむ。彼奴は彼奴で悩んでおる」

「何をでございます」

しばらくして二十歳ばかりの若者が荒い息を吐きながらやって来た。手と袴の裾が土で汚れ、今の今まで溝でも掘っていたらしい。このところ小牧山の裾で堀を新しく拵(こしら)えているから、そこから駆け上って来たのかもしれない。

「お呼びでございますか」

手をついて顔を上げたとき、阿茶はあっと息を呑んだ。光の加減か、片方の目が濃い緑色を放って見えた。

「光信。そなたも溝掘りを手伝っておったのか」

「いかにも。これといって材も思いつきませぬゆえ。お呼びと伺って汚い形でも早いほうがよいかと、走ってまいりました」

言いながら光信はちらりと阿茶を見た。黒と深緑の切れ長の目が、人の倍の輝きで阿茶に微笑みかけていた。

阿茶は胸を衝かれたように魅了された。これほど美しい色を、人の顔の中に見たことがなかった。

「阿茶と申します。どうぞ宜しゅう願います」

「これは、畏れ入り奉ります」

光信が慌てて頭を下げると、家康は大きく伸びをして立ち上がった。

「光信は狩野永徳の跡継ぎでの。さすがに良い絵を描くが、父がかの永徳では何かと息苦しいようでな。しばらく一門から離れたいと申すゆえ、浜松へ連れてまいった。まあ、連れだって回るとよい」

家康は阿茶たちを残して出て行った。

光信は阿茶が頼むままに筆をとり、すっと息を吸うと安土城を描き始めた。

「大手門は緩やかな坂で、馬が五頭、六頭と並んで上れる広さがございます」

これが秀吉の屋敷、ここには柴田勝家の屋敷と、阿茶がまばたきをする間に左右の雛壇に武将の屋敷が並んでいく。

「この天守閣の上に筒柱が立ち、このように屋根がかぶさって天主教の礼拝堂がございました。中は全て黄金でできておりました」

光信は頂上から破風(はふ)まで惜しげもなくぐるりと丸で囲むと、黄金色と書き込んだ。

「父君、永徳殿の障壁画はそれは見事であったと殿も仰せでしたが、光信殿も手伝われたのでございましょう」

「はあ。まあそれがしは跡取りでございますゆえ、誰も表だって文句は申しませぬ」

阿茶は首をかしげて光信の顔を覗き込んだ。するとその目はさまざまな色を放ち、阿茶は柄にもなくうっとりとする。

その輝く目がこちらを向いた。

「それがしの目の色は奇妙にございましょう」

「はい。まことに美しいと存じます」

「有難いことに大概の方はそう言ってくださいます。ですが殿だけは少々違うようでした」

阿茶が首をかしげている間に光信は大きな丸を描き、その中央に小さな丸、その少し上に左右の丸と、大丸の中に三つの丸を置いた。

左右の丸をぐるぐると塗りつぶすと、目になった。だとすると中央の丸は団子鼻だろうか。

と、大丸の上に二つ、半円が載った。まるで張り子の犬の耳だ。

光信はためらわずに筆を動かしていく。絶妙な線が加わって、張り子の犬はたちまち大きく目を見開いた家康の顔になった。

「まあ、なんとお上手な」

さらにひょいひょいと顎鬚を垂らし、鼻の下にも髭を付ける。ぽってりとした胴体を描くと、家康の顔をした張り子犬がまるでそのまま紙の上に置かれているように見えた。

阿茶は笑いが止まらなくなった。への字に口を結んだ張り子犬の家康は、どこか茫然と、困ったような顔でこちらを眺めている。

「それがしを初めてごらんになったとき、殿はこのようなお顔をなさいました」

「分かります。殿はそういえば、図体も張り子の犬に似ておられる」

光信の筆は止まらず、両目の下に頬のたるんだ筋を一本ずつ描き加えた。それだけで顔が餅のように膨らみ、垂れた肉がさらに盛り上がって感じられる。

「さすがに狩野御一門。私はまったく絵の嗜み（たしな）はないのですが」

「いや、それがしなど、狩野を名乗るのはおこがましい。あの永徳の息子がこれかと、何度後ろ指をさされてまいったことか」

阿茶は驚いたが、光信は真実、情けなさそうな笑みを浮かべている。

「殿とは安土でお目にかかったのが初めてでございます。それがしが一門で持て余し者になっているのをお察しくださったのかもしれません。あるいはわが父が頼みでもいたしましたか。とにかく殿は浜松に招いてくださいました」

「それで小牧山までもお供をなさったのですか」

「はい。いくさ場ではそれがしごときの腕でも、絵師は役に立つものでございます」

周りの地形やいくさ場を描いたり、相手方の旗印を足軽たちに示すのも絵師がいれば容易になる。

「それにしても、持て余し者などとは」

「いえ。ただ、それがしの父は、それこそ桁違いの天才でございますので」

永徳の高名は阿茶でも知っていた。なんといってもあの華美を好んだ信長が、天下一の安土城の障壁画を描かせると決めた絵師だ。

「父も弟子も、口にこそ出しませんが、それがしの才が父の足下にも及ばぬのは一目瞭然。それがしはどうしてもいじけて、筆を持つ手が重うなりました」

そうして永徳が秀吉に乞われて大坂城の障壁画を描きに行くことになったとき、光信は家康を頼って浜松へ来た。

永徳は弟子の山楽（さんらく）を連れて大坂城へ行ったという。

「弟子というのが狩野山楽殿……」

その名も阿茶は知っていた。光信の名だけ、聞いたことがなかった。

「たしかに歳はそれがしが五つばかり下ですが、力量はあちらのほうがよほど永徳の子と呼ばれるに相応しゅうございます。父も幾度、それがしと山楽が逆であればと願いましたことか」

明るく笑ってはいるが、阿茶はしみじみ於義丸と重なって哀れな気がした。

「こんな楽しい絵をお描きになられますのに、勿体ない」

「それがしの絵が、楽しい」

「はい。犬が話しかけてくるようでございますもの。何やら、今にもわんわんと鳴き声を上げそうな」

阿茶はこの張り子犬の家康をぜひ西郷に見せたいと思った。悪い目でも己には十分だと言った西郷なら、若い光信のこともうまく力づけてやれるだろう。

「なるほど、そうか。楽しい絵というのも良いものだなあ」

「で、ございますね」

「しかし張り子犬では、障壁画にはならないがなあ」

くすりと二人で肩をすくめて笑った。

「では阿茶様、これも見てくださいませんか」

光信は懐から紙を取りだした。

手足の長い、毛むくじゃらの猿が両手に桃を握って大股で駆けていた。後ろには山と積まれた果実があって、猿はそこを踏み散らして逃げる、逃げる。

猿は背に大層な太刀を結わえている。

「榊原様に頼まれて描いた、秀吉殿の絵にございます」

矢文にして楽田へ射かけるそうで、先から書く文句は決まっている。

秀吉は野の猿、馬の子なり。

それが信長公に引き立てられるや馬に乗り、太刀を得た。

さて、時や今。猿は、次は何を奪うやら——

その猿はまさに紙から飛び出して見えた。そして桃の瑞々(みずみず)しさがまた、猿の悪食を際立たせている。

「あまりに見事でため息しか出ぬようでございます。本当に一つひとつ、なんて美味しそうな桃でしょう」

楽田の兵たちの顔が目に浮かびます。地団駄を踏む楽田の兵たちの

阿茶は自分でも可笑しかった。桃が食べたくてたまらなくなった。

「阿茶様にそう言っていただけるなら千人力でございます。もうためらっておらずに榊原様にお見せすることにいたします」

「私は光信殿の絵がとても好きでございます。ですから一つ、お願いをしてもよろしゅうございますか」

このいくさはとても長いものになる。その間、西郷は家康に会うことができない。

「これはとお思いになる殿の御顔があれば、ぜひとも描いて阿茶にくださいませ。ともに眺めて笑いたい御方が浜松におられるのです」

「笑いたい……。楽しい絵がよろしいのでございますか」

阿茶は大きくうなずいた。

「その御方は、私よりも殿よりも、きっとずっと光信殿の絵を喜ばれます」

張り子犬の家康に、猿の秀吉。西郷ほど光信の絵を一目で気に入る者もないだろう。

「光信殿の絵は幸いをもたらしてくれるような気がします。きっと小牧山のいくさは勝ちでございますね」

阿茶は張り子犬の家康の絵を折り畳んで、大切に懐にしまった。

二

小牧山に通ってくれる老女は、丁寧に阿茶の腹をさすって安堵の息を吐いた。

「恙なく育っておいでのようで、ようございました」

初めて阿茶を診たとき、この辺りの子らは残らず取り上げたと得意げに語った取上婆である。家康の小姓、牧之助（まきのすけ）の祖母で、もとは阿茶が懐妊したとも分からず具合を悪くしたとき、ふもとの村から来てくれた。以来、いつも牧之助が背負って小牧山まで連れて来る。

「ありがとう。できれば婆殿にはずっとここにいてもらいたいが、それでは皆が困るだろうから」

「何を仰せになりますやら。ようやっと、駕籠（かご）でお戻りいただけると胸を撫で下ろしたところですわな」

「戻るとは？」

阿茶は着物を直して婆の前に座った。背は縮み、七十も近いと話していたが足腰は達者で、帰りはいつも己の足で山を下って行く。

婆は腰紐にぶらさげた竹筒から無造作に水をすすった。

「だいたいがこんな山の天辺で赤児を産むなぞ、儂は聞いたこともござらんで。もちろん取り上げたこともありませんわいな」

老女は手早く身仕舞いを終えて立ち上がりかけた。

「お待ち。駕籠で戻るとは何のことです」

「決まっております。これほど高い、朝から晩まで刃物が鳴っておるようないくさ場で。たとえ山を下りられても、ここらには雨露もろくに凌げん百姓屋しかございませんのでな」

浜松の城へ帰れと婆は言った。

「今なら少しは揺れても構わんじゃろうとお殿様にも申し上げましたわな。いつなら戻れると聞かれとったが、儂は浜松がどれほど遠いかもよう知りませんで」

「情けないこと。では殿が、私に浜松へ帰れと仰せか」

「それはもう初めからそう仰せに決まっとります。じゃが、駕籠で三日じゃと仰せになるもんで。まあ浜松に戻られたら、せいだいお歩きなされ」

阿茶はむっとして、十日後にまた来るようにと言いつけて婆を去らせた。産み月はまだまだ先だ。せっかくだが阿茶はいくさ場の駆け引きが知りたくてここまで来たのだ。

「牧之助、供を頼みます」

まだ少年のような小姓は、呼ぶとすぐ駆けて来た。口には笑みを浮かべているが、眉を曇らせている。

「お前まで案じるには及びませぬ。婆殿も歩けと仰せであった」

そう言って阿茶は、その日も小牧山を少し下りて行った。

昨夜の雨で小牧山ではまだそこかしこから靄が立ち昇っていた。かつては一面に木が茂っていたのを伐採したそうで、法面（のりめん）はほとんど土が剝き出しのままだ。阿茶は螺旋の道を伝って馬場のある中腹まで下り、そこからは均した陣地を歩いた。

「泥濘が多うございますゆえ、どうぞお気をつけくださいませ」

斜面からはまだところどころ水が溢れ、地面を湿らせている。阿茶に気づいて頭を下げる者もあったが、こちらは杖を突くのに懸命で、ろくに顔も上げられなかった。

　それでもどうにか歩いて行くと、馬場の近くに光信がいた。

「おや、阿茶様も馬を見にいらしたのでございますか」

「私は、音のほうでございます」

　阿茶は笑って空を指した。天高く上る、蹄の音が聞きたかったのだ。

「光信殿にはどれほど礼を申しても足りませぬ。張り子犬の絵をずっと懐に入れておりましたおかげで、子を授かりました」

　眩しそうに光信が目を細めた。

「それがしの絵にそんな功徳があるはずはございませんが、此度はまことにお目出度うございます」

　牧之助が床几を並べ、阿茶と光信は腰を下ろした。

「それがしは安土におりましたとき、天主教の画学舎で馬の絵を見ました。南蛮画には、それは巧みな遠近の術がございます」

　今朝ふと起き抜けにそのことを思い出し、早くから馬を見にやって来たという。

　信長が天主教を勧めていたので安土にはその大きな学問所が建てられ、南蛮画を教える画学舎もあった。聖母や天主の子、ゼスの絵を描かせて各地の教会堂に配るためだったそうで、大勢の日本人子弟が学び、南蛮人の司祭も幾人か暮らしていた。

「もしや光信殿は、その教義も学ばれたのですか」

「いいえ。ただ画法を教わっているとき、いつも後ろで司祭が話しておりました。それがどうしても耳に入ってまいりましたので」

今も胸に残る教えがあり、光信は時折、それを思い出して考えるのだという。

「なにゆえこの世では善人のほうが苦しむのかと、司祭は説いておりました」

阿茶は驚いて光信を振り向いた。いつか西郷に聞きかけてそれきりになった、それと同じことだった。

「それがしは、この世とはしょせん悪がはびこり、悪こそが力を持つ地という気がしてなりませぬ。悪の栄えた例しはないなどと申しますが、人を酷い目に遭わせた者がそのまま豊かに暮らし、往生を遂げることがあまりにも多うございます」

「そのわけを南蛮人の司祭様が教えたのですか」

「はい。絵筆を手に、背で聞いておりました」

光信は微笑んだ。

「南蛮人の説く天主とは、この世を造った全知全能の神でございます。我らに命を与え、その振る舞いの全てを見通し、生涯を差配する。その天主という神が、悪人のことは一顧だにしておらぬからだと申します」

阿茶は首をかしげた。よく意味が分からなかった。

光信は己の言葉が至らぬのだと恥ずかしそうに目を伏せた。

「この世の死は、真の死ではございませぬ。我らは皆この世での振る舞いの報いを受け、義を貫いた者のみが天の国へ至ります」

ぱらいそと呼ばれる、どんな悪も争いも、苦しみもない神の国だという。

「ですが天主は悪人どもにはその門を閉ざし、せいぜいが七、八十年、この世で好きに振る舞うておればよいと突き放しておられる」

一片の悪もない清浄な神の国へは、身にまとわりついた悪を篩い落とさなければ入れない。そのために善人は試練の火で錬られるが、滅びの道を行く者のことは、神は錬ろうともしない。

「それはまた、斬新な教えでございますね」

阿茶が目をしばたたかせると、光信はくすりと笑った。

「日の本では新しゅうございますが、南蛮では千年も二千年も主流の教えでございます」

その南蛮の国が大きな船を仕立てて、三十年ばかり前に日の本へやって来た。星をしるべに大海を渡り、縁もゆかりもない小さな国の貧しい者らに施しをし、数々の病を治す。

「光信殿はその教えを信じておられるのですか」

「妙に理屈が通っているとは思うのです。信長公が亡くなられた後、高槻だけは全く平穏であったと聞いて、やはりこれは尋常の教えではないと存じました」

本能寺の変のとき、諸侯はそのほとんどが毛利攻めで中国に下っていた。主も兵も欠いた領国では土豪の蜂起や野盗の跋扈が相次いだが、高槻だけは何も起こらず、皆が静かに主の帰りを待っていた。その主が、高槻の地に天主教を広めた高山右近だった。

「己に刃向かう者は容赦しなかった信長公が、右近様ばかりは信用できると、あっさり帰参を許されました」

切支丹は裏切らぬと、そのとき信長は言ったといわれている。

「信長公が天主教を勧められた理由は明快でございました。神だ仏だと申して、勝ち残っておるのはどの神かと。三千年ものあいだ、数多(あまた)の神が滅び、名を残しておるのは天主のみではないか、と」

神とは強く、己を栄えさせるもの。信長の信仰は、理に適い、利をもたらしてこそのものだった。

安土でも切支丹にまでなる者はそれほど多くはなかったが、信長がいた時分はこの辺りでも皆、その教えを知っていたという。

「ならば、牧之助などは聞いたことがありますのか」

もしかすると婆殿もと思ったが、小姓の青年は困ったように首を振った。

「それがしの父は、浄土宗に改めた者でございまして」

あっと阿茶と光信は笑い合った。家康は領国の一向一揆に手こずったとき、門徒の家士をことごとく改宗させている。

「そうですか。きっと殿は、真宗でなければ何でも良いと仰せになるのでしょうね」

「左様でございますね。それにしても一向一揆の時分が父上のときとは、牧之助は若いなあ。ひょっとして初陣か」

牧之助は申し訳なさそうにうなずいた。歳は十六だという。

「暑さ寒さの上に雨もあるとは、いくさとはなんとも不如意なものだなあ、牧之助よ」

「祖父からは、このような楽な場所がいくさ場などと、ゆめ思うなときつく戒められております」

ふもとから背負って来る祖母は母方で、父方が武家なのだという。そのせいかとても風通しの良い青年で、家康が傍に置いている気分が阿茶には分かるような気がした。

牧之助は先達ては順番で浜松に帰り、祖父から気合いを入れ直されてまさに昨日、雨の中をここへ戻ったばかりだという。

「では父上もご一緒にか」

「いえ、父は三方ヶ原のいくさで落命いたしました」

驚いて阿茶は口を手で押さえた。

家康が短気を起こして信玄に向かって行き、家士に諭されてどうにか城へ逃げ帰った負けいくさだ。戦いらしい戦いはなかったが、家康が生きながらえたのには、そこにも身代わりの死があったのだ。

だが牧之助は爽やかに微笑んだ。

「それゆえ殿は、それがしを小姓に取り立ててくださいました。もう十年も前のいくさというのに覚えていてくださり、祖父も母も泣いて喜んでおりました」

牧之助は亡くなった父を誇るように少し上を向いた。阿茶もふと、西郷に託してきた猪之助のことを思い出した。

「牧之助には弟妹はいるのですか」

「はい、年子の妹がございます。朝晩、皆で小牧山の方角へ祈っていると申しておりました」

「ああ、それならいっそ浜松から小牧山が見えたら良かった」

三人で明るく浜松のほうを振り返ったとき、どおんと遠い太鼓のような音が響いた。

阿茶と牧之助は互いに顔を見合わせた。

「今どこかで何か音がしたような」

阿茶が小首をかしげたとき、同じようにもう一度、どおんと低く聞こえてきた。

後ろの山の上から降って来たのだろうか。だが太鼓とは違うので、馬場にいる家士たちは気にも留めていないようだ。

そのとき、がくんと膝が前に折れかかった。地面が一段下がりでもしたのか、床几が傾いた。

「阿茶様！」

とつぜん牧之助が胴間声を上げた。ぼんやりとそちらを向いたとき、牧之助が阿茶を引っつかんで抱き上げた。

光信を見やる間もなく牧之助が走り出した。

その肩越しに阿茶は見た。土が崩れ落ちて来る。褐色の大波が煙を上げて斜面を呑み、また吐き出し、広がって落ちて行く。

牧之助の後ろで、阿茶の目の前で土が土を呑んでいく。騎馬が土に埋もれ、いななきが空に舞う。光信の姿はどこにも見えない。

下へ向かっていた波がこちらに向きを変えた。幅が広がり、阿茶を呑もうと褐色の舌を伸ばしてくる。

土塊(つちくれ)の粒が阿茶の頬を叩いた。ぐらりと牧之助が傾き、阿茶は空を仰ぐ格好になった。

いやに白ちゃけた、だらしなく開いた口のような雲の隙間に空が見えた。牧之助は阿茶を腰の高さで抱いている。だがその手がずるりと下へ滑っていく。

牧之助の名を呼ぶ間もなかった。

土の波が阿茶の顔にかぶさってきたときだった。土から突き出した牧之助の腕が、勢いよく阿茶を空へ放り投げた。

「牧之助！」

牧之助の肩を摑んだつもりの阿茶の手は、ざらりと土を握っていた。

阿茶の目はふたたび空を仰ぎ、ふっつりと何も見えなくなった。

「阿茶様、そこにおいででしたか」

小牧山の見晴台で振り返ると、光信が困ったような顔をして立っていた。阿茶は腰掛けを少しずれて、隣に座るように手招きをした。

あの土砂崩れから一月が過ぎていた。光信と阿茶はなんとか土の中から助け出されたが、四日経って見つかった牧之助はすでに息をしていなかった。

「もうお身体は良いのですか」

「ええ。昨日から外へ出るようになりました。ところが光信殿はこのところは無心で絵を描いておられるとやらで、お顔も見せてくださらない」

阿茶は恨めしげに言ったが、子が流れた女に何と声をかけていいか分からなかったのだろう。婆殿が慌てて診に来てくれたから阿茶は助かったが、孫でない男に背負われてきた老女こそ、どれほど心細かったことだろう。

そんなことを思い巡らすと阿茶はまた涙が湧いてきた。

「殿が、牧之助の妹をさい様の侍女に取り立てると言ってくださいました。さい様のことですから、お優しくしてくださいますでしょう」

「西郷局様ですか。いつかはそれがしもお目にかかってみたいものでございます」

そう言われると、今傍にいるかのように西郷の笑顔が浮かんできた。

慈しみに満ちた眼差し、人を褒める言葉しか出てこない口許。阿茶はこの世の誰よりも、家康よりも猪之助よりも西郷が好きだ。

「きっと今の私に会えば、さい様は泣いて泣いて五月蠅うございますよ」

ついに顔を見ることができなかった腹の子よりも、阿茶は今、西郷に会いたい。

「息を吹き返すまで、私は腹の子と夢で話しておりました。己は旅立つかわり、良いことを教えて行くと申しました」

阿茶は下腹をさすった。

「殿は天下人になられるそうでございます」

おお、と光信は手を打った。

「さすがは阿茶様と殿の御子にございますね」

「ええ。ですから殿は、私に褒美を取らせてくださると」

光信は何度も何度もうなずいた。

「ですが私は肝心のことを聞きそびれました」

と、阿茶は肩をすぼめて微笑んだ。

「一体どうすれば天下が取れるのか」

「ああ、確かに。ですがそれは殿が御自身でお考えになれば宜しいのではございませんか」

「そうですね。ですから私も申したのです。あの子が告げていったことが真実であったと、私を喜ばせてくださいますようにと」

光信は力強くうなずいた。

「光信殿。私の子は、光信殿の話しておられた信仰では、どこへ行くのでございますか」

生まれて来ることができなかった、男か女かも分からずじまいだった最後の子。婆殿には、もう子は授からぬだろうと阿茶は言われた。

「天主のおわす、天の国とやらでございましょうか」

「何一つ罪のない、清いままの御子でございます。天主の一番近くへ帰られたのではございませぬか」

無垢な者と悪に染まった者が、死んで同じところへ行くはずはない。阿茶は今こそ必死でそう思うようになった。

「人はこの世に生まれたからには、罪を犯さずにすむのは幼子まででございましょう。そのような者が旅立ったとすれば、どこか行く場所があるのが道理でございますよね」

阿茶はもう考えずにはいられない。死ねば、人はそれまでなのだろうか。

「天主教の謎めいたところは、ゼスと申す宗祖が天の国から来たり、われらの罪をすべて贖うて死んだこと。そして三日の後にまた現れて、死んでもこのようになると示したことでございます」

さすがに阿茶は皮肉な笑みが浮かんだ。それはもう日の本の国生み神話どころではないと思った。

「ですがなにゆえ天主教がこれほど南蛮で栄えておるかと申せば、それを目の当たりにした弟子たちが、あまりの不思議にそれを伝えて歩き、その教えのためにことごとく果てたゆえでございます」

「果てた。死んだのですか」

「はい。教えを説けば殺すと言われ、教えに殉じたのでございます。この世で命を失うなど、何ほどのことか。甦らぬほうがよほど恐ろしいと申して」

もしそれが真実ならば、阿茶は今どれほど胸が軽くなるだろう。阿茶の子が真の世で満ち足りて暮らしているなら、他に望むことなどない。

「あの世のことは仏教でも説きますが、実際に見て戻った者はございませぬ」

「ですが光信殿とて、見たことはおありになりませんでしょう」

いくら見た者があるといわれても、己が見ていないならば同じことだ。

「左様でございます。それゆえやはり、それがしはその教え自体を買っておるのだと思います」

甦りを信じることは難しい。だというのに光信は、どうしても弟子たちが偽りを宣べ伝えたとは思えない。

「人を欺くなと説き、他人を我が身の如く重んじよと説いておるのでございます。そのような者らが、わざわざ偽りを広めましょうか」

「どこへ行けば、私はその教えを聞くことができましょう」

できれば阿茶も信じたい。死んだ子がどこへ行ってしまったのか、阿茶は知りたい。

「殿に司祭を呼んでいただけば如何でございますか。きっと、阿茶様もお楽になられます」

「ならば、折を見てお願いしてみます」

あまり本気にしていないのか、光信は司祭がどこにいるのかまでは話さなかった。

ところがその後すぐ、家康は司祭どころではなくなった。伊勢長島の自城にいた信雄が、とつぜん秀吉と和睦してしまったのである。

もとから信雄は百万石にも及ぶ領国を己で守るのが苦しかったところへ、家康からの援軍は来ず、すっかり焦れていた。はじめのうちこそ臣従せよと言ってきた秀吉を一蹴したが、もはやどうにもならなくなった。

もともと家康は信雄に乞われて手を貸しているにすぎず、その領国まで守らされる謂われはなかった。織田家中で争ってほしい家康は信雄からの求めはのらくらと躱し、自らの領国で睨みをきかし、のんびりと諸国に名をとどろかせていた。

そうして十一月、しばらく楽田を離れていた秀吉が意気揚々と軍勢を引き上げて行った。信雄は家康に一言もなく人質まで出し、犬山を秀吉に譲り、秀吉からは北伊勢を返してもらったのだという。

知らせが入った翌日、家康はすっかり根の生えていた重い腰を上げた。

「誰ぞ、祝詞を携えて使者に立て。御家中の諍いが消えたとはこの家康、重畳至極にござるとな」

阿茶は家康たちを見送ってから輿に乗り、一年近くもいた小牧山を後にした。十月(つき)ばかりというのは赤児が生まれるまでの間だったと、阿茶は輿の中でそっと腹に手を当てていた。

ぱたぱたと畳を駆ける足音を耳にして阿茶は立ち上がった。障子を開いて部屋の外へ出ると、西郷が両手を拳に握って、振りながら走って来る。

「さい様、どうかお気をつけてくださいませ」

阿茶は慌てて大股で駆け寄り、ちょうど隣室の前で西郷を受け止めた。こうして会えば、よく十月も離れて暮らしていられたと涙が湧いた。

昨日の夜、阿茶はようやく浜松へ戻って来た。家康は和議が成った明くる日には発ったので、五日ほど先に帰っていただろうか。逃げるわけではない、陣払いはゆっくりせよと言いつかって、阿茶は本陣を隅々まで掃いてから出た。

西郷の後ろには猪之助が控えていた。こちらは見違えるように凜々しい顔つきをしており、すぐには分からないほどだった。

「ご挨拶が済みましたので、それがしは長松君様のもとに戻ります」

「まあ、そのようなことは構いませんよ、猪之助」

西郷が手招きをしたが、猪之助は黙礼だけしてすぐ踵を返した。背も大きく伸びて、いっきに男らしくなっていた。

「阿茶様がお戻りになったら、真っ先に見せたかったものがあるのです」

まるで昨日の続きのように、西郷が阿茶の手を取った。

阿茶は座敷へ上がる段のところで、気をつけて西郷を支えた。さすがに居室で西郷がつまずくことはないが、それでもこうして西郷を庇うのが阿茶の喜びだった。もう西郷と離れてはどこへも行くまいと阿茶は心に決めた。

西郷は阿茶を振り向くと、座敷の真ん中に置かれた丸い手焙りを指さした。

「一日も早く阿茶様にお見せしたかったのです。殿が小牧山から持って帰ってくださったのですよ」

家康が一体いつそんなことをしていたのか、阿茶は呆れ笑いがこぼれた。阿茶は西郷ばかりは妬む気が起こらない。家康が西郷を喜ばせてくれたのなら、何より嬉しい。

「ほら、横腹の絵を見てくださいませ」

と、西郷は畳に這いつくばるようにして手焙りの側面に顔を近づけた。

まるで蛙のようで可笑しかったが、阿茶も同じようにした。

手焙りにしては珍しい、夏を思わせる図柄が焼き付けてあった。大きな尾ひれを広げた二匹の金魚が出っ張った目を上に向けて、水面へ今しも顔を覗かせるように立ち泳ぎをしている。

「ひいふう、み。しの、ご。ほら、金魚の子が五匹もいるのですよ」

大きな金魚の下に、底の飾りとして小さな金魚が散らしてある。それもまた出目金で、それぞれに目の大きさが違ったり寄り目だったり愛嬌がある。

「妾に似ているのですって。この、あくびをしているように口を開けている朱色の」

西郷は嬉しそうにその大きな金魚をなぞっている。

まったく己は何をしに小牧山になど行ったのだろう。阿茶の仕合わせはこうして毎日、明日も明後日も西郷の隣にいることだ。いくさ場の駆け引きを学ぶ楽しさなど、西郷と過ごす日々に取り替えられるはずもない。

「この大きな二匹は、妾と阿茶様です」

「え？　さい様と殿ではないのですか」

「いいえ。殿もそう仰っていましたよ」

二匹の金魚はどちらも赤い色をしている。たしかに黒ならば家康ともいえるが、黒いのは底にいて小さい。

そのとき西郷がそっと阿茶の顔色を窺うようにした。

「阿茶様、これからは長松と福松も、阿茶様の子と思ってくださいませんか」

「さい様……」

「きっとでございますよ」

言った途端に西郷の頰を涙が伝って落ち、慌てて西郷は両の拳で頰を乱暴に拭った。

阿茶はもう二度と西郷のそばを離れない。いつどこでどんな別れをするか分からない、人の命の儚さを阿茶は知ったのだから。

「小督局様が大坂へ行かれる由……」

西郷は涙を拭きながら無理に話を逸らした。於義丸が人質として秀吉のもとへ行くことになったので、母の小督も同行するのだ。

「妾には二人も子がいますのに、やはり長松では御嫡男の代わりは務まらぬのですね」

家康に願い出たが許されなかったと、西郷は本気で力を落としていた。

だが小牧山のいくさは家康の勝ちで、於義丸を人質に出す必要などはない。だから阿茶は、人質のことは家康がわざと仕組んだような気がしている。

「さい様。於義丸様は双子でいらしたそうです。ところが小督様が、お一人を初めからなかったことになされたと」

「ああ。阿茶様もお聞きになったのですね」

西郷はほっとしたようにこちらを向いて、手焙りから離れて座り直した。

先達て人質の件が決まったので、西郷は家康とともに於義丸に会ったという。於義丸の出生についてはそのとき初めて知らされた。

「殿が双子だったと仰ったので、妾は嘘だと申し上げたのです。だって於義丸君は腕白なばかりの御子ですから、なにも小督様が一人を遠ざけてまでお育てせねばならぬ理由はないでしょう」

阿茶は啞然とした。どうやら西郷の頭では逆になるらしい。母親がどうしても一人を選ぶなら、身体の弱いほうを守るためと考えるのだ。

「殿は……、なんと仰せでございましたか」

「ええ。そうかそうか、ならば誰ぞの聞き違えかと仰せでございましたけれど」

西郷はきょとんと首をかしげている。

「ねえ、阿茶様。阿茶様はあのときの殿と同じような顔をなさっていますけれど」

思わず阿茶は噴き出した。それはそうだろう、西郷と話していると、あまりのことにこちらが呆然としてしまう。

ひょっとしたら家康は於義丸がどうというより、西郷の子に跡を継がせたいだけではないか。それで於義丸を秀吉にやるのではないだろうか。

「それにしても於義丸君は、にわかには殿の御子とも信じられませんでした。それは美しい、整ったお顔立ちをしておられるのですもの」

西郷は嬉しそうに話し始めた。袖で口を覆ってくすくす笑っている。

「とにかく驚きましたのは、目の御色が左と右で違うのです。それはまあ、夏の空のように澄んだ青い右目をしておられて。この方はさぞ遠くまで何もかも見透かしておしまいになるだろうと思いました」

西郷があまりに顔を近づけてうっとりと眺めるもので、於義丸のほうが頰を赤らめて頭を下げてしまったのだという。

「妾は目がよく見えませんでしょう。於義丸君ほどはっきりと御顔が分かる方もおられぬものですから、つい」

「では正信殿の髭面よりも」

阿茶はからかったが、西郷は真剣そのものでうなずいた。

「於義丸君にはきっと格別の守りがございます。ですから大坂へ行かれても、於義丸君の身には決して悪いことは起こりません」

それはさぞ家康も、伝え聞いた小督局も安堵したことだろう。

かつての家康がそうだったように、人質となると死は考えておかなければならない。だからときには身代わりが立てられたり、はじめから殺されると決まって出されることもある。しかもそんなとき、人質の子は見せしめのために酷い殺され方をした。

「秀吉殿は、於義丸君を御養子になさるおつもりらしいですけれど」

そうとでも言わなければ家康が人質を出さないからだろう。だがそれこそが家康の狙いではないかと阿茶は思う。

「長松も、いつかは人質に出されるかもしれませんね」

「さい様……」

「長松には、於義丸君への御恩だけは忘れてはならぬと重々申しました」

西郷は今も於義丸に拝むようにしているが、家康が長松を人質に出すはずはない。もう家康は信濃も甲斐も合わせて五カ国を治め、信長ですら最大の同盟国として重んじていた。いっぽうの秀吉はその信長の配下の一人にすぎず、もしもその下から信長の家臣団が離れれば、張り子の虎にすぐ逆戻りだ。

「殿は長松君様にだけは、どんな疵も付かぬようになさいます。人質になられるとしたら、弟の福松君様のほうでございますよ」

その意味が西郷や小督局に分かるだろうか。

家康は体よく於義丸を嫡男の座から降ろしてしまったのだ。人質の申し出は、むしろ家康にとっては渡りに舟だっただろう。

たぶん家康は長年考えてきたことが叶ってほっとしているはずだ。今川の侍女だった小督局よりも、三河の譜代の姫だった西郷のほうが、どれほど家士たちにとって宝になるか。

阿茶はふと、家康が口にした幕府という言葉を思い出した。そしてさすがに可笑しくなって一人で笑って首を振った。

そのとき西郷と目が合って笑みがこぼれた。それだけで阿茶のつまらない理屈は吹き飛んだ。今このときも於義丸の身だけを案じている、どんな欲も妬みもない西郷の子に、家康は全てを託したいだけのことだった。


師走に於義丸が旅立って年が明けるとすぐ、秀吉はさらに人質を求めて来た。もちろん家康はあっさりと突っぱね、使者が幾度か行き来を繰り返していた。

ところがそのうち光信がともに大坂へ行くことになり、阿茶に挨拶に来た。

「あまりに忙しいゆえ手を貸せと、父から再三、文が来ておりましたもので」

光信の父が率いる狩野派は方々の城から障壁画を依頼され、それをこなすために多くの弟子を抱え、彼らに教える者も必要だった。父永徳には劣るといっても、じっさい光信は非凡な腕の持ち主だった。

「いつかお帰りになるのは分かっていましたけれど、もう少し先だとばかり」

「この腕では、まださすがに戻りとうなかったのですが」

永徳は寝食も忘れて絵に没頭しており、多忙のあまり筆が荒れるのではないかと光信は案じていた。

「父が心血を注いだ安土城も燃えました。もろもろ、年相応に衰えもあると存じます」

「安土城はあまりにも惜しいことでした。まさか信長公の御城がなくなるとは、誰も思ってもみませんでしたから」

「多分、当人よりもそれがしのほうが悔しがっているかもしれません」

光信の笑みは寂しげだった。

「どこの城が落ちたと聞いても、それがしはまず障壁画を思います。やはり絵が好きなのでございますね」

絵の道など分からない阿茶だが、光信は人物が一回り大きくなったような気がしていた。

「光信殿は、城よりも人よりも、絵でございますか」

「はい。絵さえ残れば、どなた様が主になろうといっこう構いませぬ」

阿茶と光信は笑い合った。小牧山から一年余りだが、光信とは深く気心が知れる間柄になった。

「きっと光信殿は絵師として大きな名を残されます。今はお父上様のために大坂へ参られても、そのうちまた浜松へお戻りくださいませ。この城の襖という襖をすべて光信殿に描いていただければ、さい様もどれほど喜ばれますことか」

「殿からは、浜松の有様を描けと言われれば好きなだけ描いてやるがよいとお許しをいただきました」

阿茶はただ弟が離れて行くような寂しさを覚えるだけだが、絵師を送るとなればそれなりに考えなければならないことはあった。

「それがしは絵図は不得手でございます。殿の御顔ならば即座に描けるのですが」

家康にもそう応じると、

――儂の顔はそれほど狐狸に似ておるのか。

むすっとしてそう言ったという。

阿茶と光信はひとしきり笑った。初めて会ったときにもらった張り子犬の家康の絵は、あの小牧山の土砂崩れのときに失ってしまった。

「ですが光信殿は随分励んでおられましたから。この城の七曲がりの大手道など、目を瞑っていてもお描きになれますでしょう」

「なんと。阿茶様は七曲がりに描けと仰せですか」

光信が顰め面をして、また共に笑った。浜松城のどこにそんな凝った大手道があるものか。

「光信は思うまま存分に描くがよい、その腕前のほどを見せてやれと言うてくださいました」

――そのほうの腕は、儂から秀吉へのはなむけじゃ。人質はやらぬが、光信ほどの絵師を遣わしたとなれば儂の名はますます上がるぞ。

だから光信は浜松城でも三河の絵図でも、遠慮せず好きなように描けばいい。家康の言葉は光信への励ましであり、領国へは踏み込ませぬという自負でもあった。

「人質は出さぬかわり、城の絵図面は見せてやるということですね」

「はい。あれほど人質を乞うておるのに断るの一言では、さすがに可愛げがなかろうと仰せでございました」

人を食って得意がる家康の顔が目に浮かぶ。

「それがしが浜松から来たことを秀吉公が世間に隠すようならば、それはそれがしの腕が並ではない証だと教えてくださいました」

家康が余裕綽々、格別の絵師を寄越したとは、秀吉はできれば誰にも知られたくないだろう。

「一門がどうした、恐れるなと」

「恐れるな……」

光信の帰参には何よりの言葉かもしれない。

「阿茶様には、これをお納めくださいませ」

光信は巻いて筒にしていた絵を差し出した。

「小牧山で承ったものでございます」

いつか、これはと思えば描いてほしいと頼んでおいた家康の絵だ。

巻いた筒を伸ばしていくと、まず裸足に草鞋の右足が現れた。脛当を着け、赤茶の短袴を穿いて、四足の腰掛けに座っている。

だが左足は右の腿に掛けて、その踵を右手できつく掴んでいる。

　どうやら左足だけ胡座に組んでいるようで、その膝に片肘を立てている。腰に佩(は)いた太刀はでっぷりした腹の肉のせいで横ざまになっているが、小牧山で家康がかたときも離さなかった黒塗金覆輪だ。

　頰杖をついている左腕にだけ籠手(こて)を着け、両手に弓懸(ゆがけ)をしている。

　その顔が現れたとき、阿茶は思わず噴き出した。

　茫然と口を開き、奥歯まで覗いている。両眼は何を見たのか、驚きのあまり寄り目になって、怒りか羞恥か、頰は真っ赤だ。頰杖をついているのは驚きで外れかけた顎を押さえているとしか思えず、手のひらが頰に食い込んで頰骨が突き出している。

　頭の烏帽子から柿の色をした直垂(ひたたれ)、射籠手まで、阿茶はこの姿の家康をはっきりと覚えている。

「これはまあ、あのときでございますね」

　光信が笑ってうなずく。

　なんと懐かしい姿だろう。信雄が勝手に秀吉と和睦したとき、家康は確かにこんな顔をしていた。得意の口もまわらずに唖然とするほかなかった、顰め面の家康だ。

「阿茶様と西郷局様が手を叩いてお笑いあそばすならば、これしかなかろうと存じまして」

「きっと光信殿は当代一の絵師になられます。今よりも、もっとです」

光信が描いた人は、当の本人よりも生き生きとしている。筆の巧みさよりも、その人柄をにじみ出させる。

「大坂へ行かれたら、いつかは秀吉殿もお描きになるでしょうか」

「さて。このような顰み顔、秀吉様の奥方様は所望してくださるでしょうか」

そのとき阿茶はふと、秀吉の妻はどんな女なのだろうと思った。

光信は深々と頭を下げて、明くる日、阿茶が目覚めたときにはもう城を出立していた。

三

「さい様、お目覚めでございますか」

阿茶が居室へ顔を出したとき、西郷はまた京からの文を開いていた。

「今朝はご気分も良いようでございますね」

そう言いながら阿茶が脇息を引き寄せると、西郷は笑ってそこにもたれ込んだ。

小牧長久手のいくさの後、家康は一年以上も秀吉からの上洛の誘いを断り続けた。関白になり、信長の後継を自任していた秀吉にとってはなんとも据わりの悪いことで、自らの妹を離縁させてまで家康の正室に迎えさせていた。

それでも家康が浜松に居続けるので、ついには母親を人質として送ってきた。それでようやく家康は上洛したが、その読み通り、家康の名は日の本中にとどろくことになった。

信雄の勝手な和睦から二年近くが過ぎ、秀吉は朝廷から太政大臣に任じられていた。四国、北国、九州と平定した秀吉には、将軍足利義昭も剃髪してその知行を受け、室町幕府は終焉を迎えた。

「阿茶様。殿は京で、高山右近殿にお会いになったそうですよ」

「高槻城主でいらした、切支丹大名の」

たしか少し前に播州明石に転封されたのではなかったか。

「ええ。ですが改易になり、今は加賀の前田家に仕えておいでとか」

「改易とは。何か、いくさでもございましたか」

「いいえ。明石六万石よりも天主教のほうをお選びになったのですって」

秀吉が伴天連追放令を出したので、棄教するより禄を捨てることにしたのだという。

このところ阿茶が天主教に関心を持っていることを西郷はよく知っていた。

「阿茶様も殿に文をお書きになればいいのに」

「いえいえ、それはさい様にお任せいたします」

阿茶は気の利いた歌も詠めないし、何よりこうして西郷から伝え聞いているほうが楽しい。

「それで、右近殿とはどのようなお話をなさったのですか」

「天主教とはどのような教えか、詳しくお聞きになったとか」

阿茶はぱっと目の前が明るくなるような気がした。右近は数いる切支丹大名の中でもとりわけ教えに詳しいといわれ、南蛮人からも明日にでも司祭が務まると敬われているらしかった。

「ところが殿は、右近殿のような御方から聞けば、なんでも尤(もっと)もな気がするなどと書いておられます」

西郷はむくれた顔で、文を指でつんつんと弾いた。

「ただ、およそ死というものを乗り越えさせる神があるとすれば、天主教の神だけであろうと」

「まあ、殿がそのように。それは思いもいたしませんでした」

真実、阿茶は驚いた。家康が真面目に取り合うとは考えてみたこともなかった。

ふと我に返ると、西郷が阿茶に優しく微笑みかけていた。儚げで、今にも消えていなくなってしまいそうだった。

「真宗でもかまわぬのではございませんかと、妾こそ憎まれ口を申したのですよ。だって一向一揆の折は皆、仏恩は七生と叫んで殿に逆らったのでしょう。ならば門徒衆も死など恐れませんもの」

だが家康はくすりと笑って西郷をたしなめた。御仏の教えは難解で、なぜ帰依すれば救われるのかを衆生に悟らせてはくれない。それにひきかえ天主の教えは、文字を知らぬ幼子でも分かる。その一方で右近や家康のように書を読み慣れた侍や、学識のある僧侶、神職たちを得心させることもできる。

「では殿は天主教に帰依なさったのですか」

西郷は笑み崩れた。

「まさか、まさか。教えはよう分かったと仰せになって、それでお終い」

「終い……。もうご興味もおありにならぬのですか」

さあ、と西郷は首をかしげた。

片手で折れそうな、細い白い頸（くび）だった。この冬を越した頃から、西郷は一段と色が白くなった。

「ただ、大名が切支丹になるためには秀吉様にお許しをいただかねばならぬ定めになったとか。殿は、そのような面倒なことは厭がられますでしょう」

理由は他にもあるのだろうが、家康はたとえ西郷にでもそうそう本心は語らない。

「ねえ、阿茶様。もう全て、本当のことをお話ししましょうか」

「本当のこと？」

西郷がその場で居ずまいを正したので、阿茶も座り直した。

「殿が右近殿にお会いになったのは、妾の話を確かめるためでした。それでわざわざ加賀から京へ、おいでいただかれたのですよ」

家康が右近を呼びつけたということだろうか。いったい何のことだろう。

「妾は十にもならぬ時分から、さる御方の説かれた神を信じてまいりました」

「神、を」

阿茶は胸がどきりとした。

「親しかった一族の者たちが殺されて、妾は幼いながらに、なぜこの世はこれほど酷いことに満ちているのかと、来る日も来る日も泣いてばかりでございました。見かねた義父が、司祭様を城に招いてくれたのです」

城といっても、砦のような小さな粗末なものだった。三河の西郷一族は長いあいだ今川と織田の狭間で苦しんできたが、今川義元が信長に討たれたときは、今川に幼い人質が大勢いた。

家康が父の城へ帰還したとき西郷の一族は家康に同心し、今川の恨みの矛先がその人質たちに向けられた。

「妾は長い間、天主教の司祭様とは知らなかったのです。ちょうどその時分に妾は目を病み、その療治に来てくれた御医師が天主教の司祭を兼ねておられたようでした」

西郷の目はそれまではもう少し見えたが、そのときあまりに涙を流しすぎたせいで霞むようになった。また良くなると御医師は言ったが、当の西郷に治りたい生きたいという思いがなく、目はそのときのままになった。

「ですから妾はその御医師の説く神が何かも分からず、ただ、妾を暗い闇から救ってくれた教えをいつか知りたいと願っておりました」

「それが天主教の神だったのですか」

西郷はうなずいた。長い年月をかけて西郷が少しずつ思い合わせていった神は、伝え聞く天主教の神によく似ていた。

それで思い切って右近に確かめてみることにした。

「妾の信じている神は天主様だと、右近殿が請け合ってくださいました」

御医師から教わった神の道を、西郷はこれまで幾度となく家康に話してきた。それを家康が右近に尋ね、右近が間違いないと言ったのだ。

「さい様、私も知りたいのでございます。どうか私にも教えてくださいませ」

小牧山で光信が語り、西郷も口にした、在るという神。善人が悪人よりも苦しむ理由を教え、人を浄めてぱらいそに導く。はるかな昔、阿茶が母の膝につかまって話を聞いたのは南蛮人司祭ではなかったか。

「天主様は、人がこの世で犯したどんな罪も赦してくださるのです。人は生きてあるかぎり、今日も明日も罪を犯す。ですが真に己の罪深さに思い至り、悔い改めれば、それはあらかじめのゼス様の贖いで残らず浄められる」

「その名を、私は聞いたことがございます」

西郷が微笑んでうなずいた。

「尊い天主様の御子の名です」

罪というものは贖いがなければ赦されない。だから神は、人の犯した全ての罪を贖うために自らの子を差し出した。

天主の子、ゼスは大勢の目の前で酷い死を遂げた。天主教はそこから、そのとき神の子が死ぬさまを見た人々が伝えたことから始まった。死から甦ったゼスに皆がふたたび出会ったからだ。

「数えきれぬほどの人々が、生き返ったゼス様に触れ、口をきいたそうですよ」

「そのようなことを、さい様は信じておられるのですか」

「ええ。だって理屈が通りますもの」

そうだろうか。だが西郷には、ためらいはない。

「だからこそ神は贖いのために御子をくださったのです。死から甦らせることがおできになるから」

阿茶はまじまじと西郷を見返してしまった。やはりどうしても信じることができない。

ただそんな大勢が辻褄を合わせて大嘘をついて、一体どんな利があるのだろう。

千年二千年と、多くの人の手を経ながら、その謀（はかりごと）が破られずに来たのはなぜだろう。

「阿茶様がお考えになっていることぐらい、妾には分かりますよ」

西郷がからかうように阿茶の顔を覗き込んできた。

だが幼いときから理が勝ちすぎる阿茶には、こんな話は肩透かしに思えてしまう。

「天主教の経典というのは、ですからその神の子の一代記だそうです。それで、その経典を読み、奥義を悟った者は必ず救われるのですって」

阿茶はまた首をかしげる。救われるとはどういうことだ。

「それはもしかして、死んで甦るということでしょうか」

西郷は少し困ったような目をして阿茶を見た。

「甦りの命というのは永遠に続き、もはや誰も死ぬことはないそうです。天主教の経典は神が書かせた神の言葉が記された書ゆえ、格別の神の力が宿っている。そもそも神の子とは言葉ですから」

「さい様。阿茶には何が何やら、もうさっぱり……」

だが西郷は珍しく笑うこともなく、力強く続けた。

「人の子は人、犬の子は犬でしょう。ですがそれは神がそうお決めになったからそうなっているだけで、神の子は神ではなくて言葉なのだそうです」

阿茶は考え込むあまりに、かしげた首が胸につくほどだった。子が言葉とはいったいどういう様なのだ。

「殿はあっさり、さもあろうと仰せでございました」

「え、まことに」

阿茶はかしげた首がすっぽ抜けたようになった。家康はこれを一度聞いただけで分かったのだろうか。

と、西郷は鼻をつまんで家康の声色を真似た。

「どうせその経典には神の尊い教えが書いてあるのであろう。これをせい、あれをするなとな。神儒仏を問わず、経典とはそのようなものじゃ」

阿茶と西郷は顔を見合わせて噴き出した。

「濁声はともかく、お口ぶりはそっくりでございます」

「そうでしょう。でも真実、そう仰せになったのでございますよ。妾も驚いたのですから」

西郷は小さく咳き込んで、収まるとまた続けた。

「それはもちろん、教えの数々は書かれているのです。司祭様がそう仰っていましたから。今に、妾が大きゅうなる頃には和語にもして、日の本の皆が読めるようにしようと約束してくださいましたけれど」

それにしても家康があっさり解したということは、よほど理屈が通っているのだろうか。

「ですが阿茶様。殿も天主教はお嫌いなのかもしれません。長松たちには絶対に説いてはならぬと仰せになりましたから」

「ならばきっとお嫌いなのでしょうね。ですが一体、なにゆえでしょう」

そのあたりも不可解だった。理に適っているなら、どうして家康は嫌うのだろう。三河の一向一揆では、家康は一年余りも門徒衆に苦しまされた。譜代の家臣たちが次々に背き、来世に望みを置かせる信仰の恐ろしさを目の当たりにしたことを思えば、主君を忘れさせる神を嫌うのはむしろ当然かもしれない。

だがそれだけだろうか。

「天主教にも数々の教えがありますが、第一の掟(おきて)は天主様を愛することなのですよ」

そうすれば自然と残りの教えも守り、奥義を知ろうとする。だからそのこと一つをさえ弁えておけばいい。

「天主教は主君にはすすんで仕えよと説きますし、むしろ門徒の強い三河など、天主教が広がるほうが具合が良いと思うのですが」

阿茶もなるほどとうなずいた。確かに互いに競い合い、打ち消し合うほうが主君にとっては治めやすい。

ひそかに目をやると、西郷の顔色も明るくなっていた。

「ですから妾は、殿は本心から天主教を嫌っておられるのではないとも思うのです。

今はまだ世が治まらぬゆえ、徳川に天主教がはびこっては困るとお考えなのではないかしら」

阿茶は小首をかしげた。

「今はまだ、と仰せになりますのは」

「天主教は汝の敵を愛せ、赦せと説くのです。それをそのまま重んじておれば、家は滅びますでしょう」

「ああ、左様でございますね。善を説くには、時というものがございます」

「ね、そうでしょう」

阿茶と西郷はうなずき合って互いに手を取った。ひやりとする冷たさで、阿茶は思わずその小さな手を見つめた。

「さい様……」

「阿茶様は、温かい手」

西郷は阿茶の思いに気がついて、穏やかに微笑んでいる。

「さい様、やはり今日もお寝みになっていたほうが宜しゅうございます」

「大丈夫ですよ」

「いいえ」

そのまま阿茶は西郷の背を支えて床まで連れて行った。その身体は衣の上からでも肋(あばら)がはっきりと分かるほど薄い。

「阿茶様、どうか心配なさらないでくださいね」

にこやかな声は少しも変わらない。なんとかそう己に言い聞かせて、阿茶は胸の鼓動を抑えた。

家康が京から帰るのはまだ先だった。

第四章　関ヶ原

一

白尾の鳥がひとしきり囀って西の空を横切っていった。阿茶はぼんやりとその姿を見送ってから、前に座る年若い姫に目を戻した。

長松丸あらため秀忠が十七になり、先ごろ伏見で正室に迎えた姫がこの江だった。秀忠よりは少し年嵩だが、亡き信長の姪にあたり、秀吉の側室、淀殿の妹でもあった。淀殿は先年亡くした男子に続いて一昨年にも御拾という世継ぎを挙げたので、権勢に並ぶ者はなかった。

そのせいか江は気位が高く、いくら美しいといっても冷ややかな印象ばかりが先に立った。秀忠の母代わりで来た阿茶だが、祝言から二月が過ぎてもいまだに江とは話の接ぎ穂を見出すのに苦労する。家康の伏見屋敷でともに暮らしてはいるが、これまで二人きりで会ったこともなく、今朝がた初めて江が訪ねて来て、正直驚いていた。

祝言からすでに季節は移り、京の山々は紅や黄に染まり始めている。昨年秀吉が伏見城に移ってから、家康は秀忠ともども伏見に長く留まり、転封先の江戸へもほとんど帰っていなかった。

「どうですか、新しいお暮らしにも慣れましたか」

阿茶は優しく尋ねたつもりだったが、聞こえているのかいないのか、江は疲れたように目を上げているだけで、うなずきも首を振りもしない。秀忠とは仲睦まじいと聞いているので放っておけばいいのだが、できれば打ち解けて淀殿の人柄でも推し量れというのは家康の入れ知恵だった。

「御拾君も三つにおなりとあれば、可愛い盛りでございましょう。慈しんでくださった江殿を、さぞや懐かしんでおられるのではないか」

「妾はいずれは江戸へ参る身。武家の倣いでございます」

阿茶はため息を堪え、思い切って言うことにした。

「江殿」

切れ長の目がひたとこちらを向いた。

「あなた様はご自分の顔を鏡でごらんになったことがおありでしょう。どうでございます、ちょっと江殿ほどお美しい方はおられますまい」

ぴくりと眉が動いた。これでこちらはようやく、聞いてはいるのだと安心した。

「美しい御方は、ただ黙っていると周りを見下しておるように思われます。御損をなさいますよ」

江が長い睫毛（まつげ）の目をぱちぱちとさせた。だが秀忠の母代わりということは、江にとっては姑代わりだ。

「私は江殿とお親しくしたいと思っています。母じゃ姑じゃと仰々しくするつもりはないが、秀忠殿の亡きお母上様のように、あの方は美しいが気さくにおわすと、皆から慕われてもらいたい」

「秀忠様の母上様はそのような御方だったのでございますか」

不安そうに見上げてきた顔は、まだ二十歳ばかりの姫に相応しかった。淀殿の妹だ、信長の姪だと、こちらが構えているだけのことかもしれない。

「西郷様もそれは美しい御方でしたが、とにかく目がお悪くて」

江がぽかんとして薄く口を開いた。四十を過ぎた阿茶からすれば、まだほんの幼いばかりの姫だ。

「よく敷居で躓いて転んでおられました」

「ま、本当ですか」

「それだけではないのですよ。あるとき縁側で、ちょうど御目見得の幼子たちが庭先に集まっているのを目に留められて。あの子たちに会いに行きましょうと仰せになって、そのまま縁側から庭へ足を踏み出されたことがございます」

そのときの姿が昨日のことのように目に浮かんで、つい阿茶は微笑んだ。座敷に入るようなつもりで足を踏み出したから、とっさに阿茶が抱き留めなければ軒先の敷石に落ちるところだった。

「木枯らしで飛ばされてきた桶が庭先に転がっていたときは、裸足のまま中腰で忍び寄って行かれました。どうなさったのかと伺うと、犬の子に見えたと仰るもので」

一つ思い出すと、次から次へと浮かんで楽しくなる。危うい目に遭いかけたことも多かったが、不思議にいつも無事だった。

「あの、それは母上様の御性質だったのではございませんか」

「まあ。分かりますか、江殿」

目が合うと、江も微笑んだ。

「ですが、それが自然と周りを和ませられる御方でした」

「とても朗らかな、愉快な御方だったと秀忠様に伺いました。亡くなられたときは下々の者も大勢が葬列を見送ったそうでございますね」

阿茶は目を細めた。あのときは駿府の城から墓所の龍泉寺まで、道々は人垣で埋もれた。六年経った今でも、命日のたびごとに墓へ詣でる者たちが引きも切らない。

江がまっすぐに阿茶を見つめて頭を下げた。何か隔てのようなものが取れた気がした。

「どうか先ほどのご無礼をお許しくださいませ。どうにも黙って座っているとつい太閤殿下のお仕打ちを思い出し、気が塞いでなりませんでした」

「ああ、それは。まだ三月にもならぬゆえ、お若い方には無理もない」

しみじみ阿茶もうなずいた。

伏見からもほど近い京の三条河原で、この夏、豊臣秀次の妻子眷族が数十人もいっせいに処刑されたのである。秀次は関白職まで譲られた秀吉の甥だったが、淀殿が世継ぎを産んだために自刃させられた。

「妾は阿茶様に一つお尋ねしたいことがあって参上いたしました。秀忠様の兄君様のことでございます」

「え？　ああ、結城秀康殿ですか」

小牧長久手のあと、人質として大坂の秀吉の下へ送られた於義丸だ。家康が江戸へ移封されたのと同じ五年前に、羽柴から下総国十万石、結城家の養子になっている。

「家康様は妾に、徳川の世継ぎは秀忠様だと言ってくださいました。それはまことと考えて宜しゅうございますか」

はきはきとものを言う姫だった。さすがは信長の血筋だと、阿茶は感心した。

「ところが秀忠様は、己は嫡男ではないと仰せになりました。父上様のお言葉をお伝えしても困ったように俯かれるばかりで、頼りなく存じました」

秀忠の性質ならばそうかもしれない。秀忠は外見はそれほどではないが、万事控えめなところが西郷とよく似ている。それを近ごろ家康は物足りながっているが、ひょっとして江もそうなのだろうか。

「江殿は秀忠殿に不思議な御人徳がおありだと気づかれましたか。あの御方と話していると、なにやらこちらの角が矯められてしまうのです。どうにも肩入れがしたくなって、一肌脱いでやろうと思わせられる」

「はい。ほだされるとでも申しましょうか。夫婦のゆえかとも思いましたが、どうやら違うようでございます」

阿茶は少しずつ話がしやすくなってきた。江も実は素直な姫だという気がしてきた。

「殿が江殿に申して憚られぬのです。徳川の跡目は、誰が何と言おうと秀忠殿でございます」

言った途端に、阿茶はすっと胸のつかえが下りた。今もまだ秀忠ではなく秀康を立てようとする者がいる。だが西郷が死んで六年、阿茶が唯一しっかりと念じてきたといえばそのことだ。

今や家康は関東一円を治める二百万石余の大大名である。秀吉に臣従はしているが、この日の本で最も先行きが明るいのは、老いて三歳の世継ぎしかない秀吉よりも家康だろう。

阿茶は必ず秀忠を天下人にする。なぜ西郷が早く死んだかといえば、西郷といると秀忠は天下が取れなかったからだ。あれほど欲の欠片も妬みもない母親は、秀忠にもすすんで人の後ろを歩かせてしまう。

だから阿茶が西郷の代わりになった。そうとでも思わねば、阿茶は今もって西郷の死を受け入れることはできない。

「あの生来の御人徳です。秀忠殿のほかに徳川を継ぐ御方はございませぬ」

西郷は小牧山のいくさ場に阿茶を行かせてくれた。阿茶を相手にしていなかったからではなく、阿茶がいくさ場の駆け引きを見たがっていると分かっていたからだ。

その西郷のぶん、西郷がしなかったことを阿茶はする。小牧山で知った駆け引きを使って、西郷ならできなかったことをする。

「江殿も嫁したからには、江戸を大坂に勝る国にしてくださいませ」

「母上様にそう仰せいただいて安堵いたしました。もとより妾はそのつもりでございます。姉は今や御拾のことばかり」

江は冷ややかに目を逸らした。

長年、子に恵まれなかった秀吉が、どういうわけか淀殿との間にだけは二人続けて男子が生まれた。前の子は三つで死んだが、すると翌年また懐妊して御拾丸を授かった。

秀吉には二十人からの側室がいるというが、これまで子はできなかった。それが淀殿だけ、なぜこうも男子に恵まれるのか。

もちろん阿茶もそんなことは家康とさえ話さない。ただ心の中で思っているだけだ。

「姉は夜叉でございます」

ふいに江が吐き捨てるように言った。

「子を持つ同じ女子として、姉は何とも思わなかったのでしょうか」

三条河原で殺された秀次の妻子のことだろう。その中には生まれたばかりの赤児もいれば、まだ秀次と対面さえも果たしていない、新しく召し出された少女のような側室もいた。

「淀の御方様がお止めあそばしたのを、太閤殿下がお聞きにならなかっただけかもしれません」

「そうでしょうか。妾はむしろ、姉の気性ならば平然と見ていたと思います」

　この江の美貌に輪をかけて冷ややかな、きっとどこか信長に似ているだろう淀殿の姿がおぼろげに見えた。

「一体なにゆえ太閤殿下は、あれほどまでに御拾をお可愛がりになるのでしょう。誰の子かも分からぬものを」

「江殿」

　阿茶がたしなめたが、江はつんと横を向いた。

「姉が御拾に伯父信長の面影があると申したときの、太閤殿下の嬉しそうなお顔」

「江殿が腹を立てられることではありますまいに」

　秀吉が御拾丸を溺愛していると聞くにつけ、阿茶は秀吉が意地になって淀殿の子を可愛がっている気がしてならない。

　そう、淀殿の子だ。誰も秀吉の子だとは思っていない。まさか江は、若い清らかさで姉の不義を憎んでいるのだろうか。

「人はどこまでさだめを受け入れねばならぬのでしょう。妾の前の夫は太閤殿下の命で朝鮮へ渡海して死にました。そして此度は御拾のせいで、秀忠様はこんな大年増と娶されて」

「まあ！　誰が大年増でございます」

阿茶がつい声を張り上げると、江は頬を赤らめてこちらを向いた。

「これほど美しい高貴な姫を、徳川が天にも昇る心地でいただかなかったとでも思うのですか」

江はたしかに歳は秀忠の六つ上で、三度目の結婚だ。だが家柄より何より、当の秀忠がこの姫を愛して、傍目にも眩しいほどなのだ。

「では母上様は妾の産んだ子を守ってくださいますか。姉は御拾のためならば、誰の子であろうとあっさり殺めてしまうと存じます」

「それはまた、お気の早い」

阿茶はくすりと笑った。物怖じせず相手の懐に飛び込むような気性は、押しの弱い秀忠にうってつけだと思った。

「姉は万福丸の仇を討っているのですわ」

「どなたです、その御子は」

阿茶が聞いたこともない名だった。

「妾たちの兄弟でございます。小谷落城の折、父が連れて旅立ちました。そのかわりに母は我ら三人とともに城を出たのでございます」

江たちは近江国小谷の名門、浅井長政の子だが、浅井家は信長に攻められて滅んだ。

その十年後、三姉妹は母が再嫁した越前北之庄でふたたび落城に遭い、そのときは母を喪っている。

「小谷城が落ちるとき、真っ先に城へ踏み込んで来たのは秀吉殿でした。そして二度目の北之庄城では、まさに秀吉殿が敵将でございました」

「もしもそれで姉君を非難なさっているのでしたら筋違いでございますよ」

江を見ていれば分かる気がした。淀殿は強いられて側室になったのでも、妹たちを守るために秀吉を選んだわけでもないのだろう。ただ自ら望んで側室になったのに、秀吉の何に惹かれたかなど考える必要はない。

「母君様の仰せ、ごもっともでございます。北之庄落城の折、姉は自らのこれからの運命をはっきり見届けると母に申しました」

江たちの母こそ、信長が愛してやまなかった妹のお市だ。

「母君様はそのとき何と」

「どのように辛いことも三日だけ辛抱してみよと、満足そうに笑っておりました」

「はて。三日とは」

「叫び狂うばかりの苦しみの底は、せいぜい三日しか続かぬのだそうでございます」

「苦しみの底……。まことにそのようなものがございますか」

阿茶は心底感心して聞き返した。

「小谷落城のあと、母がそうだったと申します。三日経てば、袖を噛んで叫ばずにおられるほどにはなるそうでございます」

だから江が覚えている、最後に見た母の顔は笑っているという。

「その母に、姉は必ず万福丸の仇を討つと申しました。ともに死ねばよかったと悔やむようなことだけはせぬと、母に笑い返しておりました」

江の目が妖しく光って見えた。阿茶などとても敵わない壮絶さだった。

この江が一目置く淀殿は、どれほど烈しい気性をしているのだろう。

「姉には母や伯父たちの魂魄がついておるのでございます。でなければあのように図太いことができるわけがない」

それが何のことか、阿茶は尋ねなかった。

淀殿が最初の子を授かったときも、父は秀吉でないという噂が奥でぱっと広がったという。そして狂乱した秀吉は、奥仕えの者たちを撫で切りにしたといわれている。

「母君様。どうか妾の子は姉に殺させぬとお約束くださいませ」

とつぜん江が手をついた。

「姉はたとえ御拾が死んでも、またすぐに男子を授かります。それがどういうことかお分かりになりますか」

分からないはずがない。誰もが同じことを思っている。

「姉は巧い手を思いついたものでございます」

「江殿、お止めなさいませ」

「姉の振る舞いを、きっと我が母は喜んでおりましょう」

生まれた子には豊臣という名がついて回る。だが天皇が下された姓は、淀殿にとってははじめから御拾丸が貰った冠のようなものだ。

「妾は御拾の可愛かったことを忘れませぬ。ですが姉は、浅井と織田の血の化生。大年増の妾など、次はどこへやられるか分かりませぬ」

ついに江は顔を覆って泣き出した。きっと西郷はこの姫をとても愛したろうと阿茶は思った。


家康が前田利家の屋敷まで阿茶を伴ったのは、見舞いだと世間にはっきり分からせるためだった。利家はそこまで弱っていると知られたくなかったかもしれないが、家康はそれも考えた上で、わざと駕籠も使わず悠然と歩いて行った。

昨年の夏、秀吉が死んだ。御拾丸はまだ六歳だったが、すでに元服して秀頼と改め、その補佐として五大老、五奉行が置かれていた。家康は利家とともにその首座に就いて伏見城下で政務を見、利家はときに大坂城へ登って秀頼の傅役をつとめた。

とはいえ世はもう家康によって動いていた。利家の病が篤いことは大方の諸侯が知っていたし、政は大老と奉行の合議といっても、誰も家康には逆らわなかった。

ときおり咳が漏れ聞こえてくる対面の間の隣で、阿茶は初めて右近に会った。

違い棚に薄紫の栴檀（せんだん）を一輪活けただけの書院間は、つねは供の侍が控えている座敷なのだろう。家康が先に頼んでくれていたので、阿茶が着くとすでに右近が座って待っていた。

歳は五十ばかりだろうか。利家に召し抱えられてからは加賀で暮らしていたが、ここ数年、朝鮮でのいくさや秀吉の病が続き、諸侯は京大坂に留まり続けていた。そのため右近も前田家の軍奉行として、何かと加賀から出て来ることはあったのだ。

茶の嗜みも深く、日の本の津々浦々にまでその清廉な人柄が知れ渡っている右近である。阿茶はほんのわずか微笑みを交わしただけで、その高潔な人となりがはっきりと伝わってくる気がした。

阿茶はひそかに一つ息を吸い、しばし黙ってその目を見つめた。

相手の心を静かに見通し、慈しむように包み込む。大悟の境地に立つ老僧でもこれほどだろうかと阿茶は思った。

「それがしなどに会いたいと仰せくださいますとは、もしや天主教のことでございましょうか」

惚れ惚れとする、清水の流れのような声だった。信長がかつて寝返った右近を許したのはその美声を惜しんだからだとまことしやかに囁(ささや)かれたが、無理はなかったかもしれない。

と、右近は見透かして微笑んだ。

「それがしはこの声でずいぶんと得をしております」

答えるのも忘れて阿茶はただ右近を見つめていた。

だが声もそうだが、右近の生涯には真実、不思議なことが多かった。裏切りには身内でも容赦しなかった信長が、右近に対しては禄を削りもせず、それきり疑いの目さえ向けなかった。いくさでは幾度か起死回生の大勝利を収め、右近が指揮をとると家士は倍の働きをすると家康も驚嘆していた。

「阿茶様はいつ天主様とお出会いになられたのでございますか」

出会う、というものなのだろうか。

「それが知ったという意味のお尋ねであるとしても、私はまだそのような者ではございませぬ」

がっかりした顔でも向けられるかと思ったが、右近の慈しむような眼差しは変わらなかった。

「なにゆえ右近殿は切支丹になられたのですか」

「それがしが天主教を知ったのは幼い時分でございましたゆえ、願いがことごとく叶えられるとは、これは尋常の神ではないと戦(おのの)いたのが始まりでございます」

阿茶が驚いた顔をしたからだろう、右近は目を細めた。

「南蛮人の司祭が、天主様を信じて願い事をなせば何でも叶うと申したのでございます。経典にそう書かれている、それゆえ疑うでない、と」

幼い右近はふむとうなずき、ならば城下一の武勇を与えよと願ったという。まだ十歳にもならない時分だ。

「城下の外れに、幼子には目も眩(くら)むほどの滝壺がございまして、誰も飛び込むことができずにおりました。それがしも子供のことで、願をかけたことなど忘れて泳ぎに行ったのですが、ふと滝を覗き込むと、底には美しい白石が敷きつめてございます。しかもどこぞから、恐れるな恐れるなと優しい声まで聞こえる始末です。さして考えもせず、とんと飛び降りて、どれほど勇ましいと皆に褒められましたことか」

城下へ戻って司祭とすれ違ってようやく、右近は前の日に念じたことを思い出した。そしてこれは抜き差しならぬことを誓ったと気がついた。

「それがしが信じると言ったゆえ、神は守ってくだされた。ならばそれがしも約定は果たさねばなりませぬ」

それからの右近は懸命だった。もしも教えに合点がいかなければ信じることはできない。もとから理が通らぬことは嫌う質だったので、細々と教えを尋ねて父には顔をしかめられた。

「もちろん教えに矛盾などございませんでした」

右近は南蛮語まで学び、その経典を読み通したという。

「経典を読めば、およそ人の救いというものは天主教を通さずには成り立ち得ぬと分かりました」

光信の話を阿茶は思い出した。

「ゼスの伝道に付き従った弟子とその孫弟子。彼らの著した書が千五百年ものあいだ、一言一句も誤たぬように写し継がれて、今に伝わっているのでございます」

書が千年を超えて残るのは、なにも特段のことはない。日の本にも千年ほど前の文書はたくさんあり、天皇家はそれよりもっと長く続いている。だが天主教の経典には、神の子が病を癒やし、水の上を歩き、磔にされて生き返った顛末（てんまつ）が書かれているという。

　確かにこの右近が嘘をついているとは、あるいは南蛮人に騙（だま）されているとは思えない。家康もその教えはたちまち解したというが、阿茶はどうなるだろう。

「阿茶様。天主教というものは、はじめは信じると覚悟を決めてかからねば、ついに出会うことはできぬのです」

「覚悟を決めて。滝壺に飛び込むように、でございますか」

　右近が清らかに微笑む。

「先に御利益を頂いて信心を始めたそれがしは、途中で投げ出すのは人の道にもとりましたゆえ」

　右近の笑みに阿茶も心が静まっていく。

「ある者は病み、我が子を喪い、己が力では歩かれぬようになって神に出会う。そうでない者はやはり、信じると決意せぬかぎり神の言葉は聞こえませぬ」

「聞こえる？　神の声が聞こえるのですか」

右近ははっきりとうなずいた。

いくさの世に生まれ育ち、右近は元服が近づくにつれて死ということを思い始めた。それは多分、かつて阿茶の父や亡夫が、そして家康が迷い悩んだことだ。

「恐れるな、我が贖うと天主様は説いておられる。ですがいくさを恐れぬ者などありましょうか」

「右近殿ばかりは、死をも恐れぬ武勇の御方と聞いております」

いやいや、と右近は恥ずかしそうに手のひらを振った。

「それがしほど臆病な者もございませぬ。この世の死は真の死ではないと神が仰せでも、長い間どうしても信じることができませんでした」

「では、今はもはや信じておられるのですか」

右近は力強くうなずいた。

「神は真実なりと、経典には幾度記されておりますことか。真実なる御方の弟子たる者、誓って偽りは言わぬと、それもまたくどいほど書かれている。もしもそれが偽りならば、そもそもまことじゃと繰り返してどんな益がございましょう。性根の腐った偽り者が、命をかけて嘘を貫き通す、そのために恐ろしい迫害を受けてもなお進む、そのようなことは理屈が通りませぬ」

ならばと右近は理屈は飲み込めたが、経典にあることがすべて真実と分かったのは、禁教令が出された折だったという。

右近が改易された、九州征伐の後に秀吉が出したものだ。

「禄を取り上げられて真の信仰になど至るものでしょうか。この世の富は求めると、神が告げているからでございますか」

阿茶はこれでも、西郷と死別してから少しは天主教を知ろうと努めてきた。家康が厭がらないので、南蛮の説法を聞かせるところへは侍女をやって教えを聞き集めもした。

「確かに儒学にも引けを取らぬ、尊い徳の教えかと存じます。ですが今の日の本には合いませぬ。人を殺めず、敵に慈しみをかけよなどとは絵空事でございます」

「いかにも。ですが天主様の与えてくださる、全てに勝る安寧がございます」

右近はいくさにも出、数多の命を奪ってきた。だが改易となれば、そうまでして守らねばならない領民もない。

「右近殿のいくさには数々の不思議の勝ちがあると伺いました」

「なにゆえの勝利かと申せば、神を知らんがため」

「天主を知ればいくさに勝てるのでございますか」

言ってから頬が赤くなった。阿茶は子供のようなことを尋ねていた。

だが右近はかたときも笑みを絶やさない。

「我が名により我に願え、さらば叶えんと経典にございます。一言一句、偽りのない書でございます」

阿茶は息を詰めて続きを待った。

「天主様に願えば、どのような病も癒やしてくださると。それがしを教えに導いた司祭は、村の盲の目を治しました」

阿茶は仰天した。右近が偽りを言うはずはない。だがそんなことがあるだろうか。

すると右近はくすりと笑って首を振った。

「それがしは生憎、まだそのようなことはできませぬ。癒やしてもらう側も固く信じておらねば、ゼス様でもできぬときがあったと申しますゆえ」

まだということは、いつかはできるようになるのだろうか。

「経典を読めば、見えぬ目も癒やされると、せめて信じられるようになるのですか」

言ってから阿茶は首を振った。己でもくどいと思った。

だが右近はしみじみとうなずく。

「阿茶様ならば必ずや」

「なぜ私ならば、と」

「渇くがごとく待ち望んでおられまするゆえ」

「何をでございますか」

「天主教の御教えを信じられるようになるときを、でございます」

阿茶はつい己の顔を指さしていた。そこへ右近は染みこむような笑みで応える。

「右近殿はどこか格別の境地におられるようでございます。それはやはり天主教のなせる業でございましょうか」

「それがしが阿茶様の目にどのように映っているか、それは分かりませんが、それがしは逆に、皆がどう折り合いをつけてこの世を去るのかが不思議でなりませぬ」

折り合いをつけて死ぬなどということが人の身にできるのだろうか。

「備中高松城の清水宗治殿も見事なご最期でございました。天主教との出会いもなく、なにゆえあのような潔いお旅立ちがなされるのか」

「右近殿は、このいくさの世には天主教がなくてはならぬとお考えでございますか」

「人というものは、あまねく神の教えは知らねばなりませぬ」

日輪を仰ぐのもよい。神山、神木、八百万（やおよろず）の神仏と、日の本ではさまざまなものが信奉されている。だがそれら全てを造ったのは誰か。

「天地万物を見れば、それらを造った方のおわすことが分かる。その方の名が、我は在る」

我は在る。在るという者だ――

「それがしは理に適っておるゆえ信じることができました。そのように考えさせてくださるのもまた、在るという御方でございます。ですがそれがしは、なんとかして阿茶様にだけはそれをしかとお伝えしたい」

「私にだけは……。なにゆえでございますか」

なぜ右近は阿茶にそこまで骨を折ってくれるのだろう。

そのとき右近は阿茶をまっすぐに見て頭を下げた。

「家康公に説いていただきとうございます」

「殿に……」

「天主教は地上の政に逆らうことは教えておりませぬ。むしろ上に立つ者の権威は神が授けたものだと説いております。三河の一向一揆のようなことには決してなりませぬ」

「教えをしかと学べば、それが分かるのでございますか」

「はい。奥義にまでは達せずとも、経典を読むだけでそれは分かります。しかも貧しき者、貶（おとし）められている者の心を救うゆえ、世はより治まるはずでございます」

本能寺の変の後、右近の領国だけが平穏だった。だがそのことを家康はとうに知っている。

「ひとり天主教の行く末のみを案じて申しておるのではございませぬ。戦国を終わらせようと懸命に働いておられる家康公のような御方が、神の怒りを受けられてはなりませぬ」

天主に逆らい、切支丹に仇なす者は必ず報いを受ける。経典を読みきった右近にとって、それは目に見えるほどの確信だ。

「ゆくゆく日の本をお治めになるのは家康公でございます。どうかそのあかつきには、天下に天主教を許すとお定めくださいまするよう」

嬉しい予見のはずの右近の言葉が、なぜか阿茶の心に暗い滴のようなものを落とした。

二

「上屋敷の向かいが騒がしいようだぞ、阿茶」

閏三月四日の宵の口、家康がのっそりと阿茶の居室へやって来た。伏見での家康は伏見城のすぐそばに上屋敷を持ち、つねは巨椋池の向島で過ごしていた。

昨夜遅く前田利家がみまかったと内々に知らせがあり、続けて大坂ではどうやら私戦という雲行きだった。五奉行の一人、石田三成が加藤清正たちに屋敷を囲まれ、なんとか伏見の自邸へ逃れたのだという。三成の伏見の屋敷は家康の上屋敷のすぐ向かいにあり、清正たちが取り囲んだので大手橋の向こうが騒然としていた。

「三成め、あちらへ仲介を求めてまいったらしいが、儂は今、巨椋池におるゆえの」

上屋敷を指さして、家康はくつくつと人の悪い笑みを浮かべている。秀吉の死後、政に家康の独断が続くといって騒動になりかけたとき、利家や三成が家康を向島へ移らせたのだ。

三成は秀吉に見出されて立身した武将だが、いくさ場では働かずに、政や奥向きの差配をしていた。そのため淀殿からは信頼されていたが、朝鮮の役でも秀吉の言葉を四角四面に取った命令ばかりを下し、業腹に思ってきた清正たちが大坂に戻ってからはずっと反目が続いていた。

そこへ押さえだった利家が亡くなって、清正たちは手っ取り早く三成を誅殺することに決めたらしい。そうして清正たちは伏見まで三成を追って来た。

「そのように人を小莫迦にした顔をしておられますな。どうなさるおつもりでございます」

「なに、もう呼びに行かせておる」

家康は欠伸(あくび)とともに大きく伸びをして、阿茶もため息をつきながら引見の間へついて行った。そこにはすでに三人が座っていたが、家康はそれを焦（じ）らすためにわざわざ阿茶の居室へ寄ったらしかった。

向かって右手の細面の武将が細川忠興だった。どことなく風雅な気をたたえ、激高して他人の屋敷を取り囲むとはとても信じられなかった。その隣、中央の頭一つ飛び抜けているのが清正で、左端の撫で肩の武将が福島正則だった。

清正が上段の家康ににじり寄って、三成を処断するのは豊臣家中の内済だと激して言った。横から慌てて忠興が、家康の屋敷の鼻先をかすめるので断りを入れに来たのだと付け加えた。

だが清正は忠興を煩わしげに手で払いのけるようにした。

「さても三成はふんぞり返って我らを顎で使いおって。そもそもは朝鮮の折、内府殿がおられねば我らは未だに半島から帰っておりませなんだ」

「これまでは前田公が我らの苦衷（くちゅう）を分かってくだされたが、みまかられては終いにござる。この先、太閤殿下の御名を振りかざして何を言い掛けてくるやら分かりませぬ」

正則が抑えた声で言い足すと、清正はさらに語気を強めた。

「いくさのいろはも分からぬ者が大上段で朝鮮の戦功を云々しおって。このままでは我らも秀頼君へのご奉公が思うにまかせませぬ」

「左様。獅子身中の虫とは彼奴のことでござる」

正則もふてくされて腕組みをした。

だが忠興だけはじっと家康の表情を読み、成り行きを見守っていた。家康はそれには全く気づかぬふりで清正たちにうなずいた。

「とは申せ、儂は亡き太閤殿下より、秀頼様の御為に政に励めと仰せつかっておる。この伏見で私戦など起これば、太閤殿下に申し訳がたたぬ」

これは困りものだと独りごちて、家康はため息をついてみせた。

「儂も名護屋ではつくづく、三成は朝鮮へ渡った者らの労苦を無にしおると呆れたがの」

「左様でござろう。このままでは三成憎しで秀頼君の御許から離れる者も出てまいりますぞ」

にじり寄った清正に、家康は指した扇子を上下させて、そう激するなと微笑んだ。

「そのほうらの申し条、正しいことは分かっておる」

清正は正則と顔を見合わせた。

「内府殿がそのように仰せくださるとは、我ら安堵いたしましてござる」

「ふむ。さて、どうするかのう。いかに三成の専横が過ぎようとも、太閤殿下の法度こそ守らねばならぬであろう。ならば伏見の町で私戦は以ての外」

家康は苦悶(くもん)を浮かべてゆっくりと首を振った。

「ですが内府殿、あのような者が奉行の一人とならば、我らは命がけのご奉公などでき申さぬ」

「それは困ったのう」

とんとん、と扇子で腿を打って家康は考え込む。

「ふうむ、三成には隠居を申しつけるか。聞けば、このように主だった者が七人も集うておるそうではないか。ならば豊臣家中の総意と申しても構わぬであろう」

清正と正則がほっとうなずき合った。ただ忠興だけは静かに三人の様子を窺っている。

「これでこの件は落着だな。忠興」

と、家康が屈託のない声で呼んだ。

「この阿茶がな、先達て右近から天主教の教えを受けたそうじゃ。だがよく分からぬと申してな。そなた、教えてやってくれぬか」

阿茶は思わず忠興と顔を見合わせたが、すぐ家康に合わせた。

「そういえば忠興殿は、右近殿ともども利休の高弟であられたとか」

阿茶が微笑むと、忠興も明るい笑みを浮かべた。

「それがしが高弟などと滅相もない。ですが太閤殿下がまだ伴天連追放令を出される前、右近殿にずいぶんお教えいただいた時期がございます」

忠興は家康の顔を見やりつつ、控えめに答えた。

すかさず家康が、いやいやと扇子を振る。

「阿茶に聞いたが、たいそう素晴らしい教えだそうな。有難くも天から安らぎが来るなどと申すゆえ、我ら武将はともかく、奥は等しく学べばよいと思うてな」

「天主教なぞ、邪宗にござる」

清正がぴしゃりと言った。阿茶は面食らったが、家康は声を上げて笑った。

「そのほうは固法華（かたほっけ）ゆえの。まあ女のことだ、そう目くじらを立てるな」

清正は口を一文字に引き結び、瞼を閉じてしまった。

家康は頼もしそうに清正を眺めやり、そんな家康を忠興がじっと見ている。

「まあ太閤殿下が禁じてゆかれたことゆえ、おいそれと許すわけにはまいらぬが、天主教は害がないとでも申すかのう」

「いかにも。一向宗と比べれば」

横から正則が陽気に口を挟み、家康が膝を打った。

「正則はよう儂の心を分かってくれた。その通り、奥に一向宗などを信心されてはたまらぬではないか。静かに天主を拝んでおる美しい妻がおれば、我らもよほどいくさ場で励もうというものじゃ」

そう言って家康は忠興を顧みた。

ついに忠興もおずおずと口を開いた。

「内府殿は天主教を禁じられぬのですか」

「禁じるもなにも、太閤殿下の禁令があろう。だが一向一揆のときに儂は思うた。およそ信心というものは、信者を引き剝がすのは至難じゃ。三河の一向宗とて、いつの間にか収まった。あまり上から禁じるものでもなかろう」

どう思う、と家康は忠興に尋ねた。

「それがしは……。あの一件以来塞ぎ込んでおりました妻が、笑顔も見せるようになりましたゆえ。教え自体、右近殿に聞いてみれば当たり障りもない。できればこのまま、妻には好きにさせてやりたいと存じます」

「おお、儂と同じ考えではないか。儂も阿茶には望むまま、天主教を崇めさせてやりたいと考えておる」

阿茶は内心呆れていた。すっかり勝手に切支丹にされている。

だが阿茶はため息は飲み込んで忠興に目をやった。

「忠興殿の奥方は切支丹でいらっしゃるのですか」

「はい。それがしが留守の間に洗礼まで受けており、随分と慌てました。ですが、生き返ったように朗らかになりましたもので」

阿茶が首をかしげると、忠興は面映ゆそうに目を細めた。

「それがしの妻は、かの明智光秀の娘にございます。細川ではよほど離縁せねばならぬかと思い悩み、いっときは味土野（みとの）の奥山深くに押し籠めておりました。そこで天主教の光が射してまいったとやら当人は申します」

家康は耳を澄まし、得々とうなずいて言った。

「あの折の忠興の振る舞いは筋が通っておった。貴殿はガラシャ殿を守られたゆえに名を高められたのう」

「なんと、内府殿は妻の洗礼名まで知っていてくださいましたか」

「無論。何を隠そう、天主教のこともガラシャ殿の評判に感服したのが、考えるようになった始めでの。ガラシャ殿のおかげで細川家の奥には一切、諍いがないと申すではないか」

「畏れ入りましてございます」

忠興はその後すっかり饒舌になり、家康は表情も変えず聞き役に徹していた。

阿茶は家康と向島城の天守に上り、騎馬の列を眺めていた。秀康が三成を佐和山城まで送るため、手勢を連れて出かけたのだった。

「心にもないことを次から次へと、よう仰せになりましたこと。忠興殿を籠絡するためでございましょう」

「天主教如何(いかん)で籠絡できるのか。大したものじゃのう、天主教とは」

家康は鼻で笑って、天守の窓に頬杖をついた。

「殿はどこまで天主教をご存じなのでございます」

「ふむ。我は在るという名を知ったときにな、天主教の神ばかりは真実だろうと思うたがな」

最初に関心を持ったのはたぶん西郷が話したからだろう。だがその教えに感服したなどというのは嘘に決まっている。

「阿茶はどうだ、信じておるのか」

実際、阿茶はどのあたりまで信じているのだろう。教え自体を阿茶はまだあまり知らない。

「さい様のあの御性質が天主教から来たものだとすれば、信じようとも思いますが」

「あれは於愛が清浄であったゆえ、教えを信じることができたのではないか。そう考えてはどうか」

阿茶はつい胡散臭く感じた。家康は阿茶に切支丹になれとでもいうのだろうか。

「なにも太閤のように天主教を禁じることはなかろう」

「まことにそのようにお考えですか」

「御仏の教えは難しかろう。悟りに至った高僧どもはよい、その説法を聴く者にも功徳はあろう。だが暮らしに汲々(きゅうきゅう)として説法どころでなければどうする。日の本はそのような者ばかりじゃぞ」

かつて信長は仏徒の力を削ぐために天主教を勧めた。天魔の所業といわれた叡山の焼き討ちも司祭からは讃(たた)えられ、ために南蛮の火器も薬も豊かに得ることができた。信長のいくさは、南蛮人の目から見れば神の軍勢の行進だった。

「阿茶は右近のいくさには不思議の勝ちがあると申しておったが、一番の不思議の勝ちといえば信長公であろう」

奇襲が奏功した桶狭間に、天の助けにも等しかった信玄の死、さらには九死に一生の浅井・朝倉攻めと、信長の勝利には神がかったものが多い。だが家康にとってそのどれが最も不思議かといえば、当の信長が半生、己の勝ちを微塵も疑わなかったことだ。

「命の草刈場というのはどうにも人の則(のり)を超えておってな。胸の奥から確信が湧くいくさは、何があろうと負けぬものだ」

「殿には毎度そのような確信がおありなのでございますか」

くすりと家康が笑った。

「三成ごときに勝てぬはずはない。儂はその程度のことは申しておらぬ」

十中八九、勝ち目はない、そういう戦いのことだと家康は言う。

「ならば本能寺は如何でございます。天主教を信奉しておられた信長公が、あえなくお斃れになったのでございますよ」

「天主教の神は、誉れを神に帰(き)さねばならぬというぞ」

阿茶が怪訝な顔をしても、家康は悠然としている。

「信長公は天佑に恵まれておりながら、己を神になぞらえておられたであろう」

「何もかも神仏の力に帰されるとは、殿らしゅうもない。所詮は南蛮の神ではございませぬか」

阿茶は憮然とした。阿茶はそんな教えまでは知らないが、家康もどうせ本気ではないだろう。

「南蛮の神か。ただ教えを伝えたい一心で、命も惜しまずに波濤(はとう)を越えて日の本まで来るのだぞ」

「あの大きな船を仕立てたのは南蛮の商人たちでございます」

だが商人たちは見知らぬ異国へ着いても船からは降りない。先に司祭たちが信仰だけを楯に陸に上がり、未知の病も、そこに暮らす獣も人も、害がないと分かって初めて足を踏み入れる。

「南蛮では日輪を崇めた民も、月を神とした国も滅んだという。さもあろう、日輪や月より、それを造った者はなお強かろう」

「殿はそれが理に適っていると仰せなのですね」

「在るというからには在るのであろう。そのほうが楽じゃ」

「楽……」

光信もかつて阿茶に同じように言った。

そのとき阿茶は西郷の懐かしい笑みを思い出した。今ここに西郷が、ともにいるような気さえした。

「では殿は、太閤殿下の禁教令はお止めになるのでございますか」

「ああ。儂が天下人となったときにはな」

阿茶のすぐ隣で、ふわりと甘い果実の香が跳ねた。

西郷だ、西郷が今そばにいると阿茶は思った。だが西郷が手を叩き、喜んで跳ねているのは、家康が天下人になると言ったせいではないだろう。

家康が窓から離れると、西郷の香も消えた。秀康の軍勢は先頭が三成の屋敷の門をくぐっていた。

「儂は大坂城へ参ることになるだろう。朝鮮の褒美もやり直しじゃの。して、その後だ」

上段に座ると、家康は脇息を引き寄せた。

阿茶もその前に腰を下ろした。

「天主教も許してやるゆえ、阿茶は儂に力を貸せ」

「殿の天下取りにでございますか。私などにお貸しする力がございますか」

途中まで、たぶん信康が死んだ時分まで、阿茶は家康の話し相手のつもりでいた。だがいつからか家康は、阿茶が口を挟めるようなありきたりの武将ではなくなった。

「儂は、家中の者には天主教は禁じるつもりだ」

なぜだろう。家康は秀忠にも天主教は説いてはならぬと言っていた。

「今、許すと仰せになったではございませぬか」

「わが家中のみはならぬ。それが真実の神ゆえだ」

「まさか……」

笑いかけたが止めた。家康はからかっているようには見えなかった。

「儂は一向一揆の折に考え抜いた。なにゆえ木から彫りぬいた仏像などが尊かろう。仏僧がどのように悟りを開いたとて、もとは人ではないか。浄土は西方にあると申して、誰が見た」

尊い経文に何が書いてあるかもついに知ることなく、人は西方浄土へと旅立つ。家康ごときがどれほど念仏を唱えても、悟りも満足も安らぎも得ることはできなかった。

「この世は海の果てに南蛮や紅毛があり、日の本など豆粒のように小さな島だと申すではないか。だというのにその小さな島の一つですら、御仏の教えでは静まらぬ」

だが右近は高槻も明石も天主教で治め、そのときのその地には貧しい者もおらず、信長の死が日の本中を揺さぶったときも平穏を保った。

「念仏を唱えれば極楽浄土へ行くと申すならば、その証を見せねばならぬ。神がおわすというならば、なにゆえこの世に悪が栄えるか、苦しみがあるか、そのわけを聞かせねばならぬ」

「それを天主教は証したと仰せになるのでございますか」

阿茶は茫然とした。家康が静かにうなずいていた。

「右近は申した。もしも儂が信じると決めたならば、それを手のひらに載せて見せてやろうとな」

右近の凄みは、家康にそれを疑わせなかったことだ。すぐには分からなくても、右近の告げる先に確かにそれがあると家康に信じさせた。

「儂は人質だった時分、暇を持て余しておった。当代一といわれた雪斎殿にも教えを受け、今川にあった数多くの典籍も読んだ」

御仏が憐れな衆生を救うというならば、なぜ御仏はその教えを衆生に説かぬのか。なぜ経文を読むだけでは理屈が分からず、数多の衆生はついに教えの一つも知らずに旅立たねばならぬのか。

「武士ならば生き死ににそれなりの達観もあろう。今の世に諦めも覚悟もあろう。いくさに敗れようが死ぬことになろうが、さだめと割り切る術も心得ておる。だが神とは、そうでない者をこそ救うてやらねばならぬ」

「殿は、それを天主教の神が教えたと仰せなのでございますか」

「そうであろう。あの右近や於愛が申すのだから」

西郷が死んだのは十年前、秀忠がまだ十一のときだった。もちろん西郷は阿茶に秀忠たちの母代わりを頼んだし、家康を助けるようにも言った。

だが死の床の西郷は少しも迷っていなかった。

旅立つほんの半刻前、もう瞼も開けなくなった西郷に阿茶は尋ねた。

――さい様、お苦しゅうございますか。

額には汗が滲みて、髪が一筋、こめかみにかかっていた。阿茶はもう最後になるかと思いながら、その一筋を髪の中へ戻した。

そのとき囀るような可憐な声が降ってきた。

――いいえ。とても良い心地。

あのとき西郷の身体からは匂い立つように甘い良い香りがしていた。

「さい様ばかりはまっすぐ天の上の天へ戻られたと存じます」

「左様じゃな。その於愛が、信じておったと申すのだぞ」

だから家康も覚悟を決めて滝壺へ飛び降りたのだろうか。

西郷が死んだとき家康は京にいて、ついに会うことも叶わなかった。

「それゆえ遺る方のうてな。官兵衛から天主教についてばかり聞いておったものよ」

黒田孝高という、すでに隠居した切支丹大名だ。右近ともども茶の利休の弟子で、右近に導かれて天主教の洗礼を授かったのだという。

「官兵衛も天主の加護で、太閤に死を賜るところを免れたのじゃと申しておった。もとはといえば九州の大友宗麟がの、明くる日にも島津に踏み潰されるところを不思議の勝ちを得、それを目の当たりにしたゆえの信心だったそうじゃ」

「殿方というのは、やはりそこから信仰が始まるのでございますか」

「当たり前ではないか。神など、いくさを勝たせてくれてこそじゃ」

少しげんなりした阿茶に、家康は大笑いをした。

「きっかけなど、どうでもよい。万人が万人とも、己自身が一番手強く、うるさいものだ。その儂にな、天主教の教えはよう堪えておる」

ついに阿茶も噴き出した。

「なんと不遜な仰せでございましょう。相手は神ですのに」

「その神は真実の神ゆえに、儂の本心を知り尽くしておる」

阿茶はやはり驚いて家康を見返した。

「殿はまこと、切支丹におなりあそばしたのでございますか」

「信じておるのかどうかという意味でならば、そうじゃの。儂は初めて、死というものに合点がいった」

幼いときから家康の周りにはおびただしい死があった。人質の友の死、自身の父の死、織田と今川の狭間の数々の死。そして何より理不尽だった信康の死。

「於義伊のことも、儂はようやく閊えが下りた。彼奴の目を見ても恐ろしゅうはなくなった」

「殿はやはりあの目を恐れておられたのでございますか」

「なに、儂もここまでになったゆえ、いじいじと考える暇ができたのであろう。世継ぎもおる、於愛もおる、松平もここまでになったと喜んでおったところが、於愛の死に目にも会えずにの」

そう言って家康はむくれた。やはり西郷なのだと、阿茶は温かい笑みが湧く。

「天下を取れば不足はなかろうとでも、人は儂に言うかのう。なんの、儂は太閤のあの姿を間近で見たのだぞ」

贅の限りを尽くした城を淀殿と秀頼に与え、帝の行幸を賜って醍醐で花見、北野で大茶会と、秀吉は天下人にしかできぬ遊びをした。

だが誰の諫止も聞かずに朝鮮へは二度も兵を送り、秀次たちを殺し、長崎では二十六人もの司祭たちを仕置きにかけた。秀吉の晩年には計り知れない闇があった。

家康はふんと鼻で笑った。

「さて、阿茶。じきにいくさになるぞ」

不意を衝かれて、阿茶はどきりとした。家康はまた清正たちに見せたような、まるで胸の裡の読めない顔に変わっていた。

「いずれ儂は幕府を開く。豊臣が徳川の風下に立たねばならぬのは、ものの道理じゃ。いくさの一つもしたことのない童に、戦国の後始末などができるものか」

「秀頼様のお小さいうちに、ということでございますか」

「大きゅうなってからでもかまわぬがの。そのほうがなだらかに行くというのも、これまた道理ゆえな」

阿茶には意味が分からなかった。

「絵図すらも持たぬ、地の利もない朝鮮で勝ち続けたではないか。あれは百年の戦国を戦い抜いた者たちなればこそであった。場数というものはどうしようもない。今時分、生まれてまいった幼子が戦国武将を束ねるなどは、土台無理な話じゃ」

「あなた様という御方は」

家康はつくづく、腹黒いというよりも底知れぬ感じがした。

「朝鮮での働きを見れば、各々の力量など一目瞭然じゃわ。その労いを太閤の金でやれるのだからな。三成はようやってくれた。運とやらを儂のほうへ引き寄せてくれたわ」

後はどうやって三成を起たせるか。

そのときは誰にも気取られぬように、家康は阿茶を大坂に残して行く。

「大坂を出る算段は、阿茶がなんとかせよ。皆を頼んだぞ」

三

慶長五年（一六〇〇）六月、家康は会津へ出立した。五大老の一人、上杉景勝が城を修築し、道を整え、あたかもいくさという備えを始めたからである。家康が上洛して弁明するように命じたが、景勝はついに応じなかった。むろん家康の狙いは、自身が上方を空けた隙に三成に挙兵させることである。

家康が大坂を出た明くる朝、阿茶は一人で大坂城西ノ丸の小天守に上った。家康がここへ移ったときに建てた四層のものだが、東には日輪を遮るような十階にもなる本丸天守がそびえていた。

秀吉は三年かけてこの城を造ったが、一体どこまでが敷地なのか、一年余りも西ノ丸で暮らした阿茶にもさっぱり見当がつかなかった。本丸には天守のほか、淀殿と秀頼が暮らす奥御殿、その南に千畳敷の大広間をもつ表御殿があり、北側にはわざわざ六間もの高さの石垣を置いて、山里丸と呼ばれる曲輪が設けられていた。とても小天守の天辺に上ったくらいでは見渡せないが、そこまでを本丸と呼びならわすのは、その周囲に大河のような堀があるからだった。

そしてその堀を縁取るように囲んでいるのが二ノ丸であり、その西の一角が西ノ丸だった。

幾度眺めても阿茶はため息が出た。二ノ丸の外側にはこれまた川と見紛うばかりの水堀、空堀が掘り抜いてあり、それを跨いだところにもう一重、これは南と西にしか造られなかった三ノ丸がある。

家康が苦笑しつつ話していたが、大坂城の一番外の堀は、北は淀川、東は大和川、西は大坂湊だそうで、本丸だけをとっても十分に浜松城より堅牢なのだという。秀吉はなりふり構わず秀頼を守る容れ物を造っていったが、それが活きるかどうかは人の力だ。結局秀吉も己の命が尽きるときには、家康たちに頼んでいくことしかできなかった。

小天守を下りて阿茶が座敷へ戻ると、細川家の侍女いとが待っていた。いとは忠興の妻、ガラシャに洗礼を授けた切支丹で、外出のできないガラシャにかわって司祭のもとへ通ったため天主教に精通していた。歳は四十半ばで阿茶とそう変わらないが、微笑むと二十歳ほどに見える温純そうな侍女だった。

外出がままならぬといえば阿茶も同じことだが、阿茶が城を出られぬわけは、もっぱら家康が五大老筆頭にまでなった身分のせいだった。だがガラシャのほうは、そのあまりの美貌に、忠興が誰の目にも触れさせたがらないからだと言われていた。

実際にいとに尋ねても、とにかく内から光を放っているような、見慣れた者でもつい息を呑む美しさなのだという。

「そのうちお目にかかれようか」

阿茶が尋ねると、いとは困ったように微笑んだ。忠興のガラシャへの執着は常軌を逸しており、庭先を歩くガラシャに見とれていた小者が無礼討ちにされたこともあるという。それからというもの、ガラシャは庭にさえ下りなくなった。

「あの、阿茶様。お伺いしても宜しゅうございますか。やはり此度はいくさになりますのでしょうか。庭にもお出になられぬ御方様は、とてものこと屋敷の外へお逃げあそばすことができませぬ」

ガラシャ自身がそんな暮らしを倦んでもいないことが、侍女たちには心配の種だった。当人が天主の安らぎを得ているからだというが、大坂の日々には阿茶もうんざりしていた。

「忠興殿も信心しておられるのであろう。ならばガラシャ殿を信じて外へお出しになればよい」

いとは遠慮がちに言った。

「つねに己が胸に神がおわすと感じられる者と、そうでない者とがございます。ですが御方様は、そのような忠興様も朗らかに笑ってお許しになる平安を得られました。天主様にお縋りすると、まずは信仰深い者の心延えが変わります」

相手かまわず嫉妬する忠興に、以前のガラシャは憎悪を募らせていた。それが穏やかに振る舞うようになったので夫婦仲は元に戻り、喜んだ忠興が領国で切支丹を庇護するようになったのだという。

「なるほど。やはり殿方の信心は、目に見える功徳があってのものらしい」

阿茶は家康を思い出して笑ったが、いとはうなずきながらも真剣な眼差しで答えた。

「当然かと存じます。力あるからこその神でございます。お助けくださるゆえ、お縋り申すのでございます」

ただ、全てのことに神の定めた時があるという。阿茶が心底からの信仰を得られぬのも、そのせいだといとは言った。

「なにゆえ南蛮のような遠いところから、よりにもよって戦国の世に日の本に教えがもたらされましたのか。今のようなときに教えが伝えられたことこそ、神の御心であったと存じます」

「いと。天主教を悟ることができるのは、やはり生まれ持った才によるのだろうか」

右近も西郷も、そして家康も、軽々と天主教に得心したように阿茶には思える。

「才はもとより、何もいりませぬ。貧しき者こそ幸いであるとの御教えでございます。ただ天主様は、我らが神を選んだわけではないと説いておられます」

人の側で選んだのではなく、神が己を信じる者を選んだ。

「そしてその思いこそが苦難にあって人を支え、信仰を貫かせるのだと申します」

ガラシャは父光秀が謀反を起こしたとき忠興によって幽閉され、幾度も自ら命を絶とうとした。当時のいとたちはガラシャを見張るのが最大の役目で、ついには忠興が、もしもガラシャが死ねばその姫を殺すと脅して生き永らえさせた。

だがその姫たちに会うことは許されず、その頃のガラシャはすっかり心を閉ざしていた。だが右近を通して天主教の光が射してきた。

謀反という父の罪も己の罪も、すべてはとうに神の子が贖っている。

「それが十字架の贖いか」

「はい。人の犯すどのような罪も、真の悔い改めさえ為せば、一つ残らず赦されるのでございます」

いとの朗らかな微笑みは、西郷の笑みを思い出させた。この身が温もるような右近の笑みとも重なった。

「人たるもの、今日もまた明日も罪を犯します。ですがゼス様は人のこれまでにも、これから先にある全ての罪をも、その身をもってあらかじめ償ってくださっているのでございます」

この世のすべてを造った神にとって、その子ゼスは他の何よりも尊い。だというのにその子は、この世で最も酷い目に遭い、嘲られ、罵りを浴びて殺された。

荒れ野で天魔から惑わしを受けたとき、ゼスは人の犯す全ての罪を眼前に並べられた。幼子や女を弄び、なぶり殺しにした人非人、人を陥れ、その苦しみを笑って眺めている人畜生。そんなけだものの罪でさえゼスは償わねばならなかった。

罪というからには、償いがなければ赦されない。西郷もそう言った。だから人がいつか己の罪に気づいたとき、悔いたときは赦されるように、ゼスがあらかじめの贖罪を果たしていった。

「御方様の罪など、赦されて当然でございましょう」

いとはそっと胸で十字を切った。

「この世には無垢な幼子を拐かし、殺める者もいるではないか。そのような者の罪まで償わされて、天主の子はどのような苦しみであったろう」

阿茶がつぶやいたとき、いとが茫然とこちらを見た。

「ご無礼をいたしました。ガラシャ様と全く同じことを申されたので驚きました」

いとの笑みに見とれた。右近もこんなふうに笑った。相手の至らなさをとうに見通しているのに、何も責めなかった。

「私のような者は、どうすれば確信が得られるのであろう」

信じると決めて飛び込めと右近には言われた。だが幾度飛び込んだつもりでも、やはり阿茶は変わることができない。

「信仰とは恵みであろう。ならば選びたもうた者にしか、神は御姿を見せてくださらぬのか」

「阿茶様はもう選ばれておいでででございます。なぜなら神の声を聞きたいと願うておられますので」

神を知りたいと願う、その心を抱かせるのもまた神だ。

「日の本は百年もいくさが続いてまいったとか。ガラシャ様は、家康公が戦国を終わらせてくださるようにと祈っておられます」

いとは畏まって手をつく。今では皆が阿茶にこうして頭を下げるが、いとほど心がこもっている者もない。

阿茶は東に聳え立つ本丸に目をやった。今あの天守には淀殿と、八歳になる秀頼が暮らしている。

家康は五大老筆頭として、秀頼の命に従わぬ上杉を攻めるという名目で会津へ向かった。だが真実は、秀頼をないがしろにする家康の専横に上杉は逆らったのだ。上洛も実質は家康に臣従しろということだから、対等な五大老の一人として突っぱねるのは当然だ。秀頼にとって真の臣下は、今も家康に否と言い続ける景勝のほうだ。

「いと。ガラシャ殿はもうご存じだろうが、上杉攻めの真の敵は石田治部」

正確にはその麾下に集う、家康の天下統一を阻む者たちだ。だから家康は用心して、秀吉子飼いの武将は自らが引き連れて東海道を下って行った。

その秀吉子飼いの一人が、細川忠興だ。

「ガラシャ様は奥向きの差配もほとんどなさいませぬ。もとより忠興様は、御方様には一切、政の御事はお話しになりませぬ」

それでも司祭たちと繋がりをもつガラシャのもとには、さまざまな筋から事情は入って来るだろう。司祭とそれを取り巻く南蛮の商人たちは世事を熟知している。

「殿は会津まではお行きにならぬ。上杉には押さえの軍勢を置き、治部が挙兵したと知ればすぐ上方へ戻られるであろう」

「それは、忝いお教えにございます」

いとは深々と頭を下げる。これほど見事な物腰の侍女もそうはいない。

「私は大坂に残った諸侯の妻子を守るよう申しつかっている。治部の軍勢が万が一、この大坂で狼藉を働くようなときは、ガラシャ殿は真っ先にこの大坂城西ノ丸へ駆け込まれるがよい」

「なんと。まことにそのようなことをお許しいただけるのですか」

阿茶はうなずいた。思いもしなかった三成の挙兵に、残された妻子は右往左往して西ノ丸へ逃げ込んだとなれば、家康にとっても都合が良い。

「ガラシャ殿の評判はこの大坂でも知らぬ者はない。治部もよもや女に手出しはすまいが、いくさとなれば何が起こるかは分からぬ。そのときはためらわず、私を切支丹と信じて、おいでを願うように」

いとの目から涙がこぼれた。

「ああ、神に感謝いたします。忠興様には屋敷を出てはならぬと命じられ、御方様は庭にさえお出になりませぬ。ですが阿茶様の大坂城西ノ丸とあれば、忠興様も安堵なさいましょう。まことに、まことに忝う存じます」

阿茶も微笑んだ。

「治部のおかげでガラシャ殿じきじきにお教えいただける折が来るやもしれぬ。待ち遠しいなどと申してはならぬのであろうが」

いととは親しく笑い合って別れた。

城下の騒ぎを阿茶が聞きつけたのは、家康が伏見を出て一月が過ぎた七月半ばのことだった。突如大坂入りした毛利輝元が西ノ丸へ使者を立て、阿茶に城を出ろと言ってきた。

　外を見回すと、すでに幅十間ほどの堀をまたいで本丸との間がぐるりと兵に取り囲まれていた。徳川の主だった武将は上杉討伐へ向かい、残っているのは女と年寄りばかりと言ってもいい。誰もがこれこそ天下の分かれ目、戦国を締めくくる最後のいくさと踏んで、家康に同行しようとした。だから西ノ丸ばかりでなく城下の大名屋敷ことごとくが守りの兵を置いていなかった。

「まったく毛利殿も何を血迷われたのやら。お望みとあらば立ち去るゆえ、まずはお入りいただくがよい」

　阿茶はこうなるとかえって肝が据わり、堀に架かった橋の袂まで使者を迎えに出た。

　橋の手前で馬を降りたのはまだ若い侍で、己は毛利家の一家老にすぎぬのだと言った。阿茶が女しか連れていなかったので、供二人に太刀を持たせて後ろをついて来た。

「さて。これでも私の下へは各所の騒ぎ、続々と知らせが入っております」

　三成も兵を整えて佐和山城を出、この大坂へ向かっているという。先手はすでに大坂に達し、諸侯の屋敷を取り囲む気配だと伝わっていた。
「御覧の通り、わが殿は秀頼様の御為に、家臣を残らず連れて関東へ下っておりま
す。出て行けと申されるゆえ、出るとはいたしますが、一体どういうことでござい
ましょう」
「内府殿がここに置いておられる上は、何もかもご存じの御方でございましょう。
じき、いくさでございます」
「はて。どなたとどなたが」
毛利の家老は少し縦長の顔をしている。それが絞られた胡瓜のように眉をひそめ、
阿茶と目を合わさぬようにしていた。
そのとき襖越しに、切羽詰まった呼び声がした。侍女ではなく老いた家士で、走
り寄って阿茶の耳に囁いた。
阿茶は思わず目を見開いた。目顔で確かめたが、家士は厳しい顔つきのまま見返
している。
石田治部の軍勢が細川邸を取り囲み、ガラシャに人質になれと促したという。そ
れを拒んでガラシャは自刃を遂げ、今屋敷は火に包まれている。

「細川邸は城のすぐ南手、玉造にございます。煙がここからも見えております」

老いた家士はわずかに堀のほうへ目を向けた。

阿茶が唇を嚙んで見据えると、侍は思わず後ずさった。

「そなたらは諸将の奥方を人質にするために大坂へ入られたのか」

「いや、そのようなつもりでは。我らはただ、御方様に西ノ丸を退去いただき……」

「そもそも、なにゆえ出なければなりませぬ。それでも我らは従います。このように大勢を引き連れておいでじゃ。恐ろしゅうて逆らうことなどできませぬ。ですが我が殿も細川殿も、秀頼様の命で会津へ向かったのでございますぞ」

阿茶は腕を差し上げて本丸を指した。

「その我らに、ここを出て国許へ帰れと申されるのか。ならば諸侯の奥方は皆、そうせよとの仰せか」

「お待ちを、御方様」

「だいたい女を人質に取るとは、武士の振る舞いか。女を楯にいくさを仕掛けるなぞ、聞いたこともない」

叫んでいるあいだに阿茶は頭が冴え返ってきた。これは使うことができる。ガラシャの死を利用する。

阿茶は畳廊下に走り出て大声を張り上げた。

「皆の者、細川ガラシャ殿が人質になるのを拒んで命を絶たれた。我らもガラシャ殿に続きますぞ」

「違うのです、どうか御方様、まずはお聞きください」

家老は中腰になって、阿茶に戻ってくれと両手で招く仕草をする。

「我ら毛利は、内府殿に楯突くつもりはございませぬ。御方様に格別の思し召しをいただきたく、内々のお計らいを願って参じた次第」

「そのようなことが信じられますか」

「治部殿より内府殿の秀頼様への無礼の数々、見過ごすことはできぬと決起を半ば命じられてございます。どうか、わが毛利の苦衷をお察しくださいませ」

屋敷を焼く煙がここまで漂ってくる。

家老は阿茶に口を開かせまいと、手のひらを立てて突き出した。

「我ら毛利は内府殿よりの下知は頂戴しておりませんでした。それゆえ秀頼様の命に従い、大坂へ馳せ参じたのでございます」

阿茶は家老を睨みつけた。家康が毛利に下知を出さなかったのは、毛利が従わぬことが分かっていたからだ。

「我が家中にも太閤殿下のご厚情を忘れ得ぬ者はございます」

家老は阿茶が口を開く先に頭を下げた。

「西ノ丸の方々のために船を用意いたします。それで浜松へお立ち退きくださいまするよう」

毛利は名高い村上水軍を持っている。かつてこの地の石山本願寺が信長と戦ったとき、毛利は水軍を使って幾度も兵糧米を送り届けた。城に至る河川の流れを知り尽くす水軍に守られていれば、そのまま遠州灘を越えて浜松に着くことができる。

「お断りいたします」

阿茶はきっぱり言い切った。ガラシャは人質になるのを拒んで命を絶った。あの屋敷の炎はいくさの始まりを告げる狼煙（のろし）だ。

「細川邸の有様を見れば、とても信じることなどできぬ。毛利に護られて大坂を出たなどと、我らこそガラシャ殿に申し訳が立たぬ」

「いや、御方様」

阿茶は遮って立ち上がった。

家康に大坂の退去を任せると言われてから、阿茶は淀川の過書船支配たちと策を講じてきた。一朝事あるときは荷船で大坂湊に出れば、あとは伊丹の船に乗り換える手筈になっている。

「船ならば川へ出て探す。女と年寄りばかりの我らを背から射かけなさるか否か、とくと見せていただこう。我らとてガラシャ殿に後れは取らぬ」

大声で言い捨てて、阿茶は広間を走り出た。


ガラシャの死んだ明くる日、三成たちは家康が留守居を置いた伏見城へ攻め寄せた。その同じとき阿茶は侍女たちを連れて西ノ丸を退去したが、東下の最中だった家康には、まだそのどちらも伝わっていなかった。

家康が京大坂の変事を知ったのはそれから三日の後、兵を整えて江戸城を出立し、会津に向かう途次でのことだった。家康は同行の諸侯と下野国の小山で軍議をもち、三成を討つと決してすぐに反転した。

上杉の押さえには結城秀康が残され、先鋒が三成の佐和山城を目指して西進を始めた。家康は一旦江戸城に戻り、まずは秀忠が家康の主力を率いて中山道を上ることになった。遅れて出る家康とは岐阜大垣、関ヶ原の辺りで合流する手筈だったが、戦国を仕舞う最後の大いくさ、すべての諸侯が西と東に分かれて押し合うとなれば、いくさ場は関ヶ原しかなかった。

三成の西軍は大坂から近江、伊勢の城を落としつつ岐阜に迫り、東軍は味方を増やしながら美濃へ上って行った。どちらもすでに決戦の地は心得て、八月の末には西軍の拠点の一つ、岐阜城を東軍の先鋒が落とした。だがこのとき家康はまだ江戸にいた。

朔日（さくじつ）というのはかつて家康が江戸城に入った縁起の良い日だった。家康はその日を待って江戸を発ち、十日余りかけて東海道を進んで、十五日についに両軍が正面から激突した。夕刻には勝敗が決し、家康は西軍を追い散らしつつ三成の佐和山城に至ったが、秀忠はまだ遠い信濃にいた。

秀忠は妻籠に着いたとき、いくさがすでに終わったことを知った。それから駆けに駆けて関ヶ原、佐和山へと至ったが、どちらも五日前にいくさは果てている。骸から甲冑を奪う土豪の類ももう一働き終えたあとだった。

息を切らして家康のいる大津へ向かった秀忠だったが、ついに家康は目通りも許さなかった。

阿茶は泣き面の秀忠に呼ばれて草津まで行き、懇願されて家康のいる大津城へ向かった。家康に対面したのは会津へ出立した六月以来だったが、天下分け目で勝ったというのに家康はとにかく機嫌が悪く、阿茶を見るとぷいと横を向いた。

「そのようなお顔をなさいますな。秀忠殿には、次にしていただくことがおありでございましょう。早うお怒りを解いてくださいませ」

「知るか。あのような間抜け」

阿茶はやれやれと声に出し、立ったまま家康を見下ろしていた。

「真剣に、負けるかもしれぬと思うたのだぞ」

家康が童のような上目遣いで阿茶を見つめた。焦ると爪を噛む癖のある家康は、とんだ深爪をしたと左手を振ってみせた。

阿茶はかがみ込んで家康に顔を近づけた。

「思い余ってご切腹なさるかもしれませんよ」

家康はため息をついて、腰を下ろせと阿茶に手のひらを上下させた。

「苦しゅうない、腹を切るまでには及ばずと申してやれ」

「はい、それが宜しゅうございますね」

阿茶は笑って頭を下げた。

「此度はまことにお目出度うございます。まさか本当に、幕府も夢ではないお立場になられますとは」

「莫迦息子のせいで、それどころではない」

「何もそこまで申されずとも」

「まことじゃ。島津のことで頭が割れそうじゃ。秀忠など、知ったことか」

家康は己のこめかみに両の拳をぐりぐりと捻り込むようにした。歯ぎしりが聞こえるような顰め面をしていた。

このいくさの寸前まで、阿茶も島津は家康に味方するものとばかり思っていた。ところが伏見城に加勢しようとした島津を留守居が追い返したとやらで、怒った島津義弘は西軍に付いてしまったのだ。

そもそも島津の兵は戦国最強と謳われ、朝鮮の役でもその働きがなければ誰も日の本には戻れなかったといわれていた。だから家康も関ヶ原に至るまで、島津にはずいぶんと心を砕いてきたのである。

朝鮮の役の後、島津が国許で一族の争いに手を取られているときは家康も親身になって知恵を貸したが、それもこれも島津を敵に回したくない一心からだった。だというのに西軍に付かれ、最後は秀忠が関ヶ原に遅れたせいで、せっかくの小勢だった島津を取り逃がしてしまった。

島津は関ヶ原で家康の鼻先をかすめ、正面突破していくさ場を立ち去った。しかも必死の退却だとは毫も思わせぬ鮮やかな去り際で、道中通った他国にはいちいち断りを入れ、果ては大坂にまで立ち寄って、屋敷に残されていた女たちをことごとく引き連れて遠国薩摩に帰り着いた。

まずこれほどの行軍には、何より家康自らが心底感じ入ってしまった。それにひきかえ物笑いの種といえば、泣いてしゃくり上げんばかりで遅れて現れた我が子である。

「こんなざまになるならば秀康を連れて戻れば良かった。秀忠に手柄を立てさせるために主力を預けたのではないか」

　家康がわざわざ秀康を上杉の押さえに回したのは、秀康が世継ぎだという声を封じるためだった。

「はあ、まあ確かに、誰より島津の名が鳴り響いておりますような。ですが殿も実感なさいましたでしょう」

「何がじゃ」

「さすがは、さい様の御子でございます。秀忠殿には、えも言われぬ愛嬌がございます」

　家康がぐにゃりと、妙なものでも嚙んだような顔をした。つい噴きそうになったのを堪えたようだ。

「誰が島津と秀忠殿を並べて、比べたりするものですか。島津を引き合いに出されるだけで、親の欲目というものでございます」

　ついに家康は噴き出した。だがあまりのんびりしていたら、あの秀忠なら本当に思い詰めて切腹しかねない。

「彼奴よりは、阿茶のほうがよほど働いたわ」

「まあ。それは忝うございます」

阿茶は大坂城を去るとき、ガラシャの死をとにかく四方八方に言い広めた。それで西軍が人質を取る動きは止み、東下の最中に妻の死を知った忠興は、憤怒のあまりに関ヶ原で百を超える首級を上げたという。

「阿茶が取りなしたことにせよ」

「はいはい。かしこまりました」

家康はちまちまと手間暇がかかるとみれば阿茶に託す。阿茶は苦笑して立ち上がった。


知らせると飛んで来た秀忠は、広間で家康を待つあいだ何度も汗を拭っていた。その様子を襖の隙間からひとしきり眺めてから、阿茶は家康に顎をしゃくられて中へ入った。

現れたのが阿茶一人だったので、秀忠はみるみるうなだれて肩を落とした。

「何もそのように、ここまで慌てておいでにならずとも」

「まことに、父上はいかばかりお怒りでございましょうか。徳川の主力を預かっておきながら、それがしは」

「ええ。ですから慌てて行軍させるなど、兵を疲れさせるばかりじゃとお叱りなのでございます」

秀忠は膝頭に手をつき、いじいじと袴に爪を立てている。

「天下分け目の大いくさに遅参いたすなどと、それがしは生き恥をさらしているようなものでございます」

阿茶はつい笑ってため息をついた。

「秀忠殿。不憫なのはむしろ、未だに死ぬなどとうつむいている大将に同道した諸侯でございますよ。皆が秀忠殿のせいで、一世一代の大いくさに何の手柄も立てられなかったのでございますから」

秀忠はうへえと息を詰まらせて、潰れた蛙のように畳に這いつくばった。

中山道を上る秀忠には沿道の諸大名を押さえていく役割もあったから、酒井、土井、大久保といった三河からの譜代が付き従っていた。本多正信や武勇で聞こえた榊原康政もそうだったから、秀忠一人の手落ちというよりは、家康股肱（ここう）の家臣打ち揃っての大失態だった。

家康にしてみれば、積年の苦労を労う最高の舞台を用意したのに、幕を開けてみれば演者が一人も現れなかったのだ。桟敷でのんびり見物するつもりの家康が急遽（きゅうきょ）自ら舞台に上って大立ち回りをしなければならなくなり、しかも肝心の花は島津に持って行かれてしまった。

「もう良いではございませんか。秀忠殿がいくさに加わられなかったおかげで、徳川は主力が無傷で残ったのですから」

「母君！」

秀忠が悲鳴のような呻きを上げた。

阿茶はひそかに家康の隠れている襖のほうへ目をやった。

「本来ならば皆、どれほどの手柄を立てましたことか。秀忠殿はそれを忘れず、いつかは同道の面々にその分の立身を遂げさせねばなりませんよ」

ほろりと、秀忠の目から涙が落ちた。と、両手を拳に握りしめて、がしがしと頬を拭い始めた。

阿茶は胸を衝かれた。阿茶が流産して小牧山から戻ったとき、西郷はこれと同じようにして阿茶のための涙を拭っていた。

「肝に銘じます。それがし、父上のやり残されたことを必ず浚えていく所存でございます」

精一杯に声を張り上げているのが健気だった。秀忠はまだほんの二十二だというのに、天下人になった家康の跡を継がされようとしているのだ。

だが家康はきっと襖の陰で苦虫を噛みつぶしたような顔をしているだろう。それを思うと、つい阿茶も可笑しみのほうが先に立つ。

お前ごとき小童が、この家康がやり残すなどと、どの口でほざく。儂が決死の伊賀越えで京から戻ったとき、お前はまだろくに舌も回っておらなんだではないか

——

今にも家康が襖を開け放って入って来るのではないかと、阿茶は肩をすくめた。

「殿はこれから先、余人の近づきがたい御方になられましょう。秀忠殿はいよいよ父君をお助けにならねばなりませぬ」

秀忠には天然自然の朗らかさがある。だから家康は、秀康ではなく秀忠を世継ぎに定めたのだ。

「今こそ殿のお傍にさい様がいらしてくださったらと、私も殿も思わぬ日はないのですよ」

秀忠には家康にとって何にも代え難い、その西郷の血が流れている。それがどれほどのことか、秀忠に分かるだろうか。

「こっ、この勢いのまま、大坂城の堀を埋めてやろうかと思うております」

突然、秀忠が広間に響き渡るような声で叫んだ。

「もとはといえば太閤の威光を笠に着て、女狐が政にしゃしゃり出ておるのが元凶にございます。だっ、誰の子かも分からぬ者を拝まされて、何が豊臣恩顧か。あの巨大な城こそがすべての因でございます」

ついに阿茶は噴き出してしまった。怒りで顔を真っ赤にしているが、遅参したのは淀殿のせいではない。

此度のいくさでは表向き、豊臣に非はない。西軍の真の大将は秀頼を膝に抱えた淀殿だが、毛利ともども実際には兵を動かしていないので家康も処分はしない。

「大坂城には今まだ毛利輝元殿がおられましょう。もはや勝敗も決したことゆえ、今さら秀頼様を擁して打って出られることもあるまいが」

「それが女子の浅知恵と申すのです」

ぴしゃりと言ったつもりらしかった。阿茶には襖の向こうで家康がずり落ちているのが見えるようだった。

「でっ、ですから、今のそれがしならば、関ヶ原で何も働けなかった鬱憤をそこへぶつけたということで」

「秀忠殿……」

秀忠は勢いよく頭を下げると、ぶるぶると身を震わせた。

「お、お許しくださいませ。やはり、それがしは至りませぬ」

「いいえ、逆でございますよ。さすがに殿の御子でございます。なんというお知恵か」

「は？」

「それを聞けば、きっと殿も舌打ちをなさいます。ああ、やっておしまいになればよかった」

秀忠が驚いて顔を上げたのと同時に、阿茶は肩から力が抜けた。大津へ来てしまった上は、もはや家康の入れ知恵と思われるから何もできない。

「ああ残念なこと。関ヶ原、佐和山と駆けてそのまま大坂まで行かれたら宜しゅうございましたのに。そして一気に、片っ端から堀を埋めてくだされば」

きっと今、家康は襖の向こうで身をよじっている。関ヶ原遅参の秀忠が矢も楯もたまらずに土を掻いて埋めてしまったのなら、家康は埋め終わってから気づいたふりで秀忠を叱れば大儲けをした。

「すでにいくさが終わったと認めるわけにいかず、ごり押しでいくさを続行なさったというわけで、失笑されるだけであの堀を埋めてしまえたものを」

城下町ごと惣構えの堀でくるんだ、あんな大きな城があるから淀殿が幅をきかすのだ。だがあの城は堀さえ埋めてしまえば、外の町と地続きのただの平城ではないか。

「な、ならばそれがし、たった今から皆とともに」

秀忠がすぐと腰を浮かしたので、阿茶は苦笑して首を振った。

「ですからもう手遅れでございます。埋められるとすれば唯一、遅参したと満天下に知られている秀忠殿の、有り余った力での鬱憤晴らし。それしか手はございませんでした」

これこそ西郷の愛嬌を受け継ぐ秀忠にしかできなかったことだ。堀を埋めていれば、後世、そのために企んだ遅参だったとさえ言われたかもしれないのだ。

「それがし、なんという失態をいたしましたことか」

「ええ。まことにございます」

今や関ヶ原に遅参したことよりも、堀の一つも埋めずにしょんぼりと前に座っていることこそが口惜しい。

だがそういう小手先の小器用ができないのが、秀忠の皆に慕われるところかもしれない。懸命だからこそ滑稽に見え、それが皆に力添えをしたくさせる。これこそ誰にも真似ることのできない西郷から譲られた徳だ。

「どうか元気を出してくださいませ。秀忠殿は、殿のし残したことをなさるのでございましょう」

「それよりも、己のし残したことをせねばなりませぬ」

阿茶は噴き出した。全くその通りだと思った。

「秀忠殿。大坂城のこと、堀のほの字も口になさってはなりませんよ」

「承知いたしました。しかし、なにゆえでございます」

「いつかその手を、殿がお使いになるからです」

秀忠が目をしばたたいて首をかしげている。阿茶は今日ほど、秀忠が西郷に似ていると思ったことはない。

「きっともう殿は秀忠殿をお許しになっておられます。御自らは口にできぬゆえ私が取りなしたことにせよと、直々に仰せでございましたので」

「ああそれは、なんと忝い」

そう言うと、秀忠は涙を吹き散らすように頭を振った。

「金輪際、堀のほの字も申しませぬ。が、何があろうと大坂城はそれがしが始末をつけます」

阿茶は黙って微笑んだ。

秀忠は関ヶ原に遅参したことばかり悔やんでいるが、今その襖の裏で、家康がはっきりと秀忠を跡目に決めたと知ればどんな顔をするだろう。

秀忠には、兄の秀康がどれほど望んでも得られない徳がある。まだ戦国は半ばで、家康は天下人ではない。それなら家を守るために、最も秀でた子を跡目に据えるのはいくさの世の倣いだ。

秀康こそ家康の跡目だという声は長々とくすぶり続けている。とりわけここ数日、関ヶ原のあとはいっきに大音声になった感がなくもない。

だが西郷と重なるこの姿を見れば十分だ。もしかすると、天の西郷がいたずら心で秀忠を遅参させたのかもしれないと、阿茶は胸が温もるような気がしていた。

第五章　天下人、右近殿

一

「おばあさまに、大坂へ参る心がまえを教えていただくようにと言われましてございます」

伏見城の大広間で、阿茶の目の前に座った童女が短い髪をなびかせてちょこんと頭を下げた。七歳になった千姫が秀頼に嫁ぐため、母の江とともに江戸から上って来たのだった。

秀忠の長女、千姫と秀頼の婚儀は亡き秀吉の遺言だった。秀頼はまだ十一歳だが、この春、家康の後任として内大臣に就き、家康は先の二月に征夷大将軍の宣旨(せんじ)を受けていた。

大坂城は今や日の本で最も広大な、曖昧な城だった。関ヶ原の後、しばらく家康はその西ノ丸に入っていくさの後始末をしていたが、伏見城の再建が成ると諸侯の屋敷ともども伏見へ移った。

将軍襲職も伏見城で宣下したが、それは大坂に遠慮したというよりは、伏見城のほうに家康の格別の思い入れがあったからだった。関ヶ原の端緒に十倍もの敵に包囲されて十八日間も持ちこたえたこの城で、家康は死んだ譜代の家臣たちに己が将軍になった姿を見せてやりたかったのだ。

再建成った伏見城では、大広間の襖に光信が洛中図を描いていた。その縁先に出て家康はよく一人で杯を傾けているが、人生も半ばをとうに過ぎ、戦国を生き抜いた家康や阿茶にとっては、伏見城は忘れがたい要の城の一つだった。

とまれ、目の前の姫の笑顔を眺めていると、そんなことさえ御託に思える。今の千姫よりも幼いとき、秀頼の母君は落城の炎の中を逃げ惑ったのだと教えてやれば、この姫はどんな顔をするだろう。

今年、家康は年賀の挨拶に大坂城の秀頼を訪ねたが、これからはわが孫の婿になられると微笑んだ家康に、秀頼はうんともすんとも、ついに一言も口を開かなかったという。

「秀頼様の御城には、千姫にとっては母君にも等しい伯母君がおられます。きっと千姫のことは我が子のように可愛がってくだされましょう。姫も、なんなりと伯母君を頼りになさるとよいですよ」

「秀頼様の母上様は、千を気に入ってくださいますか」

「もちろんです。それよりもまず、秀頼様がさぞかしお喜びになるでしょう。これほど愛らしい姫はきっと京にも大坂にもおられませんからね」

千姫は花びらのような口許をほころばせている。秀頼は淀殿に似て大層凛々しい公達（きんだち）だというから、二人が並べばきっと男雛と女雛のようだろう。

そうして七月の末、千姫は淀川を船で下って大坂城へ入輿（にゅうよ）した。

あれから六年——

何が不服なのかと阿茶は思った。阿茶の居室へ来てから、江は一度も顔を上げることなく、ずっと目を膝先へ落としている。

江は五年前、待望の男子を挙げた。その二年後にもまた男子を授かり、竹千代、国松と名付けられた二人は大過なく育っている。

――お千は七つで大坂へやり、子々は加賀へ、初などは一度抱いただけで姉に貰われていきました。ようやく竹千代を授かったかと思えば乳母に取り上げられて、このうえ国松まで我が手で育てられぬとなれば、妾はもはや子など産みとうはございませぬ。

もう一人、勝姫は好きに育てているではないかと喉の奥まで出かかったが、あのとき阿茶はぐっとその言葉を飲み込んだのだ。

だから江の望み通り、国松は江に育てさせた。そうして阿茶が脇から眺めているかぎり、勝姫と国松の二人はすでになんとも気の強い子に育っている。

竹千代が生まれたとき、阿茶は家康から奥の総指揮を命じられた。翌年には秀忠に将軍職を譲るつもりでいた家康は、世継ぎをしっかり育てることがこの先何にもまして枢要だと考えていたのである。

これから長い先を見通せば、嫡男が正室からのみ生まれるとは限らない。幾人もの側室から男子が生まれ、そのそれぞれが母方に囲われて育てられれば、諍いにもなり閨閥（けいばつ）もできる。どの大名家でも多々配慮することを、将軍家がきつく箍（たが）をはめておくのは当然のことだ。

「世に江殿ほど恵まれた御方もおられぬと、私はかねがね考えてまいったのですよ」

「それは、母君様こそでございます。秀忠様も忠吉様も、大御所様の御子は皆、阿茶様の御子でございます」

「腹を痛めた子は守世一人。だが天下太平のためには、秀忠殿は格別の御方です。我が子とて私情は挟まずに、秀忠殿を誰よりも大切にしてまいったつもりじゃ」

「妾は天下を乱したわけではございませぬ」

江は勢いよく横を向いた。髪が風を切る音をたてたほどだった。

先達て、秀忠の奥仕えの侍女が懐妊した。ところがそれを聞きつけた江が子を流させてしまったのである。

「腹の子は畏れ多くも秀忠殿の御子。竹千代君の弟妹にございますよ」

「妾は知りませぬ。当人がすすんで堕ろしたのでございます。何かといえば竹千代、竹千代と。そもそも母君様が兄弟の揉める因になるゆえと、竹千代を乳母に渡してしまわれたのではございませぬか」

「そなたは実の母ではないか。乳母など、いくらでも代わりがきく」

「竹千代はもう無理でございます。妾を見れば乳母の膝にすがって隠れるのでございますから」

弁のたつ阿茶も、江にだけは敵わなかった。だから話すたびに姉の淀殿はさぞやと、その顔が浮かぶようにもなった。

「江殿。赤児というのはすべて神よりの授かり物じゃ。神が寿いでお与えになった命を、育てられぬでもなしに殺めるとは。しかも根にあるのはほんの小さな妬みではないか」

「まあ。まるで切支丹のような仰せをなさいますこと。母君様は南蛮の神に憑かれておられると、妾も聞かぬではございませぬ」

咎めるような口ぶりだが、家康は天主教を許している。将軍は秀忠だが、秀忠は家康に伺いを立ててからでなければ射場の的一つ動かさない。

「母君様は教会堂などお建てにならぬのでございますか。そうすれば妾も堂宇なりと、秀忠様に願い易くなりますのに」

阿茶はいつもこの剣幕にたじろがされる。信仰は阿茶にとって心の奥のものだから、教会が必要だと考えたことはない。寺社のように寄進して代願を願うという教えとも違う。

「私はそのような話をするために呼んだのではない。そなたの嫉妬深さ、ためになりませぬ」

「母君様こそ、天主教などにうつつを抜かしておられるゆえ、妾をそのように非難なさるのでございます。妾に子がおらぬならばともかく、徳川の行く末を思えば他の女の子などおらぬほうが家のためでございます」

「ですから、そなたのその考えこそ傲慢だと申している。命を命とも思わぬ……」

「妾が傲慢などと、誰が申しておるのです。母君様、お忘れかもしれませんが、将軍はもはや秀忠様でございます。秀忠様が立てておられるゆえ、今も大御所様が政の中心においでかのように皆が敬っておりますけれど、天主教は早晩、秀忠様がお禁じになりますので」

江がわざと音がするように打掛の裾を引き寄せ、阿茶も鼻白んだ。

「信仰とは心の内のものじゃ。禁じるだの法度を出すだの、そのような扱いをするものではない」

すると江は形の良い口許を皮肉な笑みで歪めた。

「秀忠様が、どうも司祭どもは傲慢じゃと仰せでございました。南蛮人ごときが日の本の政に口を出し、それが裏で司祭にかしずくさまは、見ていて胸が悪うなると」

今になって阿茶は悔やんでいた。かつて家康が秀忠に天主教を説くなと言ったとき、なぜ阿茶は黙って従ったのか。

家康のように天主教の理屈が頭に入ってしまえば、偏らずに仏僧とも禰宜とも関わることができる。仏徒といえど高僧が少ないように、波濤を越えて日の本に来たからといって全ての司祭が奥義を説けるわけではない。

「秀忠殿は司祭になどお会いになったこともなかろう」

「いいえ、そうでもないようでございますよ。磔にされた者が息を吹き返したなどと誰が信じるかと、呆れておられましたけれど」

江は肩をすくめ、袖で口を隠してくつくつと笑った。

「江殿。私は秀忠殿の御子のことを申しています」

「妙な言いがかりをおつけにならないでくださいませ。たとえ真実だとしても、御家に仇なす子を処断するのは誰に咎められることもない。妾は将軍御台所でございますよ」

と、江はこちらを憐れむような顔をした。

「母君様はこれまで妾に、本当に優しくしてくださいましたのに。竹千代を取り上げておしまいになったことといい、天主教を信奉なさっているせいで天魔が憑いておるのでございます」

「そなた……」

「大御所様にお告げ口なさいますか。それこそ女子が将軍家に囁いては由々しき事ども、ではございませんの。ああ、申し上げておきます。母君様ご執心の天主教、妾が秀忠様を唆（そそのか）しているのではなく、秀忠様自らがお決めになったことでございます。大御所様は生ぬるいなどと仰せになって」

阿茶はつい眉が曇った。関ヶ原に遅参してから、秀忠は家康に追いつこうと痛々しいまでに政に励んでいる。

「なんなら直々に、秀忠様に問い質してごらんなさいませ」

甲高い声で言い放つやいなや、江は立ち上がった。またしても打掛をわざと強く捌(さば)いて音をたてる。

「お待ちなさい」

だが江はつんと踵を返す。

「皆。人払いじゃ」

阿茶は控えている侍女たちに命じた。それも江の侍女に向かって言ったので、二人は飛び上がるようにして座敷を出た。

阿茶の侍女たちがその後に続き、外から障子を閉めた。

「何ごとです、妾は将軍御台所でございますぞ」

「ならば私は、その将軍の母じゃ」

そう言って阿茶は江の打掛に手を伸ばし、それを引っ張って立ち上がった。

不意をつかれて江はひっくり返る。

「は、母君様」

阿茶は仁王立ちになった。

「さあ、そなたが転ばされたさまは誰も見た者がおらぬ。私のしたことを告げるとならば、閨(ねや)で秀忠殿にであろうか」

江が茫然とこちらを見上げている。

「御家の大事などと申して、しょせん女が囁くのは、己の傲慢がいかに挫かれたかと泣いて訴えるだけのこと。それゆえ苦労して大奥を拵えたのです。そなたなどは、これから私のしたことを手伝うてくれる立場ではないか」

阿茶は江の傍らにぬっとかがみ込んだ。この世で江だけは、絶対にわがままをしてはならない。それを江には弁えてもらわねばならない。

「良いですか。世にそなたほど恵まれた者はおらぬ。だがそなたとて竹千代を授かるまでは心許ない日々であったろう。代々、大奥へ上る女子は皆同じ苦しみを持つのです。強運に恵まれたそなたは嫉妬などに身をやつさず、その者たちの荷を軽くする道を考えてやらねばなりませぬ」

もう二十年もすれば竹千代や国松の妻も同じ煩いをする。江のように恵まれた御台所があと何代続くというのか。

「妾の姉も秀頼君を授かったゆえの栄華でございます。女子は男子を挙げてこそ。

母君様とて、いつか妾と同じことをなさいます」

「他家のことはよい。つくづくそなたたち姉妹は恵まれておいでじゃ」

そのとき江がはっとして下を向いた。

「ですが京極の姉は……」

名門の京極家に嫁いだ江の次姉のことだった。ついに一人の子にも恵まれず、そのため江は京で産んだ姫を譲っている。

「分かったら行くがよい。私はそなたと違うて姫などと呼ばれる生まれではない。手荒な真似をして、許してくださいい」

江はかすかに会釈をして立ち上がった。


慶長十六年（一六一一）、家康と秀頼は二条城で対面した。秀吉の北政所ねねが取り持ったもので、阿茶はそのとき、奥御殿でねねとともに引見が終わるのを待っていた。

ねねはすでに剃髪しているが少しも堅苦しさのない人で、どちらからともなく庭に出ようと言い出して座敷を下りた。六十四になったというねねに、阿茶も笑って、その七つ下だと応えた。

葉桜も散り、堀の隅に残っていた花筏は秀頼のために昨日のうちに浚えてあった。すっかり上手に囀るようになった鶯が木立で鳴き交わしていて、ねねは遠い日の醍醐の花見を思い出すと言って微笑んだ。半生、秀吉と関わりの深かった後陽成天皇が譲位したのがちょうど昨日だった。

「京の春というのは、やはりどことも違う格別の思いがいたします」

阿茶がそう言うと、ねねもうなずいた。ねねは関ヶ原の戦いの前、大坂城西ノ丸を家康に譲り、今は清水のそばに高台寺を建てて静かに暮らしている。

「ひたすら南無と唱えれば、心は安らぐものでございましょうか」

「いえいえ全く。ですが、そうならぬのは勤行が足りぬゆえと弁えておりますよ」

ねねは肩をすくめて笑っていた。朗らかで明るい人柄で、誰からも慕われているのが阿茶にはよく分かった。

三成が兵を挙げたとき、どちらに付くべきか悩んだ清正や正則たちに、ねねは家康に味方するように説いてくれた。その理由を聞きたいと阿茶がずっと思っていたのは、ねねが家康の肩を持ったときも、淀殿に妬いて豊臣を捨てたと言う者が一人もなかったからだった。

「高台院様。私はまだ誰にも申さずにおりますが、胸の裡ではずっと天主教が大切に思われてならぬのでございます」

「そうでしたか。それは、太閤殿下が禁教令を出されたときはご苦労をかけましたね」

許してくださいと、思ってもみない労りを受けた。

天主教では妬みをひどく嫌う。だから西ノ丸を譲られたときから阿茶はねねに感じ入ってきたのだが、なかなかお仕着せがましい気がして口にすることができなかった。

「太閤殿下は酷いことも致しましたろう。私は今も、どのように菩提を弔うてよいか考えあぐねることがございます」

甥の秀次たちを無惨に殺めたことだろうか。あるいは二十六人もの司祭たちを仕置きにかけたことか。

「阿茶様も、いずれは家康公の御事でお悩みになるかもしれませんが」

ねねは優しく阿茶の背をさすった。

「考えても詮無いことでございますよ。阿茶様」

阿茶は涙がこぼれそうになった。この言葉は生涯忘れぬだろうと思った。

「ですがいくさ場では、誰もが大勢を殺めてまいりました。私は女に生まれていくさに行かずに済んで、幸いでございました」

「ああ、阿茶様。私もまことにそう思います。それゆえ生きている間に、できる限りいくさの芽は摘んでしまいたい」

ねねは秀頼が入って行った御殿の屋根を見上げた。

「私のように戦国を六十年も生きてまいれば、もはや天下は徳川様のものになったとはっきり分かります。豊臣は一大名として命脈を保つほかはない。淀の御方が大坂城を出れば、徳川様も豊臣を残してくださるであろうに」

家康が未来永劫、将軍職を秀頼に譲るつもりがないのは、就任二年で秀忠を二代にしたことで明らかだ。家康は秀頼が臣従するのを待っているが、もう七十という歳になり、自らの生きているうちに豊臣に始末をつけぬというのはあり得ない。

「もはや日の本を統べるのは徳川でございます。ですが諸侯には幕府への憤懣もありましょう。淀殿はそれを束ねて、世が覆るのを待っておられるのでしょうか」

阿茶が問うと、ねねは二人のいる御殿のほうへ寂しげな目を向けた。

「阿茶様。私は徳川様が、じっと秀頼殿のご成長を待っておられるのだと考えてまいりました。そして今日たぶん、もう安心なさったのではないか」

「安心、でございますか」

逆ではないのだろうか。七十になった家康と、来年二十歳という秀頼だ。

年々立派になる秀頼と己に残る寿命を考えれば、家康はもう豊臣がへりくだるのを悠然と待ってはいられないだろう。あの御殿で今時分、家康は焦りに焦っているのではないか。

だがねねはどこか遠い目をして御殿を眺めている。

「清正殿も正則殿も、太閤殿下のことはそれはよう知っておられた。それゆえ今も皆、私のことを大切にしてくれます」

ねねは清正たちがまだ童の時分、手ずから握り飯を作って食べさせ、同じ屋敷内で寝起きさせて育ててきた。だから清正たちから絶大な信頼があり、関ヶ原でもねねの口添えがあったから家康に味方したのだ。

「お小さいときならばいざ知らず、今や秀頼殿が小指の先ほども太閤殿下に似ておられぬのは誰が見ても明らかじゃ。清正殿たちも日に日にそう思っているのではないか」

阿茶は胸がどきりとした。それで家康は秀頼の成長を待っていたというのだろうか。

「秀頼殿がご成長なさればなさるほど、家康公は秀頼殿にいくさを仕掛け易うなる。それを分かっておらぬのは淀の御方だけであろうに」

阿茶たち女は秀吉を実際に見たことがなくても、主だった諸侯は秀吉の姿形も声も、小柄だったことも髪が縮れていたことも知っている。秀頼は幼いときに秀吉と死に別れているので、仕草が似るということもないだろう。

「ならばなにゆえ皆が太閤殿下の子でないと口にせぬかといえば、くれぐれも秀頼を頼むと耄碌(もうろく)した手を合わせておられた、あの憐れな姿を忘れ得ぬゆえじゃ。かく申す私も、せめて私だけは最後まで、秀頼殿が太閤殿下の御子だと信じてやるつもりなのですから」

だが淀殿は、秀頼が立派になればなるだけ諸侯が離れていくことに気づかない。

だから、大坂城を明け渡すのは一日も早いほうがいい。
「今ならまだ徳川様も、千姫を不憫と思うてくだされるであろうに」
出ぬというなら出させるまでだと家康が言うことを、ねねと阿茶だけははっきり分かっていた。

本多正信は幕府が開かれてからは秀忠の宿老となって江戸に移り、嫡男の正純が駿府で家康に仕えていた。その正信が今日は久々に家康のもとを訪ね、入れ替わりで正純のほうは城下へ出た。先ごろ正純に、にわかに難しい話が立ち上がったからだった。

正純の家士、岡本大八が島原藩主の有馬晴信から賄（まいない）を受け、勝手に加増を約していたという。ちかぢか旧領を復する沙汰があると聞いていた晴信が、いっこうに吉報が来ぬので正純に尋ね、寝耳に水の正純父子が家康から経緯を聞かれることになったのだ。

このところ駿府に隠居した家康と江戸の秀忠のあいだには多少の行き違いが出始

めるようになっていた。いつまでも家康に頭の上がらない秀忠に、どちらが将軍かと周囲がけしかけているらしい。

だが秀忠は関ヶ原に遅れたこともあり、何ごとにつけ家康を立てている。それを家康のほうがかえって気遣うという間柄へ、親子そろって重用されている正信たちを面白く思わぬ譜代たちが絡んでいた。

結局、大八は黄金を着服していたことが明らかになって死罪と決まった。ところが大八も逆訴に出、晴信まで所領召し上げのうえ切腹となった。

「将軍家は大層お怒りじゃと聞いたがの」

家康は他意もなさそうな声で正信に言い、続きはそちらで話せというように阿茶に軽く顎をしゃくった。阿茶はうんざりしながら、下段にかしこまっている正信を眺めた。

昨日安倍川で大八の礫があった城下はまだ民のざわめきが止まず、火刑というのは切支丹ゆえの処断かと噂が流れていた。

「おかげで天主教をお禁じになるのではないかと、切支丹たちは困惑しているそうでございますよ」

実際に阿茶もそれを案じて言った。

今回の一件では、大八は駿府では評判の切支丹武士であり、晴信も名の通った切支丹大名で、その領国が切支丹で満ちみちていることは日の本中に知れ渡っていた。

「いやはや、それがしは切支丹の身の上まで案じている場合ではございませぬ。いっさい与り知らぬ贈収賄というに、我が身にもどんな火の粉が降りかかりますことやら」

「そもそもなにゆえ賄の一件で、切支丹が槍玉に上げられますのか」

正信は手の甲で額の汗を拭っている。七十をとうに過ぎた正信は、髭がもう仙人のごとく白い。

「江戸の御台所様はたいそう切支丹を目の敵にしておられまする。それがしの名が挙がったことなど、全くのとばっちりでござって」

と、家康が舌打ちをして遮った。

「そなた、そのような申しようが人から嫌われるのじゃ。なにゆえ江が、大八が切支丹などと知っておる」

「だいたい、江殿が関わるわけなどないではございませんか」

阿茶も横から口を挟んだ。

「いいえ。島原が切支丹の巣窟であることは、江戸ではこの駿府よりよほど知られておりますぞ。上様は天主教を禁じられるご所存で、さまざまお調べの最中にござる」

家康が鼻息まじりでうなずく。阿茶をいなすように、秀忠が決めたなら誰も逆らえぬとつぶやいた。

もともと晴信は、切り取り次第だった戦国に龍造寺家に奪われた旧領を取り戻せると聞いて画策し始めた。その龍造寺も滅び、今はその後に興った鍋島の所領となっているのだが、先ごろ葡萄牙（ポルトガル）船を撃沈した手柄に返してもらえると思い込んだのだ。

――大御所様も、関ヶ原の後は巧みに豊臣の領国を奪われた。すぐに鍋島から島原に戻せば、大御所様も豊臣からねじ込まれよう。それゆえ日数もかかれば金子（きんす）もかかる。

大八にそう囁かれたと晴信が緊張の面持ちで、だが誇らしそうに言い切ったとき、大八のほうは瞬時に青ざめた。これは言い逃れより以前に、どう取り繕っても許されぬと、幕閣に近かっただけに気がついたのだ。

関ヶ原の論功行賞で、家康は外様を大いに加増しつつ遠国へ移封した。かわりに譜代を畿内要所へ配したが、それには豊臣の直轄地も含まれていた。

家康が外様に報いたことを目立たせて実は豊臣の禄を削ったことは、幕閣しか知らぬことだった。ところがそれを大八は九州の晴信などに語り、諸侯にまで知らせてしまったのだ。

だというのに晴信はいっそ晴れがましいといった顔つきで続けた。

――大御所様は僧兵どもの増長を防ぐため、天主教にはお目こぼしなさるご所存と伺いました。ただ大御所様のお立場では天主教にのみ肩入れすることはできぬゆえ、しばし待てとの忝いお言葉を本多様より賜っております。

もちろん正純の名は大八が勝手に持ち出したのだ。だが思いがけず窮することになったのは正信も家康も同じだった。

家康としては双方を厳しく処断するのは当然としても、巧みに太閤の要衝の地を奪ったことは隠しておきたかった。豊臣にこれから最後の一手をかけようという段で、今までの布石を一つでも明かされてはたまらない。

「上様は、大御所様は生ぬるいと仰せでございました」

「そうか。秀忠がそのようなことを申すようになったか」

家康は頼もしげに相好を崩した。

「しかしな、儂は信心を絶やすのは難しいと、それ、そのほうの一件でもつくづく身に沁みておるゆえの」

正信は途端にむくれたが、阿茶も言った。

「あのときはさい様のお力で帰参が叶ったのではございませんか」

「阿茶様までそのような。今は我ら三人、互いに無傷で切り抜けようではございませぬか」

「はて。我ら三人、ともにと申すか」

家康が面白そうに胡座を組んで身を乗り出した。

正信は白い髭を考え深げに撫でている。

「それがしは大八と一切関わりがないこと。大御所様は決して切支丹に甘いと足下を見られぬこと。阿茶様は切支丹だと知られぬこと」

「なにゆえ切支丹であることを隠さねばなりませぬ」

阿茶は確かめるように家康を振り向いた。

だが家康は阿茶と目を合わそうとせず、かわりに正信が家康に諭すかのように言った。

「殿上人の夷狄嫌い。あれは宿痾のようなものでございましょうな。切って切り離せるものではない」

阿茶は首をかしげたが、正信はかまわずに続けた。

「関ヶ原にはそれがしとて秀忠様に同道し、遅参いたしました。秀忠様がその汚名を雪がれるには豊臣だけで事足りましょうか。それとも大御所様は秀忠様の御為に、大坂には始末をつけずに済まされるおつもりですか」

「秀忠殿のために、大坂に始末をつけぬ？」

家康が小さく舌打ちをして正信を黙らせた。阿茶だけが蚊帳の外だった。

「それはそれ。幾人もの日本人が南蛮へ売り飛ばされておるのですぞ」

「ですがそれは商人たちで、司祭がたは関わらぬことでございましょう」

阿茶が口を挟むと、正信は眉をひそめた。

「同じ船に乗って帰ることもございましょう、全く知らぬと申せますか」

澳門（マカオ）、呂宋（ルソン）と、南蛮へ至る港にはそんな日本人が大勢いるという。無論、そのことは家康の耳にも入っている。

「かつて大村純忠は長崎の地を勝手に耶蘇会（やそかい）に下げ渡しておりましたな。南蛮人は領土を欲しがりますぞ」

「だが南蛮との商いは今さら止められぬ」

「果たして左様でございましょうか。幕府だけが交易をする、天主教のみを禁じる。道はいくらでもございます」

　ふむ、と家康は脇息にもたれ込んだ。

「いずれは海を越えて、神の軍勢が日の本へ至るか」

「面白がってそのように仰せになりますな。しょせんは鉄砲と大筒でございましょう。上様だけがお持ちになればよい」

「やはり禁じるほかはないか」

　正信はあっさりうなずいた。

「今はまだ、京よりも大坂のこと。ですがこの機に天主教を厭うておられると明らかになされば、ゆくゆく秀忠様の御為になりましょう」

　正信はかつての剽軽な笑みなど一度も見せず、目を逸らしたまま出て行った。

　それから間もなく駿府城下で切支丹が追放された。家康は同時に切支丹武士の抱え置きを禁じ、それはすぐ幕府直轄領の百姓町人にまで広げられた。

　京では教会堂が破却されたが、西国ではまだ続々と新しい教会が建っていた。ただ切支丹に対する締め付けは少しずつ、幕府が思うより早く強まっていった。


　放鷹から帰った夜、家康は遅くまで文机に向かっていた。つねは温暖な駿府もこの冬はときに小雪が舞うことがあり、家康はいくつも手焙りを出させていた。

　阿茶が座敷に入ると、中は汗ばむほど温もっていた。明ければ七十二になる家康は秋口に長々と風邪をこじらせ、先達てようやく本復して鷹狩りに出たのだった。

「お疲れでございましょうに。何を読んでおいでです」

「いや……」

　目をやると、家康は美濃紙の下にそれを紛れさせた。

「やはりお禁じになるのでございますか」

家康が日の本中に禁教令を出すつもりであることを、阿茶は薄々感じていた。

十二年前、ちょうど関ヶ原があったときに豊後に和蘭船（オランダ）が漂着していた。そのとき家康は南蛮と紅毛で天主教が割れて争っていることを知ったが、他者を自らのように愛せと説く天主教は、異国ではかえっていくさの種にもなっていた。騙されて異国へ売られる日本人は後を絶たず、商いではおびただしい金が異国へ持ち出されていた。正信が告げたことは何も大げさなことばかりではなかった。

「もしも天主教を禁じれば、切支丹はまた酷い目に遭って死ぬことになるかのう」

一番初めは秀吉が長崎西坂で磔にした二十六人の司祭たちだが、その後もぽつぽつと西国で切支丹が殺されていた。もちろん家康もその側で、城下で切支丹武士を放逐したときは、棄教しなかった家士に十字の焼き印をしていた。

「天主の子が磔刑（たつけい）で死んだゆえ、切支丹は同じ死を尊ぶのであろうがな。目にも見えぬ信仰など、己が胸の内で黙って持っておればよいではないか」

「ですがあなた様も、右近殿には憧れておられるのでございましょう」

阿茶が冷ややかに言うと、家康は鬱陶しそうにこちらを向いた。

「儂は、なにも進んで酷い刑を受けずに黙って信心せよと申しておる」

「御教えではそれは許されぬのではございませんか」

「そのようなことがあるか」

家康はふんと莫迦にして鼻息をついた。

「幕吏が将軍家のご威光を笠に着て、喜び勇んで仕置きを加えておりますとやら」

正直、駿府から遠く離れた地でどんな処断がされているのかはよく分からない。

だが秀吉の先例が磔だっただけに、切支丹の仕置きには磔が多く用いられた。

「人を膾にするなど、そうそう病まずに繰り返せることではなかろうがな。しかし仕置きする側もする側だが、黙ってされておる側も間の抜けたことよ。棄教したと言うておけばよいではないか」

「そうもまいりませんでしょう。真実、天主教を信奉するのであれば」

家康は乾いた笑い声を上げた。

「そなたも、そうしておるではないか」

「私は声高に信仰を口にするのが性に合わぬだけでございます」

「ほう。その性分のおかげで得をしたな」

阿茶は袖の中で密かに拳を握りしめていた。何より阿茶はまだその教えに確信を持てていない。だから切支丹だと明かすことができないのだ。

「私は秀忠殿に天主教を伝えなかったことを悔やんでおります」

それもまた、阿茶が信じ切ることができなかったからだろう。

もしも秀忠が家康のように天主教について知っていたら、このさき禁教にするとしても遣り口は変わっていたはずだ。

「阿茶のせいではない。儂が秀忠には伝えるなと命じたのじゃ」

西郷の血を引く秀忠は、元来、人が好い。もしも天主教に入れ込めば、右近のように国も禄も捨てると言い出しかねない。

「天主教ばかりは、厭う理由が山とある」

家康は人の悪い笑みを浮かべる。

「いくさのない折ならば構わぬがな。しょせん天主教は泰平の世の信仰であろう」

「ですが天主教を戴いてきた民は、いくさに明け暮れてまいったと聞きました」

「ああ、そうだ。それゆえ選ばれた民なのであろう。生憎と、我らは違うの」

敵を己のように愛せと命じられて滅びなかった民は、海の向こうの異国で暮らしている。

「考えてもみよ。外様が天主教を信じておってくれれば、どれほど気楽か。薩摩など、西国ではないか。天主教を信奉してくれぬかのう」

「ご本心でございますか」

「阿茶を相手に作り話などしてどうなる。儂が将軍家ならば、天主教は好きに信奉させておくがな」

心底驚いて、阿茶は激しくまばたきをした。

「ならば今からでも、秀忠殿にそのようにお話しになれば宜しいではございませぬか」

江戸の宿老たちはともかく、秀忠はいまだに家康の言を第一にする。

だが家康は顔の前で大きく手のひらを振った。

「もうならぬ。とても天主教の秘事まで教えている暇はない」

「天主教の秘事？　何でございますか」

するとそのほうが驚いた顔をした。

「阿茶はそれでも切支丹か。天主の名によって願えば何なりと叶えると、ゼスは度々申しておる。そのことじゃ」

家康はさらりと天主の子の名を口にした。

「右近を見れば十分ではないか。経典に書かれてあることには何一つ偽りはないと、彼奴は申しておったであろう。真の切支丹となり、教えを守る者の願いは、全てすべて天主が叶えるのじゃ」

たしかに右近は経典にあることは全てまことだと言っていた。だがそれは天主の子が病を癒やしたことや、磔刑から甦ったことをいうのではないか。

「ただ天主教を掲げておるだけならば好都合じゃがの。薩摩あたりが真の天主教国となり、徳川を凌ぎたいと迫ってまいれば如何する」

「……おからかいでございますか」

「己一人の力で信じられぬならば、なにゆえ人の信心を見てそれに倣おうとせぬ」

右近の人となり、その半生を知ってもまだ阿茶は足りないのか。

「私は、大御所様はその聡いおつむりで教えに肯って(うべな)おられるだけだと思うておりました」

「在るという神。儂はそれを信じておると阿茶には申したではないか。信じるとはそういうことだ。余人には申さぬがな」

家康が誰にも明かさぬのは、阿茶のように確信が持てないからではない。その真の力に恐れおののいているからだ。

「いつでございますか。いつ、大御所様はそのように天主教を信奉なさるようになったのです」

家康は胡座を組んだ己の膝に頬杖をついて笑いかけてきた。

「信康が死んだとき、阿茶と月を眺めたではないか」

あのとき家康は、まだ名も知らなかった天主教の神に天下を取らせよと念じた。

「天主教の真の力は疑うべくもない。天主は力の神じゃと書いてある。神の道を歩き、その命じるところを守れば、宿願はなんなりと叶えると。その通りであったの」

経典を家康はどこまで知っているのだろう。右近や官兵衛から、家康は何を聞いたのか。

「天主教の奥義、悟るまでには刻がかかるであろう。切支丹がおいそれと皆、そこにまで至るとは思えぬ。だが一旦奥義を知ればどうなる」

「それは、全ての願いを叶えると申すのでございますから……」

「左様じゃ。奥義に至り、それに従うて祈禱すれば、徳川の世も覆されるやもしれぬ」

阿茶はあっけにとられた。いやむしろ、身体の力が抜けていった。

「なんのために加持僧がおる。いくさに出る武将は皆、どこぞの神は信じておるわ」

いくさに勝つために神仏の加護を願い、寄進もし、社を祀り、潔斎をする。

「今このときの力にならぬものは神ではない。しかも天主教の教え、頭から尾の先まで理に適っておる」

「ではなにゆえ浄土宗を唱えておられます」

「決まっておるわ。江がおるかぎり、秀忠は天主教には寄りつかぬ。さすれば奥義には至らず、他国に先を越されるのが関の山じゃ」

阿茶はつい長いため息が出た。なにか誤魔化されている気がするが、それが何なのかが分からない。

「さい様のような御方が若くでみまかられましたのに」

「やはり、そなたは於愛じゃな。於愛の信心に倣うとはゆかぬのか」

ゆかぬどころか、西郷が信じていたから、どうにか天主教から離れずにいる。

「さい様はお目が悪いのを全く僻んでおられませんでした」

「そうであろう。儂は於愛が不平を申すのを、ついぞ一度も聞かなんだ。病の床でもそうだったのではないか」

あの時分、家康は京に居続けで、西郷とはほとんど会うこともできなかった。

「人は土塊から神がこしらえた器のようなものじゃというぞ。欠けていようが持ち手がなかろうが、文句を言える筋合いはないとな」

「ちかごろ殿は崇伝とばかり話し込んでおられるゆえ、てっきり臨済宗に宗旨替えなさるかと思うておりましたのに」

南禅寺の住持をつとめた金地院崇伝だ。史書や宗門に明るいので、家康が法度の類をすべて起草させている。

「あれは右筆のようなものだがな。だが崇伝ほどに究めれば弥陀の教えも人を救うのであろうが、当たり前に暮らしておっては、それは叶わぬ」

天主教は読み書きもできない民が、貧しい暮らしの中でそのまま信じている。だから伝来して数十年でここまで広まったのだ。

「真実、願うことは何でも叶うのでございますか」

「右近がそう申した。彼奴の申すことばかりは格別じゃ」

　そこまで買っているのなら、もう少し重用すればどうだ。

「儂は右近が天下を望まんでくれて良かったと思うておる。彼奴が望んでおれば、天下人は右近であったわ」

「大御所様が真剣にそこまで考えておられるとは、阿茶にはとても思われませぬ」

　すると家康が仰け反って大笑いをした。閉ざした障子の向こうで、驚いた小姓の影が揺れた。

「それは阿茶が奥義を知らぬゆえじゃ。天主教はの、究めれば究めただけ力を授かる」

　家康には難解な経を、崇伝が諳(そら)んじているのと同じだという。

「そうまで仰せになる大御所様は、天主教の経典をお読みになったことがおありなのですか」

　家康は笑って首を振った。それはそうだろう。右近はなんとかしてそれを読もうと、南蛮語から学んだのだ。

「皆が経典と称しておるものならば、読んだがの」

「え……」

「阿茶よ。天主教の経典は巻一と巻二とに分かれておるそうな。神の授けた巻一、それが千五百年のあいだに人の手に染まり、儀式ばかりが重んじられて教えそのものがないがしろにされた。それを正すためにゼスが現れ、元の教えを説き直したものが巻二」

「それを……、大御所様は右近殿にお聞きあそばしたのですか」

「右近は朝廷が南蛮人を嫌うのも宜なるかなと申しておった。巻一には、神がいかに異国人を穢らわしく思うか、まるで小刀で身に彫りつけるが如く激しく記されておるそうな」

　家康は己の二の腕を、鷹が爪を突き立てるようにして摑んだ。

「己の教えを解さぬ者、己以外を神と崇める者。それらは天主にとって等しく異邦の者じゃ。天主は其奴らには、己の衣の裾すら触れさせぬとな」

　神の衣の裾が穢れるからではない。衣の裾の聖さが穢れを払ってしまうことを、神は惜しむ。

「どうじゃ、皇尊(すめらみこと)に似ておるだろう。いや、さすがに超えておるか。天皇とて人ゆえ、汚穢(おわい)に触れれば穢れるであろう」

くくく、と家康は人を食ったように笑った。

「そのような宮中と付き合うのにな、いたずらに秀忠に天主教を説くのはかえって不憫ではないか」

「宮中と付き合う……」

阿茶はいよいよ訳が分からない。家康が本気で煙に巻こうとすれば、大抵は皆、そうされたことにすら気づかない。

「教えを解するためには巻二を読めばよい」

右近も巻一は全て読んだわけではないという。

「ところがな阿茶。巻二が、京で和語に直された」

「それは、まことでございますか」

「まことも、まこと。所司代が調べをつけてまいったゆえの」

所司代とは畿内を支配する奉行のようなもので、家康は将軍職に就くとき、江戸町奉行だった板倉勝重を新しく任じている。

勝重は還俗して侍に戻ったせいか穏やかな人柄で、京の人々から広く信頼されていた。天主教のことも敬っているそうで、経典が和語に直されたことは京の教会堂の司祭から直に聞いたのだという。

だがその教会堂も先ごろ打ち壊された。京の町はかつて信長のときは天主教が栄え、秀吉になって衰え、関ヶ原の後にまた盛り返していた。

「だがな、儂はもはや天主教を禁じるぞ。幕府の直轄地だけではない。日の本、津々浦々すべてじゃ」

昨日今日、考えたことではない。いつから考え始めたかは分からないが、最後に右近と会ったときに家康の心は決まった。天主教の奥義だけは他家に先に悟られては困るからだ。

我は在る。在るという者だ――

「巻の二、阿茶は読みたいか」

「申すまでもございませぬ」

阿茶は思わず膝立ちになった。在るという名を聞いただけで奥義を悟れるような頭を、阿茶は持ち合わせていない。

「儂の言葉を守るならば、阿茶にだけは読ませてやろう」

司祭たちがどれだけ刷ろうと、家康はそれを全て焼く。日の本には一冊も残さない。

「もう二度と、儂と天主教の話をせぬこと。決して誰にも天主教を説かぬこと」

もしもどこか一国がうわべだけでも天主教国となり、民が穏やかに豊かに暮らすようになれば、誰が幕府などを奉るか。

天主教ばかりは厭う理由が山とある。家康はそう言った。

「儂は天主教は禁じるぞ。このさき南蛮人が商いに紛れてそれを持ち込むならば、国を閉ざす。徳川の世が覆っては困るのでな」

「では日の本にいる切支丹は、右近殿はどうなさるのでございますか」

「秀忠にの、日の本から追放せよと唆しておいた」

家康は優しい顔で微笑んだ。

そして文机に手を伸ばし、美濃紙の下に隠した書を取った。

「いつか阿茶が死ぬとき、必ず焼き捨てよ」

儂は近いうち、先に逝くだろうからな――

二

昔から阿茶は家康がどこへ行くのにも大抵は供をした。小牧長久手のいくさでは守世を西郷に預けてずっと小牧山に留まっていたし、朝鮮の役ではともに名護屋まで下った。江戸、駿府、伏見、大坂と、阿茶はつねに家康をそばで眺めながら、政がどう動くのか教わってきた。

その阿茶が六十になって初めて、三月余りも家康と離れて伏見城で暮らしていた。初夏に秀頼が太閤の供養のために方広寺の梵鐘を鋳り、そこに家康を呪詛する文字が刻まれていると訴えがあったのだ。

姑息な手を使いおるものよ——

家康の狙いを知る日の本中の諸侯はそう言っただろうが、矛先を向けられた当の大坂方だけは、家康の不興を買う理由が分からない。さすがに秀頼が弁明に駿府へ出向くわけにもいかず、阿茶が淀殿と女のよしみで、互いの積年のしこりを除く役目を果たすことになった。

もちろん梵鐘の国家安康、君臣豊楽の銘文など、家康にとってはどうでもいい。姑息な手とは、崇伝がそれを持ち出したとき家康自身が言ったことでもあった。

「まことに他意など毛頭ございませんのですよ」

伏見城の阿茶のもとには、大坂方の使者として常高院がもう幾度目かで来ていた。大津城主、京極高次に嫁した淀殿の妹であり、江の次姉であった。

鶴のように長い首をうつむけているところが、その苦労性の人柄を表しているように見えた。阿茶は梅雨のさなかに伏見城へ来たが、運良く雨にも降られずに道中を終え、慌ててやって来た常高院のほうは厚い雨雲の真下を進んだそうで、輿の中にまで吹きつけた雨風で衣を濡らしていたのが最初に会ったときの姿だった。

どれほど強情かと身構えていた阿茶だったが、常高院はそれこそ姉と妹に勝ち気をすべて譲って生まれたような、葦のような女だった。傍目には芯があり、ぴんと伸びて見えるが、指一本でたやすく折ってしまえそうだった。

「銘文をお考えあそばしたのは、もちろん秀頼君ではございませぬ。淀の御方様も、未だに梵鐘などごらんになってもおりませんし、そのような文言を誰が言い出したものやら、今詳しく調べておるところでございます。きっときっと厳しく罰しますゆえ、どうか万に一つも秀頼君の落ち度とはなさいませぬよう、阿茶様より大御所様にお願い申し上げてくださいませ」

そうは仰せになるが、と阿茶はため息をついてみせた。

「まことに、淀の御方様も同じようにお考えでございましょうか」

少し尋ねてみると、常高院はそれはもう懸命に何度も細い首をうなずかせた。もしも常高院の言葉を鵜呑みにするとすれば、大坂方は今もまだ家康の思惑には気づいていないということになる。

だが家康が豊臣を滅ぼすつもりでいることは、もう誰の目にも明らかなはずだ。

「常高院様、ならばどうぞ大坂城をお出になるよう、淀の御方様に申し上げてくださいませ。大御所様も年々細かなことが癇に障るようにおなりで、孫婿の秀頼君が御機嫌伺いにも来ぬ、天下一の城に居続けて会釈もせぬとご立腹でございます」

「まあまあ、天下一の城などと滅相もございませぬ。徳川様は駿府の御城に、江戸城に、数多の御城をお持ちでございますのに」

常高院は魚の小骨のような指をゆっくりと折りながら、他愛なく数え始めた。将軍職の徳川が城をいくつ持っていようが勝手ではないか。

「まあでは、それは措くとして。どうも秀頼君があの城におられると」

と阿茶は大坂のほうに軽く顎をしゃくり、誰がやっかみますのかと親しげに目を細めてみせた。

「なにやら秀頼君は江戸に刃向かうご所存だと、誰彼となく大御所様のお耳に囁くようでございます。そうとなれば大御所様も江戸の将軍家の手前、ぼんやりと聞き流すわけにもまいりませんでしょう」

すると常高院はしみじみうなずいて、手を取らんばかりに案じて身を寄せて来る。

「それが、秀頼君は御城の外にはほとんどお出にならぬのでございます。ですので、それはお聞き届けにならぬと存じますよ」

つい、誰への申し条かと、阿茶は眉を吊り上げそうになる。

「ですから常高院様。このように我らのみで話していても埒があきませぬ。今日こそは大坂城、お出になるかならぬか、しかと御返事をいただきとうございます。大御所様がそう申しておられるからには、これは上意にございます」

「上意……」

ぽかんと口を開け、まるで異国の言葉でも聞いたかのように繰り返す。

阿茶は鼻息をついて立ち上がった。

そもそも阿茶がこんな辛気くさい御役を引き受けたのは、いくさを起こさぬためでも豊臣を滅ぼさぬためでもない。周りがどう図ろうが、家康が決めてしまえば事は進むのだ。それを、京へ行けばもう一度だけ右近に会わせてやると家康に言われて、阿茶はのこのことやって来た。

もう右近の国外追放は目の前に迫っている。阿茶には豊臣どころではない。

「常高院様。もう刻がないのでございますよ」

「はあ、刻が」

「大坂は大切な千姫の嫁ぎ先。大御所様も無下にはなさるまいが、それには大坂を離れていただかねばなりませぬ」

「あの。梵鐘のお話とは別でございますか」

これでとぼけているわけではないのだから、日数ばかりがかかる。いったい大坂方は誰と誰が、どこまでが常高院のような薄鈍(うすのろ)なのか教えてほしい。

「淀の御方様たちが大坂城をお出になれば、大御所様ももはや方広寺のことは仰せにはなりませぬ。秀頼君は大御所様にとっても大事な孫婿じゃ」

「梵鐘の一件、それほどまで大御所様はお怒りなのでございますか」

あっけにとられた顔で見返している。だがそんな顔をしたいのはこちらのほうだ。

「淀の御方様に、阿茶がこのように申したとお伝えくださいませ。秀頼君が大坂城をお出になるまでは、梵鐘の一件、大御所様は決してお許しにならぬと」

「ま、ですからあの銘文は秀頼君の与り知らぬことにて」

「悪いが、今日は急いております。今申したこと、しかとお伝えを。秀頼君はもはやあの城をお出になるしか道はございませぬ」

「どうか阿茶様、そのように仰せにならず。他所でお暮らしになったことなどない御方でございます。どうぞ大御所様にお取り次ぎくださいませ」

だから何を取り次げというのだろう。

もう三十年も昔、甲斐の武田家が滅んだのは信玄の跡を継いだ勝頼が小国に甘んじるのを拒んだからだ。そのせいでどれほど多くの女子供が苦しんだか、これからまたいくさとなればどれほど大勢が死ぬか、大坂方は考えるがいい。

「阿茶様、どうかそのように怖い御顔をなさらずに」

おろおろと常高院は中腰になる。

阿茶は観念して最後に一つ微笑んだ。

「もはや大御所様からは内達がまいっております。秀頼君が大坂城をお出になるならば、大御所様は江戸の将軍家に口利きをしてくださる。そうでなければ、幕府は大坂を征伐いたします」

半分は八つ当たりだと思いながら、阿茶はあっさり踵を返した。


右近は前田家の用意した駕籠でやって来た。日の本の全てが懐かしくなるだろうと思った阿茶は、縁先に紅葉が美しく枝を広げる小さな居室で右近を待った。明日、右近は京を発ち、長崎から南蛮船に乗ることになっている。

久しぶりで会った右近はひどく痩せて、背も丸くなっていた。六十もとうに過ぎ、戦国を切支丹大名として駆け抜けた右近は、天主教を棄てぬ一族郎党とともに呂宋へ送られる。家康が定めた禁教令はもはや取り消されることはなく、右近は多分その地で生涯を終えるだろう。

「阿茶様にもう一度お目にかかれましょうとは。神に感謝するばかりでございます」

「そうやって右近殿は、今もすべてを神に帰されるのでございますか」

「人は不運に見舞われたときに神の名を呼ぶことが多うございます。ならば喜びのときこそ、切支丹はそのように努めねばなりませぬ」

右近は恬淡と笑って、若いときはなかなかそうはいかなかったと言った。

「なにゆえ右近殿はそこまで神をお信じになることができるのでしょう」

楓（かえで）が美しく紅に染まる、それを見るだけでも右近は神を思うことができるのだろう。だが阿茶はあの紅葉から目を逸らせばすぐ、神が見えなくなる。

「阿茶様。それは、それがしが真に神に命を救われたからでございます」

「いくさ場で幾多の苦難を乗り越えられた、その不思議の勝ちのゆえでございますか」

右近は微笑んで首を振った。

「それがしが負けるほかはないいくさで勝ち、切腹も免れ、高槻の町が切支丹で満ちて栄えていた時分でございます。不足もなく、天主教になんの曇りも疑いも持ってはおりませんでした。ですがそれがしには日々、気力を損なわせる矢が放たれていたとでも申すのか、虚しさが心に根を下ろし、どうにも生きているのが苦しくてなりませんでした」

その矢に射られ、右近は長く病んでいた。周りの誰からも気づかれず、己だけが日々苦しんでいた。

「ですがあるとき、お前の敵を追い払うという経典の一句がそれがしの目を射貫きました。それから後、一本たりともその矢は来ぬようになりました」

その矢は右近にしか見えない。だから右近にしか、止んだことは分からない。

「それがしはもうあの矢にだけは襲われたくはない。それゆえ、それがしは神を棄てることはできませせぬ」

右近は切支丹になり、確かなその力を知ってからのほうが苦難に遭った。だがそれもまた神に救われた。

「阿茶様には一つお尋ねしたいことがございました」

「どうぞ何なりとお尋ねくださいませ」

「昨年、天主教の経典が和語に直されたそうでございますが」

阿茶は目を逸らした。なんと詫びればいいのか分からなかった。

「あれは全て、大御所様の命で焼かれました。さぞ大勢の方がお骨折りなさいましたでしょうに」

「禁令が出ている上は致し方ございませぬ。ただ……、阿茶様のお手許にも届きませんでしたか」

「右近殿……」

「阿茶様はお読みになれませんでしたか」

阿茶は涙が湧いてきた。袖の中で拳を握ってそれを堪えた。

「私は、読みました。ですが大御所様には、誰にも見せてはならぬと、最後は私の手で必ず焼き捨てるようにと命じられました」

だからもう日の本には一冊も残っていないといっていい。何にも代えられぬ宝の書を、教えがまことだと分かっている阿茶自らが誰にも読ませぬと決めたのだ。

なぜ家康に命じられただけで阿茶はそこまで頑なに守るのか。数多の切支丹が教えに殉じ、目の前の右近ですら異国へ追放される道を選んだ。だというのに教えを知る阿茶が、教えを広めねばならぬと分かっていながら、その道を閉ざすことに加担している。

もしも右近にその理由を聞かれたら、阿茶はなんと答えるだろう。

そのとき右近が一つ安堵のため息をついた。

「まことに、それは幸いでございました」

「いいえ。私はこれからも己の信仰を隠し、経典を持っていることを隠すのです。それゆえ経典はすべて焼かれたようなものです」

この居室の文机には、今も駿府から携えてきた経典がしまってある。美しい草色の綴じ本で、裏の中央には南蛮文字を組み合わせた耶蘇会の印章が置かれている。手習い帳とほとんど変わらない薄い書だが、中には流麗な文字がびっしりと並んでいる。

あの経典さえ読めば奥義を知ることができ、奥義に達した者は経典に記されている通りの力をこの世でも授かる。

「私は日の本でただ一人、経典を持っている者でございます。ですが未だに右近殿のような悟りには至りませぬ」

「そのようなことはございません。それがしとて経典を読んだ初めの頃は、分からぬ信じられぬとつぶやくばかりで、どれほど司祭様を手こずらせましたことか」

とうに別天地に至っている右近は、わずかも阿茶を責めようとしない。

「山をも動かすと書いてございます。ですが私は、山が動いたところなど見たことがございませぬ。南蛮では、山が動くのでございますか」

真の信仰があれば、動けと言った山は動くと経典には書かれている。

右近は落ち着き払ってうなずいた。

「山は火を噴くことも、崩れて形を変えることもございます。誰ぞが願うたゆえかと、それがしも幼い時分には考えました。ですが我らが真に動かしたいと念ずる山は、そのような山でございましょうか」

もしもその山であれば、神は阿茶のために動かすであろうと、右近は庭の築山を見やって微笑んだ。そしてそれは阿茶が天主の心に適う道を歩いているからだと右近は言った。

「六十三年を生きてまいったそれがしにとっては、経典に書かれてあることは全て真実でございました。あれはまさしく一言一句偽りのない真正の書物でございます」

「この日の本で天主教が禁じられ、あまつさえ右近殿は追放などということになりましたのに？」

「大したことではございませぬ。ゼス様の御受難にわずかなりとも倣うことができたと思えば、むしろ喜びでございます」

「西国では棄教せよと拷問にかけられている者もございます」

「隠せばよいことでございます。どのような罪も、たとえ人を殺めても赦すと、神は仰せになっておられる。ならば信仰を隠したとて偽ったとて、どれほどの罪になりましょう。悔い改めれば赦される、そう言われているのに信じておらぬ。あるいは、殉教を喜びとしているのでございます」

各々がどう信仰を表すか、それを他人がとやかくいうことはない。

「大御所様はそのことを解しておいでです。御教えを真に悟っておれば、幕吏の手を逃れる術などいくらでもある」

阿茶は右近の優しさに顔を上げることができなかった。そんなきれいごとが日本の鄙(ひな)で、幕府の目ばかり気に掛けている幕吏たち相手に通用するはずがない。切支丹に囲まれて暮らしていれば、村八分を恐れて切支丹を名乗る者もあるかもしれない。

「大御所様は天主教の奥義を究めておいでだということですか」

「それがし達している地平がそこであるとするならば、大御所様は同じところにおいでてでございます」

かつて日の本はさまざまな場所に教会堂があり、その全てに福音の抄と呼ばれる経典の抜粋書が置かれていた。家康がそれを借り出しては読んでいることは、切支丹大名たちのあいだでは以前からよく知られていたという。

「そうでなくとも種々の書物を読み、名だたる高僧と宗論も戦わせてこられた大御所様でございます。それがしへのお尋ねも、並外れておいででした」

「では大御所様は、教えをはっきり分かっておられながら禁教令をお出しになったのですか」

だとすれば家康の罪はどうなるのだろう。

経典には教えを伝えよと書かれている。それを家康は逆に、あえて道を閉ざしている。

「大御所様のなさっていることは、恐ろしい罪なのではございませんか」

死して後、その魂を業火に投じることのできる者をこそ恐れよと経典にはあった。

「仰せの通りでございます。それゆえ、それがしは大御所様の後生を案じております」

天主の名を呼びもせぬ、教えを知らぬ者ならば罰は受けないだろう。だが家康は奥義にまで至っている。

「大御所様はどうなるのでしょう」

「それはやはり、阿茶様が祈って差し上げねばならぬことと存じます」

右近は慈しむように微笑んだ。

「阿茶様には咎はございませぬ。今は神がそれでよいとお考えゆえ、禁じられているのでございますから」

きっといつか、天主教の許される日もまいりましょう――

右近は最後まで笑みを絶やさずに去って行った。

三

慶長十九年（一六一四）十月、秀頼は城下の諸大名の屋敷から蔵米を召し上げて大坂城に運び入れた。家康は即刻大坂征討を命じて駿府を発ち、その同じとき、秀忠も江戸を出た。

座敷へ入ってもまだ息の上がっている秀忠を見て、阿茶はどうにか笑いを堪えていた。きっとそうなると思っていたが、秀忠は江戸城から駆けに駆け、たった十五日余で六万の軍勢が伏見に着いてしまったのである。

「母君様までそのようにお笑いになるのですか」

秀忠は情けない声で訴えたが、率いてきた軍勢は強行軍で疲れ果て、すでに一いくさ終えてきたような有様である。

「それがし、またしても父上に叱られましてございます」

「ええ、伺いました。案の定だと笑っておられましたけれど」

恨めしそうな顔をした秀忠はまるで少年のようで、じき三十七になるとは思えなかった。どうしても関ヶ原の戦いを思い出すが、もう十四年も前なのだ。

「此度、それがしは汚名返上のみを念じております。このような寒い時節にご老体を陣中に立たせるなど、秀頼には思い知らせてやらねばなりませぬ」

「そのように仰せにならず。千姫と秀頼君はたいそう仲睦まじいと申すではございい言われていた。

「なにを母君は寝言を仰せか」

ふんと秀忠は横を向いた。秀頼には大勢の側室があり、すでに子も幾人かいると
ませぬか」

だが秀忠はそんなことを気に掛けているわけではないのだろう。

「それがし、お千のことは諦めましてござる」

「大慌てで馳せ参じられて、そのようにはずみで申されるものではございませぬ。江殿も大御所様も、ひたすら千姫の身を案じておいでじゃ。秀忠殿お一人の子ではございませんよ」

阿茶が苦笑して手のひらを振ると、秀忠も困ったようにうつむいた。

そうして十一月の半ばに、秀忠と家康は茶臼山でゆるゆると軍議を始めた。

茶臼山は大坂城の南西にある低い山だが、見渡す限りの平地の彼方に、数多の川で縁取られた大坂城が霞みがかって見えていた。

「懐かしいものだな、阿茶」

家康は、同じように低い山から長々と秀吉の陣を眺めていたことを思い出したの

だろう。小牧長久手のあのとき、ひょっとすると家康は今日という日のあることを少しは予期していたのかもしれない。

「あの折は秀忠殿もまだ童でございましたのに。それが今や将軍家とは、まことにご立派になられましたこと」

阿茶と家康はこもごも微笑んで振り向いたが、秀忠は気づかずに必死で遠めがねを覗いている。

「さて此度のいくさ、何が肝要かの、将軍家」

ときに寒風が流れて行く天の下、家康は床几に腰掛けてのんびりと秀忠に尋ねた。家康は次の正月になれば七十四で、茶臼山には横になれるように仮屋が建てられている。

「はあ、これから真冬に向かいます。されば一刻も早う和議といたしたいところでございます」

「さすがは将軍家。いくさの肝をようご存じじゃ。真冬に陣を張るなど以ての外」

家康は周囲に聞こえるように、わざと大きくうなずいてみせた。

「ならば一刻も早う駿府にお戻りいただけまするよう、先鋒には早速にも」

「いやいや」

いかにも好々爺(こうこうや)といった面持ちで、家康は小さく手のひらを振る。

「此度はなるべく、大ごとにせぬのが肝要でありましょうなあ」

「はあ、それは。太閤殿下の御子ゆえでございましょうか」

「いやいやいや。それはそれ。それゆえ豊臣には儂が決着をつけまする。儂らの代は戦国でございました。力のある者が力のない者を食らうのも、早い者勝ちも当然至極の世でございましたゆえのう」

つと秀忠が家康の前に片膝を突き、居住まいを正した。

「戦国の世も終わるというに、儂が豊臣に始末を付けねば、むしろ片手落ちとの謗(そし)りを免れませぬ。あのような豊臣をそのままに残しておけば、いずれ世はまた乱れる。となれば、かえって信長公にも秀吉公にも、儂は合わす顔がござらぬゆえ」

家康が勿体ぶるので、秀忠は不安げに家康を見上げている。

「豊臣とのいくさ、将軍家に転がり込むのはせいぜい百万石か二百万石。それゆえ目覚ましい働きをする者があれば褒美に困る、ということになりましょうか」

「では、なるだけ地味に」

「左様、左様。ぐるりとこう、大坂城を囲みましてな。大筒などを撃ってあちらが降参してくれれば申し分なし。誰ぞに大手柄など立てられては事でございますぞ、将軍家」

秀忠は唸り声を出さぬかわりに身をよじっている。

「なんの、将軍家とは場数が違う。儂など、将軍家の歳の時分は甲斐の信玄にしたたかに打ちのめされましての。あまりの恐ろしさに馬上で糞をひりながら城へ逃げ戻ったなどと、まことしやかに……」

ぽんと軽く手を打って、秀忠が応じた。

「では光信の、忌々しげに床几で片足だけ胡座にしておられるあの絵こそは。その折の自戒に描かせられたというのは、まことでございましたか」

「それは違う」

「ま、違うのでございますか」

阿茶がからかうと、家康は仏頂面で振り向いた。

「あれこそ小牧山じゃ、のう阿茶」

ついに家康はふんと大きな鼻息をついた。あれから三十年、まさか真実こんな日が来るとは思わなかった。

「よろしいですかの、将軍家。なにも華々しくやるのばかりがいくさではない。特に、此度はの」

「はあ……」

「大坂城の始末は、この阿茶に」

家康に顎をしゃくられて、阿茶はまたかとうんざりした。

「なに、あれは女の城ではないか。将軍家がお出ましになることはない」

秀忠を煙に巻いて、家康は得意げに笑い声を上げた。

明くる日、茶臼山と大坂城のちょうど中程になる木津川口で大坂方とのいくさは始まった。

大坂城には内堀と外堀があるが、そもそも大坂の町全体に幾筋もの川が流れ込んで、一帯は島のようになっている。その島の最も外側を流れる一つが木津川で、城の南西に陣取った家康の茶臼山とのあいだを隔て、木津川口と称されていた。

川はそれぞれに互いの水軍が守っていたが、いくさはものの半日で片が付き、負けが込んだ大坂方は外堀の内へ退却して行った。それからは城の西方の砦が次々と落ちて、半月ほどのあいだに幕府方は本丸まであと五町にまで迫った。

師走の半ば、開戦から約一月が過ぎた真冬の午に、阿茶は大坂城に入った。女の使者が行くというので前日から徳川方の攻撃は止み、阿茶が御殿に入ったときには廊下を警固しているのも女ばかりだった。

阿茶は式台で手勢と分かれ、供を二人連れただけで奥へ進んだ。打掛を纏って化粧までした侍女に案内されて畳廊下を行くのは、常の引見と何も変わらなかった。光の溢れる本丸御殿、その大広間で阿茶は初めて淀殿を見た。秀頼はおらず、脇にはにこやかに千姫が座っていた。

「お千、おばあさまにご挨拶を」

淀殿に促されて千姫が頭を下げた。

明ければ十九になる千姫は緋色の絹の打掛が目を射るように艶やかで、寸の間、阿茶はここがいくさ場だということを忘れかけた。

「おばあさま、お久しゅうございます。ですが義母上(ははうえ)、千は正直……」

不安げに淀殿を見やった千姫に、阿茶は優しく微笑んだ。

「私の顔が分からぬのも無理はない。まだ七つでございましたからね。ですが大御所様はそなたのことを片時も忘れられぬと仰せでございますよ。なにせ千姫はお生まれのみぎり、右の手に小さな阿弥陀仏を握りしめておられた。あれこそが徳川の強運の証であったと、今もよう話しておいででございます」

阿茶が長々と話しかけると、思った通り千姫は淀殿と目配せをして、互いにぱっと顔を輝かせた。

「実はこの話、此度ここへ参る前に大御所様から初めて聞かせていただきました。これは勝ちを呼ぶ吉祥だが、もうさすがにお忘れであろうかと。千姫がお忘れならば、その右のお手のひら、中央に証の黒子（ほくろ）があるゆえ、それを申せと大御所様は仰せでございました」

千姫はちらりと己の右手に目を落とした。

淀殿が大きくうなずいた。

「阿茶殿、その話ならば妾もお千から聞いておりました。大御所様が吉祥と仰せのことが真実と分かり、重畳じゃ。なるほど、そなたは間違いなく真の阿茶殿であろる」

「忝うございます。千姫、まさにそなたは大御所様の命運をその手に握っておられる」

ぴくりと淀殿の眉が引き攣れた。

「家康殿の命運をとは、なにゆえじゃ」

「千姫のある処、ことごとく弥陀が加護なさる。何より大御所様がそう堅く信じ込んでおられまするゆえ」

淀殿は湧いてくる笑みをどうにか抑えている。

阿茶も腹に力を入れ、言い直した。

「それゆえ淀の御方様には、この城を出ていただきとうございます」

「なんじゃと」

「大御所様はずいぶんと老いられて、このように大きな城に抽んでた秀頼様という御方がおわすのは、とてものこと幕府の先行きが案じられて気が休まらぬと仰せでございます」

「………」

「淀の御方様には、江戸城で江殿と姉妹仲良くお暮らしいただき、秀頼様には大坂をお守りいただく」

「妾のみが、江戸へ参れと」

阿茶はうなずいた。

「そのようなこと、承知できぬ。妾に人質になれと申すか」

「人質などと」

阿茶はうつむいて、困ったように膝先の打掛をさすった。

「ならば、せめて」

「せめて？」

阿茶はため息をつき、弱々しく淀殿を見返した。

「この城は大きすぎるのでございます。将軍家の江戸城とて、この半分もございませぬ。大坂城の内堀は、江戸城では外堀でございます」

淀殿が満足げにうなずくのを、阿茶は目の端で見定めた。

「大坂城の外堀となると、江戸城ではさしずめ神田川、江戸湊にあたりましょうか。だというのに大坂城には天然の木津川、淀川、寝屋川に……。それゆえ、せめて堀の一つなりとも埋めさせていただけぬものでしょうか」

「この城の外堀を」

阿茶はうなずいた。

「戦国というのは騙し合いが常でございました。それがようやく御仏を握りしめた千姫を授かって、大御所様はそこから己の命運が開けるのを確信なさったのでございます。ところがその千姫が今は大坂で、会いにも来てくだされぬ」

言い切って阿茶はぺたりと額を畳につけた。

「どうぞ淀の御方様、江戸へおいでくださいませ」

「それはならぬ」

ふいに後ろで襖が開き、足音が近づいてきた。阿茶の目の前で向きを変え、上段へ上がって行く。

阿茶はおそるおそる顔を上げた。

美しく髪を結い上げた、恰幅のよい若者がこちらを見下ろしていた。形の良い額と眉、双眸に鼻筋と、淀殿に生き写しの面差しで、白い肌にまるで紅をさしたような口許をしている。

「これは、秀頼様」

阿茶は惚れ惚れと見上げていた。

家康が秀頼に対面したのはもう三年前になるだろうか。阿茶は秀吉とはついに会わずじまいだが、この秀頼を見れば、秀吉を知る者が思うことはただ一つだろう。

顔も背丈も、艶やかな髪も、どこを取っても淀殿の子だ。だがいったい誰との子か。淀殿はなんという大それたことを、秀吉の生前から今もまだ、し続けているのか。

「阿茶とやら。わが母上は江戸へ人質になど出さぬ。大御所様にそう伝えよ」

「で、ですが秀頼様」

阿茶は一つ息を吐いて気を落ち着けた。政など、きれいごとでは進まない。呑まれているときではない。さっさとこんないくさは終わりにするのだ。

「ならば、どうか堀を埋めさせてくださいませ。さすれば幕府は軍を退きましょう。大御所様の御心を憐れんでくださいませ。千姫の御身を思うて涙を浮かべておられます」

「ああ、それは気の毒じゃ。だが、見よ。我らは城の内におるのみだ。外をずらりと囲んでおるのはおじいさまではないか」

なんとも涼やかな声だった。

秀頼は煩わしそうに大きく手を振った。

「まこと千姫の身を思うならば、軍を退かれよ。さあ、陣に帰るがよい」

秀頼は腰も下ろさず、そのまま立ち去ろうとした。

「お待ちくださいませ。千姫、そなたが申せば大御所様は何なりとお聞き届けになりますぞ。阿弥陀仏を握って生まれたそなたを、大御所様がどれほど愛しゅうにお思いか。さあ、なんとか秀頼様に取りなしておくれ」

一瞬、千姫は阿茶を見てためらったが、秀頼について立ち上がった。

「おばあさま、私はもはや豊臣に嫁した身でございます。お許しくださいませ」

「お待ちなさい」

阿茶はいざり出て千姫を手招きした。淀殿がぼんやりと見守っている前を、千姫はおそるおそる阿茶のそばまで下りて来た。

阿茶はそっと声を落として、だが淀殿には聞き取れるように言った。

「万が一いくさになれば、お千は城を出て大御所様に何なりと願われるがよい。ですがこれは奥の手にございます。よいか、大御所様にとってはそなたの申すことだけが格別なのじゃ。これは御仏を握って生まれた、そなたにしかできぬことですぞ」

阿茶はとんと千姫の背を押した。千姫は秀頼のあとを小走りでついて出て行った。

「首尾は上々か。さすがは阿茶じゃの」

大坂城から戻ると、すぐに家康が阿茶の顔を見にやって来た。

「大御所様は、何もかもお見通しというわけでございますか」

阿茶が呆れてため息をつくと、家康もにやりとした。

「手のひらの阿弥陀仏、淀殿には告げておったろう」

癪(しゃく)に障るが、家康の読み通りだった。

「お千は生まれたときから秀頼へやることが決まっておったゆえな。ならば、手ぶらでやることはない。一つ二つ、身に消えぬ宝も持たせて送り出してやりたいではないか」

「お人の悪い。千姫はずっと大切に、信じているようでございましたよ」

「おお、幸いではないか。御仏の加護じゃのう」

家康はあっけらかんと天を仰いで笑った。

その明くる日、大坂城を取り囲む幕軍から一斉に城内へ向けて大筒が放たれた。茶臼山からは大筒が縄目のように連なって大坂城へ向いているのが見えていたが、すぐに煙が上がって大坂城も消えてしまった。昼夜を分かたぬそれらの音と全軍が上げる鬨の声で、阿茶も寝付かれぬほどだった。

そうしてものの三日で、今度は大坂城から阿茶を訪ねて女の使者がやって来た。


大坂方の申し入れで和議の交渉は常高院の京極家、その幕府方の陣中で行われることになった。常高院は侍女に寄りかかるようにして遅れて現れ、座るまでに幾度となく阿茶に詫びてきた。

京極家の当主忠高は家康も信を置く武将で、そのためかどうか、大坂方の交渉役をつとめる義母を露骨に鬱陶しがっていた。阿茶には何なりとお申しつけをと懇切に言ったが、常高院とはついに目も合わせずに立ち去り、常高院は寂しげに細い首をもたげて目で追ったが、すぐ力尽きたようにうなだれてしまった。

「やはり、どうあっても淀の御方様に御城から出ていただかねばなりませんでしょうか」

常高院はこれから何度も大坂城とのあいだを行き来するつもりらしかった。今に至っても淀殿たちはあの城の中で頑なだそうで、阿茶はもう常高院が憐れでならなかった。

「連日連夜の大筒の恐ろしさに、千姫様もよくお眠りになれぬご様子。なにとぞ、そのことを将軍様に……」

いくさを仕掛けられている城主の妻が、眠れぬの恐ろしいのと訴えてくる料簡が分からない。だがそれはまあ、世慣れない常高院ならではと聞き流すことにした。

「将軍家は、もはや淀の御方に大坂城を出ていただくまでのことは望まぬと仰せでございます」

「まあ、それはまことでございますか」

常高院の顔が満面の笑みになった。阿茶は憐れを通り越して、またぞろ面倒になってきた。

もはや大坂方は敗れたも同然なのだが、和議などと勿体を付けて出て来ている。降伏の使者にしかすぎないことを、誰かが当人にも淀殿にも教えてやってくれぬものだろうか。

「常高院様」

「はい、なんなりと」

「前にあなた様とお目にかかった折と違うて、もはやいくさは始まり、今や終わろうとしております」

常高院は実直以外には空っぽの、細い鶴の首を懸命にうなずかせる。

「お寒うございましょう。もう少しこちらへ」

阿茶は火鉢のそばを譲って、常高院を手招きした。

ためらいながら常高院は近づいて来る。

「このような真冬に、いつまでもいくさでもございますまい。あの大筒、御城の壁も崩れて、千姫も凍えておりませぬか」

「ええ、ええ。あれだけは、御衣裳にも埃が舞うて」

どうぞ止めてくださいましと、震える指で阿茶を拝むようにする。どこかから覗き見ているに違いない忠高は、京極家の足を引っ張るばかりのこの義母に、きっと舌打ちが止まらないだろう。

「ならば、常高院様。兵を退くかわりに先達ても申した通り、堀だけは埋めさせていただけましょうか」

「外堀を……」

阿茶は困じ果てた顔でうなずいてみせる。

「私が申したことをそのままお伝えくださいませ。淀殿を江戸になどとは、たとえ約したとしても、千姫がひとこと否じゃと申せば大御所様は全く逆らうことがおできにならぬのでございます。それゆえ将軍家は、大坂城は女の城、と」

「女の城？」

深いため息をついて阿茶はうなずく。

「男の力では決して落とせぬ城なのでございます。大御所様は千姫の言いなりで、将軍家はことごとく大御所様の仰せに従われる。実は千姫の心一つで、このいくさは明日にも終わるのでございます」

「まあ、それはまことに」

小首をかしげている常高院を見ていると、阿茶は己まで家康のように人が悪くなったとつくづく感じる。

「さて。それゆえ淀の御方を江戸へお連れすることは、どのみちできぬのです。せめて外堀なりと埋めさせていただかねば、将軍家も二十万の軍勢を率いて来られた手前、諸侯に示しがつきませぬ」

阿茶は常高院の手を取って、温めるようにさすってみた。血が巡っていないかのような、氷のように冷たい指だった。

「このいくさは引き分けでございます。ならば、いくさの終わったしるしに、外堀だけは埋めさせてくださいませ。さすれば向後、大御所様もあの城の大きさに嫉妬なさることもございませんでしょうし」

「殿方とはそのようなものでございますか」

おずおずと見上げてきた目に、阿茶は取った手を揺すぶって答えた。

「堀を埋めれば、江戸城もわずかに小さいというだけですから。まったく男というものは、一番になりたがるものでございますねえ」

つい本音を口にしてしまったが、常高院もくすりと笑い返してきた。

「まことに、堀を埋めるだけでよろしいのでございますか」

「はい」

「こちらも……、大坂方からも普請には人を出さねばなりませぬでしょうか」

「いえいえ。将軍家は此度、大坂のあちこちで土塁を拵えたり穴を掘らせたりなさっておいででしたでしょう。そのせいで大坂は土で噎せ返るようでございます。それを元通りに均すのでございますから、秀頼様をお煩わせはいたしませぬ」

「まあ、それは忝う存じます」

常高院がほっと安堵の息を吐き、立ち上がった拍子に軽く目眩を起こした。

すかさず阿茶がその手を取った。

「何もそのようにお急ぎにならずとも良いのでございますよ。せっかく京極家の陣にお越しになったのです。今宵はゆっくり忠高殿とお話しあそばしてから……」

すると常高院ははっと目が覚めたように慌てた。

「いえいえ。私の身ならば御案じくださいますな。今から御城へ戻ります」

阿茶は斜めを向いて笑みを隠していた。

堀埋めは常高院が大坂方に伝えた翌々日に始まった。本丸の影を踏むほど近くまで来ていた幕府軍が潮の引くように退いたので、張りつめていた糸が切れた大坂方は皆、その場にしゃがみ込んでいた。そんな大坂方と小競り合いを起こせば改易だと諸侯は厳しく戒められており、ただ黙々と割り当ての堀へ土を落として行った。半分ほどが水もない空堀だった外堀は瞬く間に土で満ちた。年の瀬には大坂城は、本丸と山里丸、奥御殿と表御殿、そしてそれらを囲む内堀と二ノ丸、西ノ丸のみとなった。

外堀の均された外側には、日差しを遮る屛風のように三ノ丸が残されていた。だが辺りには町屋も戻る気配はなく、いくさで荒れた地がそのまま放り出されていた。

二条城で年を越した家康は、ちかぢかまた来ることになると言って阿茶を京に残し、自らは駿府に帰って行った。これからさぞ煩わされるはずだと笑って阿茶の肩を叩いて出たが、その通り、家康が去ってすぐ常高院がやって来た。その憔悴しきった姿に、阿茶はもはやまっすぐ目を向けるのも憚られた。

大坂城の堀埋めは家康が去っていよいよ進んだ。それまで土を柔らかく盛ったにすぎなかった外堀に、まず三ノ丸が打ち壊されてしっかりと踏み固められた。

その後は一気に環状の二ノ丸を突き崩し、それを今度はそのまま四方から内堀へ投げ入れた。茫然と立ち尽くしている豊臣方の目の前で、大坂城は表御殿が剝き出しの丸裸になった。

「女どうし、いくさとなれば泣くのは女ばかりと仰せになったではございませんか。それゆえ和議にも応じたのでございます。内堀まで埋めておしまいになるとは、そのような和議をした覚えはございませぬ」

「まあまあ、まずは腰をお下ろしくださいませ」

話はそれからでございますと阿茶が言うと、あっさり常高院は阿茶の前に座った。息まで上がっているのは不憫だが、今この同じときに淀殿はあの城の中で何をしていると思えば腹も据わる。

「どうかお約束の通りに、内堀は元に戻してくださいませ。これでは垣根もない百姓屋にも等しい、そこいらの寺でもまだましな土塀があると、淀の御方様はたいそうお怒りでございます」

「ま、淀の御方が」

冷ややかに言って目をやると、さすがに常高院は肩をすぼめた。

「どうか女子どうし、大御所様にお取りなしくださいませ。これではお約束が違います」

「はて、約束……」

阿茶は片頬に手を当てる。

「堀を元に戻してくださいませ」

「堀、堀と仰せになりますが、一体なんのことでございます」

「外堀だけを埋めるお約束でございました。それを内堀まで埋めておしまいになるとは、淀の御方様は思うてもおられませんでした」

「ですが和議の誓詞にはたしか、堀と。どこに外堀のみと書いてございましたか」

「阿茶様は幾度も、外堀と仰せでございました」

「はて。私にはそのような覚えはございませぬ」

ついに常高院は涙を流した。

「私は阿茶様を信じておりましたのに」

阿茶はうんざりしつつ、なんとか平静な顔を作っていた。女どうし母どうし、同じ思いでいくさの世を終いにしたいとでも淀殿は言うのだろうか。

「常高院様。裸城かどうかは知らぬが、これで大御所様はもはや大坂には何の疑いも抱かれぬ。ならば堀の一つや二つ、安くすんだとお思いになることでございます」

「そのような、阿茶様。千姫様も哀れにございます」

「ああ、それゆえ千姫には申しました。そなたの嘆願ならば大御所様はなんなりとお聞き届けになると」

「真実、そのようなことを」

阿茶は励ますようにうなずいてみせる。

「しかと千姫が、大御所様に直々に申し上げれば、じゃ。外堀と内堀、そのような行き違いまで起こる城の奥深うにいて、千姫が真に何と申しておるかなど、我らはどのようにして聞きましょう。そのことを、よくよく淀の御方には仰せくださいませ」

阿茶はきっぱりと言って立ち上がった。

「もはや我らもお会いせぬほうが良い。常高院様は、忠高殿の幕府でのお立場をお考えになられませ」

伏見城の大手橋を常高院の駕籠が出て行くときは、中で常高院がじっとこちらを窺っている気がしてならなかった。

それからも阿茶は再三、家康の言葉を大坂方に伝えたが、もう常高院が訪ねて来ることはなかった。

京で水辺の桜が散り始めた三月、所司代の板倉勝重が大坂再挙を知らせて来た。

四月、家康は駿府を発ち、諸侯に大坂再討を命じた。大坂城からは千姫が秀頼たちの助命嘆願に出て来たが、家康も秀忠も会うことはなかった。

明くる五月、大坂城は落城し、淀殿と秀頼は自刃した。

第六章　宝玉の椅子

一

明け方に降った通り雨がまだ縁側の外縁を湿らせていた。家康は日の当たる畳廊下に脇息を出させ、背を丸めて庭を眺めていた。

春も行き、駿府城では楓が新しい葉を付け始めていた。

「東金(とうがね)で鷹狩りをしたのは楽しかったのう」

阿茶が来たことに気づいて、家康は庭を向いたまま言った。

「あれは、よう仕えてくれておる」

「守世のことならば、将軍家がようしてくださいますゆえ」

阿茶の子、神尾守世は秀忠に仕え、四十三になった今は上総国東金で采地三千石を得ていた。昨元和元年（一六一五）十一月、秀忠はその地に家康を招き、阿茶ともども守世に対面させるという心配りをしてくれた。

「まことに将軍家はお優しい御方にございます。年々、さい様を重ねることが増えてまいりました」

「見てくれが似ても似つかぬのが残念じゃがのう」

言って家康が先に笑った。

「縁起でもないお話をしてもよろしゅうございますか」

「阿茶がそのように申すとは、やはり儂も老いたかの」

家康は眩しそうに目を細めてこちらを向いた。

「阿茶はようやってくれたの。内堀まで埋めさせたのには感心した」

「あれはもともと、将軍家が関ヶ原の後に仰せになったことでございます。あの折の将軍家は正真、さい様の御血筋でございましたね」

「阿茶はいくつになっても於愛じゃの」

「それは大御所様もご同病にございましょう」

阿茶と家康は笑い合った。阿茶たちが半生仲睦まじく過ごしてこられたのは、互いに西郷を最も大切に思う心が一つだったからだ。

「あとは大御所様は、神におなりあそばしますか」

「やはり、そのことか」

家康は胡座の膝の上に頰杖をついた。太り肉の身体がこれほど小さくなったのはいつからだろう。

「久能山で神として祀られなさるとか。権現になさいますのか、明神となられますか」

「どちらでもよいがの。選び放題じゃ」

「私も剃髪して大御所様の菩提を弔うて差し上げます」

ちらりと家康が冷めた目を寄越した。

「切支丹は死人のことは案じぬであろう。皆、うち揃うて帰天するゆえな」

「神を疑う者は天の国には入れていただけませぬゆえ」

言ってしまってから口を押さえた。二度と家康とは天主教の話はしてはならないのだった。

家康が笑って手のひらを振った。

「今日はかまわぬ。もうその話をすることもなかろうゆえな」

阿茶は肩をすぼめた。

「のう、阿茶。面白い生涯を送らせてやったろう」

「え？」

「儂の側室になって良かったであろう」

阿茶は素直にうなずいた。家康の薄くなった背に手を置いてさすった。

「まことに、夢にも思わなかった事どもを見せていただきました。楽しゅうございました」

「歳を取ると、あの世のほうが懐かしゅうなるな」

「はい。会いたい御方が多うおられます」

光信も秀康も、西郷の第二子の忠吉も死んだ。右近も、異国の地を踏んですぐ旅立ったと伝えられている。

「お聞かせくださいますか。なにゆえ、わざわざ神になどおなりあそばすのでございますか」

　家康が表面、天主教に頼らずここまで来たのは確かだ。だが奥義を悟り、ひそかにその力を借りたこともあっただろうに、なぜ最後に自ら神になるなどという罪を犯すのか。

「日の本を追放になる間際、右近殿も案じておられました。大御所様の救いはどうなるのかと」

「ああ、それは有難いことじゃ」

　右近がいなくなってから、阿茶は家康が心底右近を敬っていたことにも気がついた。

「古来、人は神になりたがる。それが人の子というものじゃ」

　家康は今もまた人を食ったように笑った。きっとこれは、己で己を虚仮にしてのものだろう。

「愚かじゃの。神が死ぬものか」

「それが分かっておいでならば、なおさら神号を朝廷からいただかれるなど、どんな利がございます」

「利か。そうじゃな、まさにこの世の利しか求めておらぬ振る舞いゆえの」

右近が奥義にまで達していると言った家康の、知った上で犯す罪とはどれほどのものか。

「阿茶よ。儂はここまで来れば欲が出てな。このまま少しでも、いくさのない世を続けたいと願うておる」

「何ごとも神のお許しがなくば叶わぬことと存じます」

しみじみと家康はうなずき、宥(なだ)めるように阿茶の手を取った。

「阿茶の手は、温かいのう」

阿茶様は、温かい手——

たまらなくなって阿茶は家康の手を握りしめた。

「じゃからな、阿茶。僅かなりと社寺の力を削いでおくには、まだまだ儂のこの老い弛(たる)んだ身も使い道があるではないか」

阿茶は黙って目を閉じた。三河での一向一揆、信長の石山本願寺攻め、延暦寺の僧兵跋扈と、家康が半生眺めてきた諸国でのいくさには宗門が絡んだものも多かった。

「それゆえ宗門などというものは数多に分かれておるほうがよい。儂が神になれば、天主教を禁じた分がいくらかでも取り返せるではないか」

「大御所様を信心する者が現れるだけ、仏徒が減ると仰せですか」

「左様。こればかりは下手の手なりとも、打つほうがましじゃ。もはや将軍家は大のつく天主教嫌いゆえ、禁令はどうにもならぬ」

それは阿茶も身に沁みていた。いつか江を転ばせたせいで、江の阿茶憎しが天主教にまで及んだような気がしてならない。

「神を騙る我が身の業は、分かっておらぬではないがの。きっと日の本で天主教を禁じた罰であろう」

儂はもう、於愛には会えぬのかもしれぬ――

家康は庭に目を戻して静かにつぶやいた。きっと家康も、ついに夢の中ででも西郷には会えずじまいだったのではないか。

「大御所様……。私が大御所様のお供をいたしますゆえ」

くすりと家康が笑った。

「髪を下ろしたぐらいでは天主は怒らぬぞ。阿茶がいくら仏門に入ろうが、儂の罪には及ばぬ」

「ところが阿茶も、これから恐ろしい罪を犯すと存じます」

阿茶も笑い返した。半生ずっと家康とともに来たので、阿茶にはすっかり先回りする癖がついていた。

今年に入って阿茶は秀忠から力を貸せと言われていることがあった。病がちになった家康の見舞いに、三日にあげず江戸からは使者が来る。そのたびに秀忠は、自らには関ヶ原遅参の借りがあると阿茶に言い募ってきた。

——あのとき余は、大御所様がし残されたことをすると申した。ところがどうだ、豊臣にはすべて始末をつけてしまわれたではないか。

そうとなれば家康がし残したことはただ一つ、いつか正信が口にしかけた、徳川の天皇家への介入しかない。権現も明神も敵うはずのない日の本の絶対の神、その天皇の外祖父に、秀忠はなる。

これは家康の天下取りに何の働きもできなかった秀忠が、唯一、家康に誇ることのできる、あの関ヶ原遅参という大失態を補ってあまりある孝行だ。

権現も明神も、他にも数えきれぬほどある形ばかりの称号など、秀忠は家康のために眼中にもない。秀忠がずっと苦しんできた遅参の負い目は、唯一絶対の称号を手に入れることによってしか消すことはできない。

秀忠は徳川の血筋の者を天皇にしたいのではない。ただ己が天皇の外祖父となって、家康ですらできなかったことを成し遂げて見せたいのだ。

「私は、もう一度さい様に会いたいとのみ念じてまいりました」

そのうち秀忠は己の姫を入内させるだろう。その姫がすんなり皇子を産めば良い。だがそれが叶わなかったとき、秀忠はどうするだろう。阿茶に力を貸せとは、一体何をさせるつもりなのか。

ずっと家康と生きてきた阿茶には、秀忠が考えていることなど見えていると言ってもいい。そしてそうなれば阿茶が犯すであろう恐ろしい罪は、今漠然と思うだけでこの身体が震えるほどだ。

「大御所様、どうか死なないでくださいませ。ずっとこのまま阿茶のそばにいて、阿茶を守ってくださいませ」

「阿茶は案ぜずともよい。それゆえ、儂が神になってやるのではないか」

「何を仰せか、分かりませぬ」

家康の考えには、阿茶は未だにどうしても追いつくことができない。

「ならばのう、阿茶。その罪をこそ、犯さずにすむように神に祈ればよいではないか。阿茶の願いならば、神はきっと叶えてくだされよう」

阿茶は首を振った。この世のどんな罪も、阿茶がこれから犯す罪には勝るまい。どれほど神が慈悲深かろうと、その阿茶の罪だけは赦さない。

「さい様は、夢の中ですら私に会いに来てくださいませんのに」

阿茶は家康の胸にすがりついた。

「私はもう二度と、さい様にはお目にかかれぬのでございます」

「案ずるな、阿茶。どのような罪も、悔いた者は神が赦してくだされる。赦されぬと思うことこそ罪じゃと右近は申しておったではないか」

だが家康は阿茶の犯す罪を知らない。

いっそ経典を読まなければよかった。幾度目に読んだときからだろう、阿茶はもうその一言一句、偽りとは思えなくなっていた。

元和二年（一六一六）四月、家康は七十五年の生涯を閉じ、駿府城からほど近い久能山に葬られた。山腹には新たに神廟東照社が造営されたが、明くる年の春に霊(れい)柩(きゅう)は日光山に移された。朝廷から東照大権現という神号と正一位の神階を授かり、正式に神となったのだった。

我は在る。在るという者だ――

久能山から家康の霊柩が出るとき、阿茶の耳にはそう言った家康の声がよみがえってきた。天皇という人から名を賜り、権現という神となった家康は、この高い空のどこかから己の長蛇の列を眺めているのだろうか。

はるか下野国までゆるゆると進む柩は、道中どれほどの者に手を合わされ拝まれるのか。自ら神を名乗り、信仰をついに明かさなかった者に、ときに荒ぶる神であった天主はどんな罰を下すのだろう。

剃髪もせず行列とともに関東へ下った阿茶は、江戸城で秀忠の末の姫、和子(まさこ)に会った。まだ十一だったが、江の血が濃く出た姫はすでに大人びた美貌をもち、目を瞠るほど明敏だった。

「おばあさまは私が宮中でもやっていかれるとお思いでしょうか」

この壮麗な城で何の不足もなく育ち、父と母からはまさに目に入れても痛くないという溺愛を受けていた。継嗣の竹千代には十分に厳しいところもある秀忠だったが、和子の生い立ちには寸分の陰もなかった。

「和姫はもう帝の后になる覚悟を定めておいでのような。ならば案じることはございませんね」

上段に座る秀忠は、満足そうに目を細めている。江はわざと目を逸らしていたが、和子が自信に溢れてそう言ったときは、勝ち誇ったように阿茶に微笑みかけてきた。いくさ場での男たちの戦いはもはや終わり、これからは女の戦いが続く。そして和子は多分、その最も激しいいくさ場へ赴くさだめの姫だ。

今、京におわすのは神代からの第百八代、後水尾帝だ。和子より十余り年嵩で多芸多才、聡明なだけに気が強いと所司代は伝えてきている。すでに幾人か寵愛する女房がおり、そのうち一人は身ごもっているともいう。

阿茶は光り輝くような和子を見やり、ついため息が出かかると微笑んでごまかした。

だいたいが京の公家たちの乱行ぶりは、阿茶など唖然とするばかりである。はじめ聞いたときは、さすがに所司代が朝廷を貶めようと大げさに吹聴しているのだと思ったほどだ。

　帝の傍近くで大勢の男女が好きに交わり、それぞれが自らの夫や妻に露見しかかるのを興がっているという。元来大ぴらに想いを歌いあうのが殿上人だと阿茶などは先から見当を付けてきたが、落城だ切腹だと命がけで戦国をやり過ごしてきた武家からすれば、公家というのは全く異なる生き物のようだった。

　だがそのぶん細やかな日々の駆け引きとなると、武家は手も足も出ないのかもしれない。阿茶は和子の母代わりとして入内に付き添うことになっているが、それには和子がただ人を思いやるだけの気弱な姫では話にもならない。

「将軍継嗣もしかと定まったことでござる。和子の入内は明年にするつもりですぞ、母君様」

　秀忠が鷹揚（おうよう）に話しかけるのを、阿茶は黙って聞いていた。

　秀忠はじき四十になる。いっときは竹千代ではなく二男を跡目にするのではないかと囁かれたが、それは家康が許さなかった。だが江はついに手ずから育てられなかった竹千代だけは、他の子らのように愛することができなかったようだ。

　視線に気づいたのか、江が傲然と言った。

「大御所様の薨去(こうきょ)もあり、和子の入内は延びたことでございました。ですが今般はまた、上皇様がお悪いとか。このままあとしばらく手許に置けるのは幸いでございますけれど」

「あら、母上様。私は早う御所へ行きとうございますわ」

和子が何食わぬ顔で言ったので、阿茶と江は驚いて顔を見合わせた。

と同時に二人で噴き出してしまった。それで何か、長年のわだかまりが解けたような心持ちもした。

「まあ、母君様はどんなにか和姫を案じておいででございますのに。宮中は魑魅魍魎(ちみもうりょう)の巣なぞと申しますが、どうやらこの御気質と、江殿譲りのお美しさがあれば心配はいらぬようですね」

阿茶が笑って顧みると、じわりと江の目が潤んだ。

「ああ、このところ妾はどうも涙脆(もろ)うなって。お許しくださいませ」

すぐに秀忠が江の腕をさすってやった。秀忠のように心細やかな夫に巡り会った江は、やはり希有(けう)な強運の持ち主だろう。

「江殿。あなた様の姫はきっと大丈夫でございますよ。我らならば足も竦(すく)むような禁裏を己の戦いの場と心得て、一切怖じ気づいておられませぬ。若いときのあなた様を見ているようでございます」

「母君様は妾のことを、そのように仰せくださるのでございますか」

「江殿はただお一人で京から江戸へおいでになったではございませんか。和姫はその道を逆に、江戸から京へ上られるのですよ」

江はついに涙を溢れさせて頭を下げた。

「どうか母君様、和子をよろしくお願いいたします。母君様だけが頼りでございます」

「まあ、へんな母上様。一体どうなさったのですか」

和子が明るい声を挟んで、阿茶と江はまた目配せをして微笑んだ。

「亡きおじいさまが仰せになりましたの。和子が母上様のお腹にいるとき、おじいさまは夢をごらんあそばしたのですって。女ならば宝玉の椅子に座る、和子は国母になると御仏がお告げくださったそうでございますよ」

「椅子？」

江が怪訝そうに聞き返した。

「まあ、母君様はご存じありませんの。馬のように四本の足があり、その背に座る腰掛けでございます。背もたれがあって、両側には肘置きがついているのですって。しかも和子の椅子は、その全てが宝玉でできていますの。それが御所で私を待っているのですから、早く行って座ってやらねばなりませんでしょう」

阿茶がため息を飲み込んで目をやると、秀忠も苦り切った顔を隠すように額に手を当てていた。

二

それから和子の入内が叶うまでには三年がかかった。上皇の死という喪もあったが、摂関家の養女にならず武家のまま入内しようとしたことが前例のない不遜とされて、話が行きつ戻りつした。そこへだめ押しのように後水尾帝に懐妊中の典侍（ないしのすけ）がいることが分かり、怒り心頭に発した秀忠が一旦は破談にしかけたのだ。

だが当の和子が他人事（ひとごと）のように悠然と構え、かえって秀忠の短気を笑って諭した。

――父上様。和子がお傍に上がってもおらぬ間のことでございますよ。父上様はなんとしても天皇家の外祖父におなりあそばしたいのでしょう。

　すぐと皇子は授からぬかもしれないが、自分が行ってからのことにしてほしいと和子は唇を尖らせた。

　その典侍は先に皇子も儲けていたが、和子はあっさり、その皇子のことは任せると言って、きれいさっぱり忘れてしまった。あの時分、阿茶は江戸城に居を移していたが、日に日に美しく逞(たくま)しくなる和子に、真にこの姫には宝玉の椅子が待っているような気がしていた。

　結局、典侍は秀忠が追放し、皇子は出家させた。怒って譲位を言い出した帝は所司代らに宥められて、事のうわべは丸く収まった。帝を宥めたというが真実のところはどうやって脅しつけたのか、阿茶は聞いておかねばならぬと思いながら、やはり聞く気にはなれなかった。

　そんななかへ嫁ぐ和子の心細さを阿茶も江も案じていたが、和子は実際に知らぬのが半分、知ろうともせぬのが半分で、その気性もあってか、入内するとたちまち帝を虜(とりこ)にした。傍目にも帝第一の寵姫といえば疑いなく和子であり、入内して三年ではやばやと懐妊した。さすがに男子とはいかなかったが、明くる年にも続けて懐妊し、それも女だったが、さらに翌年また懐妊した。

——江戸の母上様もはじめは女ばかりが続きましたもの。ですが和子は、次は男だと確信があるのですわ。母上様も、兄上のときははじめから違ったと仰せでございましたし。

その兄、家光は和子が女一宮を産んだ年に秀忠とともに上洛し、三代将軍の宣旨を受けた。それが今年はまた上洛して二条城には行幸も賜ったほどだから、めでたさが重なるということはあるのかもしれない。

阿茶は筆を止めて目を上げた。廊下を人が歩いて来る気配がした。

「阿茶様、お呼びと伺って参りました」

「ああ、待っていました。重宗殿」

廊下の影がうなずいて中へ入って来た。

先年、父勝重の跡を継いで京都所司代となった板倉重宗だった。阿茶は京にいるときは常に勝重を、亡くなってからは重宗を片腕としていた。

「和子様のご出産を待ちわびている今、何を血迷うたかと驚かれるであろう。だがよくよく考えた末のことじゃ。このときをおいて重宗殿に話せるときはありませぬ」

「はあ」

重宗は頬をこわばらせてまっすぐに阿茶を見つめた。

勝重に似て聡明で人物にも間違いはないが、まだ若い。だから勝重のように政と割り切ってやってくれるかどうか。京へ来て、所司代として公事が公正で民に慕われていると知るにつれ、阿茶は不安が募るようになっていた。

「勝重殿と私は、政について何もかも包み隠さず打ち明けあえる仲でした」

「よう伺っております。それがしは亡き父より、かねて何ごとか出来した折には、畏れながら上様よりも阿茶様の言に従うようにと命じられてまいりました」

「それはまことか。ああ、忝いこと」

阿茶は思わず手を打った。阿茶が犯さねばならぬ罪、二度と西郷には会えるはずもない淵へ落ちねばならない、天主の決して赦さぬ罪を、唯一分かち合ってきたのが勝重だった。

「このような策を巡らしておったと万が一、千万が一にも外へ漏れてはなりませぬ。となれば、そのような話をするはずもないときにしか申せませぬ」

「はあ」

阿茶は家康と長く生き、その手管を知り尽くして今がある。

「此度、和子様の御子が女であったとき」

言いながら阿茶は首を振った。何もそこまで決めてしまうことはない。

このさき皇子が誕生しなかったとき。今はまだそれで十分だ。

「和子様が皇子を挙げられるまでに他の女が帝の御子を宿したとき……、必ず流すように」

重宗がごくりと唾を飲んだ。それが阿茶にも分かった。

「まさか帝の御子をと思うであろう。勝重殿とて、あまりに畏れ多い所業ゆえ、私が口にするだけで身を震わせておられた」

阿茶はたまらずに重宗から顔を背けた。

だが阿茶は和子の入内が決まったときから、男子が生まれぬときはそれをするしかないと考えてきた。この大願ばかりは、次は家光の姫を待てばよいというわけにはいかない。和子で叶わなければ、天皇の外祖父になるという秀忠の願いは潰える。

重宗が静かに手をついた。

「承知いたしました。このような事はどこから噂がたつとも知れませぬ。ゆえに阿茶様は、二度と口になさいませぬように」

「引き受けてくれますか」

「はい」

きっぱりと言って、重宗は微笑んだ。

「阿茶様は嘘をおつきになりました」

「嘘？　いいえ、私は何も」

だが重宗は微笑んだまま首を振った。

「それがしの父が、あまりの罪深さに身を震わせておったなどと。そのようなはずはございませぬ」

忝うございますと、重宗は再び手をついた。

「それがしの父は阿茶様ほど苦しんでおりませんでしたろう。古来、天皇家がその血筋の者を殺めるなどは数多の例があることでございます。公事に携わってまいった父は、よう書き物も読んでおりましたゆえ、とうに知っておりましたろう」

「ですが、だからといって赦されることではない」

「いかにも。ただ阿茶様が、それがしのために父を庇うてくださったことは忝く」

重宗は深々と頭を下げると、やはり真実でございましたかと独りごちた。

「父が、阿茶様は切支丹ではなかろうかと申しておりました。それほどお悩みになっておられるとは、父の目はやはり確かでございました」

阿茶は微笑んだ。重宗にはもう隠すことなどなかった。

「天主教では、子を流すほどの罪もございませぬ」

「左様でございますね」

重宗がひたと見つめてうなずいたので、阿茶のほうが目を見開いた。

「勝重殿は天主教にもずいぶんお目こぼしをなさっておられた。ですが重宗殿までその教えをご存じでいらしたとは」

「お忘れでございますか。天主教の経典、和語に直されたのは、この京の地でございます」

あっと阿茶は声を上げそうになった。

ふいにこの世のすべてが一筋の糸で結ばれているような気がした。きっと重宗と勝重こそが、あの和語で記された天主教の経典を家康に届けた者だったのだろう。

「阿茶様がお心を痛められることはございませぬ。そのうちに必ずや皇子がお生まれあそばします」

重宗はそう言い残して座敷を出て行った。折しも西国で切支丹への酷い仕置きが始まり、踏み絵でその信仰を暴いていると阿茶の耳にも入るようになっていた。

入内して六年、和子は待望の皇子を産んだ。江はその少し前にみまかったので吉報を聞くことはできなかったが、明くる年にも続けて和子は懐妊し、これもまた男子だった。だが二人目の皇子は生まれたものの育たず、先に授かっていた皇子もその少し前に亡くなっていた。

さすがに和子が気を病んで、いっときは夫婦仲も剣呑(けんのん)になった。だからその折、重宗は阿茶の謀を帝に伝えたに違いなかった。

もしも今、よそに御子を授かられても全くの徒労にございます。むしろ帝も我らも、いたずらに罪を作ることになりましょう――

その恫喝のせいばかりではなかったろうが、後水尾帝はこの冬、突如譲位した。

譲った先は和子の産んだ女一宮で、和子が立て続けに皇子を喪ってから一年が過ぎていた。

子は残らず堕胎させると、行く手に立ち塞がって脅したためだけではない。天皇にしか授けることのできない僧侶の紫衣に幕府はくちばしを挟み、無位無冠の春日局は将軍の乳母という権威を振りかざして無理に参内した。

そんなあれやこれやを、帝は腹に据えかねておられたのだから。無位無冠の者が参内するとは、衣の裾が穢されることなのだから——

己で己を宥める巧みな声に、つい阿茶は苦笑した。人というのはいくつになっても、己だけは庇うようにできている。

だが後水尾帝は果たして真に、ただ一人で譲位を決めたのだろうか。もちろん御傍には打ち明けていたはずだ。だが阿茶が疑うのは、それを和子も知らなかったのかということだ。

和子と後水尾帝ほど、雁字搦めの力尽くで皇子を産めと脅しつけられてきた夫婦もない。幕府が居丈高に迫ることさえなければ、和子は今もまだ健やかに子を産み続け、やがては皇子も育っていたのかもしれない。

だがそんな幾年にもわたる無言の強迫に、ついに二人の皇子が亡くなったとき、和子の心はぷつりと折れてしまった。それまでも気を病むあまりに女の身の衰えたことを阿茶は聞いていたが、もはや和子には子を産み育てたいという気力そのものがどうにも湧かなくなってしまったのだ。

まだお若い。二十三歳におわすとは、まさにこれからではございませぬか――

そんな励ましがなお一層、和子を追いつめる。

その最大の因はもちろん、阿茶が重宗に命じたことだ。

お前が男子を産まぬかぎり、帝の御子は流される――

己の子が可愛いばかりに、他人の子には生まれることさえ許さない。これはかつて淀殿が秀次の眷族にしたことであり、江が側室にしたことであり、阿茶が今、数多の女官たちに強いていることだ。

母君様とて、いつか妾と同じことをなさいます――

そう言って睨んだ江の哀しげな目が、このところの阿茶はよく思い浮かぶ。

「待たせました。おばあさま」

阿茶はびくりと身体を震わせた。すると和子のほうが驚いた顔でこちらを見下ろした。

「どうかなさったのですか」

「いえ。あまりに江殿と声が似ておいでのゆえ」

ふうんと軽くうなずいて和子は御簾の向こうに腰を下ろした。

「その母も、ついに喜ばせてやることはできませんでした」

「………」

「このたびはまた、さぞ上洛を急がせましたでしょう。驚かせてしまいましたこと」

阿茶はうなずいて微笑んだ。

「御譲位のことはずいぶんお話し合いになられましたのでしょうか」

和子と天皇の仲睦まじさは、互いの立場の辛さを思いやるところから始まっていた。それならば、身体を悪くしてしまった妻と、どうしても子を残さねばならない夫が取る道は一つではなかっただろうか。

幕府の気のすむように天皇家の外戚にしてやればよい。女一宮が天皇になれば、もう幕府はその首をすげ替えようとはせぬのだから。

そうなればせめて女一宮が天皇でいるあいだ、和子は身辺穏やかに過ごすことができる。

「皇后とは一の女の称であると。その私がこの世の何物かによって苦しめられる、そのようなことがあってはならぬのだと主上は仰せでございました。それゆえ、御退位をお決めあそばされました」

皇后がそうなら、天皇となればさらに、この世の何かに押さえつけられてはならない。

「主上は私に、東福門院という号をくださいました。東から福がやって参ったと仰せくださったのでございますよ。私など、生きているだけで主上をお苦しめしておりますのに」

阿茶は返す言葉を失っていた。

「私は皇后ゆえ、この世の何にも苦しみはいたしませぬ。何も、恨みはせぬ」

「和子様……」

「もはやその名ではお呼びにならないでくださいませ」

和子は顔を背けた。

「この日の本の神は、主上でございます。だというのにおじいさまも、自ら権現などと」

皮肉に口許を歪めて、和子は鼻で笑った。

「人の身で神と祀られたおじいさまに、よりにもよって天皇の子を流せなどと仰せられたおばあさま。どちらも同罪にございますよ」

「私と大御所様が、同罪……」

ふいに家康の言葉がよみがえった。

阿茶は案ぜずともよい。それゆえ、儂が神になってやるのではないか――

家康は桁違いの先回りで諸侯の裏を掻き、その手を封じ、ついには百年の戦国を終わらせた。その家康が阿茶のために神になってやると言ったのだ。

秀忠が一生涯、関ヶ原遅参を悔やみ続けていることを家康はよく知っていた。大広間で諸侯を前に上段に座るとき、いつも秀忠がそれを思って怯むことを家康だけはよく分かっていた。

もしもその負い目を雪ぐ道があるとすれば、それは家康ですらなし得なかった天皇家への介入を果たすことしかない。秀忠が家康にも諸侯にも恥じずにすむのは、天皇の外祖父になったときだけだ。

きっとそれを家康は読んでいただろう。あの禁教を決めた大八の一件があったとき、正信が言ったのはこのことだった。いや、秀忠が遅参したときから頃合いを計っていた禁教を、大八の一件で始めたのだ。宮中と関わるには、どうしても南蛮の信仰は避けなければならないからだ。

本来、弱い者を慈しむ質の家康が、救う策があるのに秀忠の苦をそのままにしておくはずがない。徳川を盤石にするために家康もできなかった天皇家との関わりをつければ、秀忠の遅参の負い目は雪がれて余りある。

それなら和子が入内し、阿茶は御母代をつとめることになる。

となれば将軍家ですら先々の継嗣を案じて大奥を作らせた家康だ。和子に男子が生まれなかったとき、和子以外に男子ができたとき、幕府のすることは分かっている。

そのとき女御の御母代の阿茶は、天主教が最も厭う罪の一つを必ず犯す。もはや西郷のいる天の国へは、どうしても入ることのできない罪を。

だから申しておるのだ。儂が、阿茶とともに行ってやるではないか――

御簾の向こうから家康の声がはっきりと聞こえた。驚いて透かし見たが、和子の姿しかなかった。

ついに阿茶が退出するまで、和子は御簾を上げさせなかった。

女一宮が明正天皇として即位した翌々年、家光は弟忠長に蟄居を命じた。阿茶が江に家光を育てさせなかったために兄弟のあいだには深い溝ができ、それが歳月を経て憎しみで埋もれていた。秀忠が死んで一年の後、忠長はついに切腹となった。

秀忠は死の間際まで、何よりも兄弟の諍いを案じていた。

――大御所様は儂の兄、信康を亡くしておられる。大御所様の生涯で最もお辛いことだったろう。儂とて同じじゃ。もしも自ら弟を死なせるようなことになれば、家光こそ生涯悔やむことになるぞ。

秀忠は家光にも阿茶にもそう繰り返したが、ついに家光は忠長への妬みを消せなかった。

「私は、いくつ諍いの種を蒔いたことであろう」

阿茶はそう独りごちて文机の抽出を引いた。東福門院から贈られた美しい絵蠟燭を眺め、朱色の金魚が描かれた一本を手に取った。

東福門院は季節ごと、節目ごとに阿茶に心のこもった贈答を欠かさない。この正月は色とりどりの絵を描かせた和蠟燭を届けてくれたが、これを見たときに阿茶の心は決まった。

「皆、死ねばそれで終いだと思うておるのでしょうか」

三十を過ぎた東福門院はさすがにもう日嗣の皇子を望まれることもない。実娘である明正女帝のおわす京で、先帝とも穏やかな行き来を重ねつつ、絵や立花を楽しんでいるという。二皇子五皇女に恵まれた半生は、やはり阿茶などが案じるのは不遜な、仕合わせに満ちたものだったろう。

阿茶も八十三という歳になり、いつの間にか亡くなった家康よりも十近く年嵩だった。そうして今になってようやく、家康の打ったさまざまな手が読み解けるようになってきた。

「長く生きたからといって、奥義に達するわけではない」

そうつぶやいて阿茶は笑った。年上になった阿茶よりも家康のほうが、そしてそ今でも思う。

の家康より、四十にもならずに旅立った西郷のほうがはるかに極みに達していたと

極みというのは、何――

阿茶は微笑んだ。このところは時折、西郷の小鳥の囀りのような笑い声がはっきりと聞こえる。

いつだったろう。いや、あれは家康が死ぬ少し前のことだ。それをこそ祈れと家康は言い残し、だから阿茶はずっとそうしてきた。

どうか、そのような恐ろしい罪だけは犯さずにすむように。

命の息を吹き込むのは神だ。この禁教下の日の本でただ一人、経典を読んだ阿茶にはそのことがはっきりと分かっている。だというのに、ついに改めることはなかった。

後水尾帝は明正女帝が即位するまで、和子以外とは子をなさなかった。だがそれが真に授からなかったゆえなのか、阿茶の謀で流されたゆえなのかは分からない。

阿茶は草色の綴じ本を取りだして、ゆっくりと表紙を撫でた。そして絵蠟燭に灯明の火を移すと、手に持って立ち上がった。

阿茶様が存分に読まれましたもの。皆様のお働きも無駄ではございませんでした

——

西郷が優しく囁いてくれる。

寸の間、立ちくらみがして柱につかまった。このところ阿茶はよく目眩がする。

用心して庭に下り、飛び石の上に草色の書を置いた。その隅に蠟燭の火をかざすと、炎はまっすぐに中央の南蛮文字へと延びていった。

「まあ、阿茶様。何をなさっておいでございます」

ふいに背後から呼ばれて阿茶は振り返った。

思わず、息を呑んだ。見慣れた緋色の打掛を羽織って、西郷が立っていた。

「どうなさいましたの、そんなに驚いた顔をなさって」

すうっと傍らを風が通っていった。

最後はいつだったろう。西郷の周りはいつもこんな果実のような、甘い柔らかい香りが漂っていた。

さい様は本当に、これまで一度も私に会いに来てくださらずに——

そんな恨み言を、つい口にした。

西郷は身体を折るようにして笑っている。

「さあ、阿茶様。行きましょう」

阿茶は足を止めた。西郷とともに行くことはできない。

「どうして？　その書に書いてありましたでしょう」

西郷が白い細い指で炎を指した。

草色の裏表紙の中央で、南蛮文字の印が黄金色に揺れている。

我は在る。在るという神だ。その名によって願うならば、どんな願いも叶えよう

――

「阿茶様の願いは叶えられたのですよ」

では私は、あの恐ろしい罪は犯さずにすんだのですか――

西郷がにっこり微笑んでうなずいた。ああ、阿茶はこの笑みがもう一度見たかったのだ。

「妾には分かっていますよ、阿茶様。阿茶様が殿の命に従われたのは、殿を愛しておいでだったからでしょう」

阿茶は涙がこぼれた。

日の本に残されたたった一冊の草色の書。この小さな炎は阿茶の最後の罪だ。だがそれでも阿茶は家康との約束を守りたかった。

「さあ、参りましょう」

西郷は阿茶に手を差し伸べると、ゆっくりと光のほうへ踏み出した。

「ああ、さい様、お待ちくださいませ」

なあに――

光の中で西郷が振り返る。

大御所様は？　大御所様はおいでになりますか――

西郷は半身を折るように笑って、強く阿茶の手を引き寄せた。

解説

小和田哲男

人名辞典や歴史辞典で、阿茶、あるいは阿茶局を引くと、せいぜい十行、多くて二十行の説明で終わっている。その行間を、小説という手法で埋めようとしたのが本書『阿茶』である。

しかも、阿茶の一代記というだけでなく、阿茶が側室として仕えた徳川家康をめぐる様々な出来事の描写があり、女性目線で見た徳川家康一代記といってもいいのではないかと考えている。

阿茶、はじめの名須和は天文二十四年（弘治元年、一五五五）二月十三日、武田信玄の家臣飯田直政の娘として生まれている。のち、十八歳で同じく武田家臣神尾（かんお）

忠重に嫁いだが、天正五年（一五七七）、夫神尾忠重が亡くなり、一子を抱えて寡婦となった。

このような場合、同じ武田家中の誰かと再婚するなり、一族の世話を受け、子が成長するのを待つなりするところであるが、何と、このとき、須和は、徳川家康を頼ろうとする。人名辞典・歴史辞典の類では、須和がなぜ徳川家康を頼ろうとしたのかの説明はない。天正五年といえば、たしかに、二年前の長篠・設楽原の戦いで、武田勝頼が織田信長・徳川家康連合軍に敗れ、衰退がはじまったとはいえ、まだ武田氏の勢力は大きく、ふつうならば、そのまま武田側に残るところであろう。

このあたり、本書『阿茶』では、家康と神尾忠重が懇意だったという設定となっていて、甲斐の武田信玄、相模の北条氏康、駿河の今川義元三者の間で結ばれていた「甲相駿三国同盟」時代の話が挿入されていて興味深い。なお、家康が彼女を側室とするとき、阿茶という名を与えたとあるが、そのあたりのことはわからない。

周知の通り、このあと、家康は織田軍の一員として天正十年（一五八二）三月、武田氏を滅亡に追い込むことになるが、勝頼最期の場面、天目山麓田野の戦いで、勝頼に従い、勝頼切腹の際に介錯をし、自らも切腹して逝った土屋惣蔵昌恒の話を聞き、「忠臣の子は忠臣になる」といって、土屋昌恒の遺児を捜させたことがあった。しかし、なかなか見つからなかった。

ところが、だいぶたった天正十六年（一五八八）、たまたま立ち寄った駿河興津の清見寺に、小坊主となっていた十一歳の昌恒の遺児を見つけた。家康は土屋氏の再興を思い立ち、その小坊主を還俗させることを考え、何と、阿茶の養子にしているのである。この小坊主が秀忠に仕え、元服して忠直と名乗り、最終的には、上総久留里城の城主、二万石の大名になっているのである。家康は、滅亡した武田氏の遺臣を多く採用しており、その背後に阿茶の働きがあったことが、このような例からもうかがわれる。

阿茶の履歴で一つ気になるのが、天正十二年（一五八四）の小牧・長久手の戦いのときのことである。阿茶は、家康に同行して戦場まで行き、そこで懐妊したものの流産してしまい、その後、子を産むことがなかった点である。

戦国の一般的な習慣として、武将たちは、戦い前の同衾をタブー視していた。家康がなぜそうしたタブーを破ったのかわからないが、これまで、私などは、戦場ではまともな産婆などおらず、難産で子を失ったとばかり考えていたが、本書では、土砂崩れの犠牲になったとする。その可能性もあるのかもしれない。このあたり、子の死因について書かれたものはない。

本書で注目される柱の一つが、家康の側室於愛の方、つまり西郷局との交流である。西郷局は天正十七年（一五八九）に亡くなっているので、阿茶とは十年ほど、同じ側室という立場で家康の許にいたことになる。この二人の仲がよかったことは本書に描かれている通りで、西郷局が亡くなったあと、西郷局が産んだ長松（のちの秀忠）と福松（のちの忠吉）が阿茶によって養育されていることからも明らかである。阿茶が秀忠の母親代わりだったことは、このあと、秀忠がお江と結婚してからの場面でも描写されている。

私の場合、阿茶という名前に接すると、まず頭に浮かぶのが、大坂冬の陣のときの彼女の働きである。周知のように、大坂冬の陣は、慶長十九年（一六一四）の方広寺鐘銘事件をきっかけに、家康が二十万といわれる大軍で大坂城の豊臣秀頼を攻めた戦いで、実際の戦いはその年の十一月十九日からはじまり、真田信繁（通称幸村）の守る真田丸の攻防戦で広く知られている。大坂城は、あの秀吉が何年もかけて築いた城で、文字通り、難攻不落の城であった。家康もついに力攻めをあきらめ、和平交渉に切り換えている。その和平交渉の表舞台に立ったのが阿茶だったのである。

阿茶は、いわば徳川方全権といった感じで大坂に乗り込んでいった。そこで、大坂豊臣方全権として出てきた常高院との折衝に臨んでいる。常高院とは、浅井長政・お市の方の次女として生まれた初である。初は京極高次に嫁いでいたが、高次が亡くなったあと落飾して常高院と称していた。姉淀殿・妹江の争いとなることを心配し、このとき大坂城に入っていて、淀殿からの依頼を受けて交渉役を引き受けたのであろう。

結局、このときの和平交渉によって、大坂城の堀を埋めるという条件で講和が成ったわけで、いってみれば、男たちがはじめた戦いを、女たちがやめさせる形となった。ただし、これは、家康の策略で、力攻めで落とすのが難しいと判断した家康が、一度、大坂城の堀を埋めさせた上で、もう一度、力攻めをする計略であった。その、もう一度の戦いが翌慶長二十年（元和元年、一六一五）の大坂夏の陣で、その結果、豊臣家は滅びることになる。その意味で豊臣家を滅ぼす戦い、それは、徳川二六〇年の平和をもたらすことにつながったわけで、阿茶は、家康の天下取りに大きく貢献したことになる。『幕府祚胤伝』という史料には、このときの阿茶の働きを、「大坂冬の御陣に、御和睦の御使として城中に到り、これを調う」とある。

なお、阿茶の時代には、のちの春日局のときのような大奥の制度はまだ定まってはいないが、阿茶が大名同士の婚儀に関わっていたことが知られているので紹介しておきたい。『寛政重修諸家譜』巻第五十四の久松松平氏の系譜部分である。家康の異父弟松平定勝の子定行と島津家久の養女との婚儀が阿茶と侍女たちによって執り行われたことが記されている。

ところで、本書『阿茶』の終わりのところに記されたのが、彼女の最後の大仕事といってよい、秀忠の末娘和子の入内である。家康は徳川の娘を天皇の女御として入内させることを考えていて、実際、慶長十九年（一六一四）には、和子の入内宣下がおりている。ところが大坂冬の陣・夏の陣で延び延びになり、しかも元和二年（一六一六）、家康が亡くなってしまい、さらに先延ばしになってしまった。ようやく、元和六年（一六二〇）六月十八日、和子は女御の宣下を受けて入内している。この年、御水尾天皇は二十五歳、和子は十四歳だった。

和子は二人の皇子と五人の皇女を産んでいて、長女の興子内親王が明正天皇になり、和子は中宮から女院となっている。和子が天皇の子を産み続けている間、天皇には他の女性との間に子は生まれていない。ふつうは、このことが二人の仲睦まじかったことのあかしであるとするが、果たしてそうであろうか。

いうまでもなく、秀忠が和子を御水尾天皇の許に送りこんだのは、その二人から生まれた子どもを天皇にするのが目的だった。したがって、天皇が他の女性に子どもを産ませ、それが皇子であった場合、その皇子に譲位されてしまっては元も子もない。そこで、天皇の寵愛を受けた女性が妊娠しても、幕府側の意向によって堕胎させられていたことが考えられる。そこに阿茶がどうからんだかは、史実としては明らかではない。

――歴史学者

この作品は二〇二一年三月小社より刊行されたものです。

阿茶（あちゃ）

村木嵐（むらきらん）

令和5年12月10日　初版発行

発行人――石原正康
編集人――高部真人
発行所――株式会社幻冬舎
〒151-0051東京都渋谷区千駄ヶ谷4-9-7
電話　03(5411)6222(営業)
　　　03(5411)6211(編集)
公式HP　https://www.gentosha.co.jp/

印刷・製本―中央精版印刷株式会社
装丁者――高橋雅之

幻冬舎時代小説文庫

ISBN978-4-344-43345-8　C0193　む-12-3

この本に関するご意見・ご感想は、下記アンケートフォームからお寄せください。
https://www.gentosha.co.jp/e/